Rastro de sangre

Rastro de sangre

Óscar de los Reyes

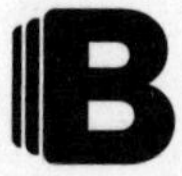

Papel certificado por el Forest Stewardship Council®

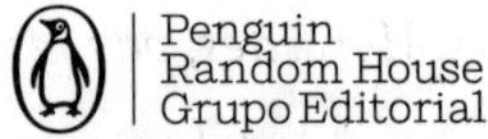

Primera edición: octubre de 2025

Printed in Spain – Impreso en España

ISBN: 978-84-666-8279-4
Depósito legal: B-14.384-2025

Compuesto en Llibresimes

Impreso en Black Print CPI Ibérica
Sant Andreu de la Barca (Barcelona)

BS 8 2 7 9 4

A Mercedes, por las vivencias compartidas.
Y a Tomasa, por su fortaleza y lucha

Pues según la Ley, casi todas las cosas han de ser purificadas con sangre, y sin efusión de sangre no hay remisión.

Hebreos 9, 22

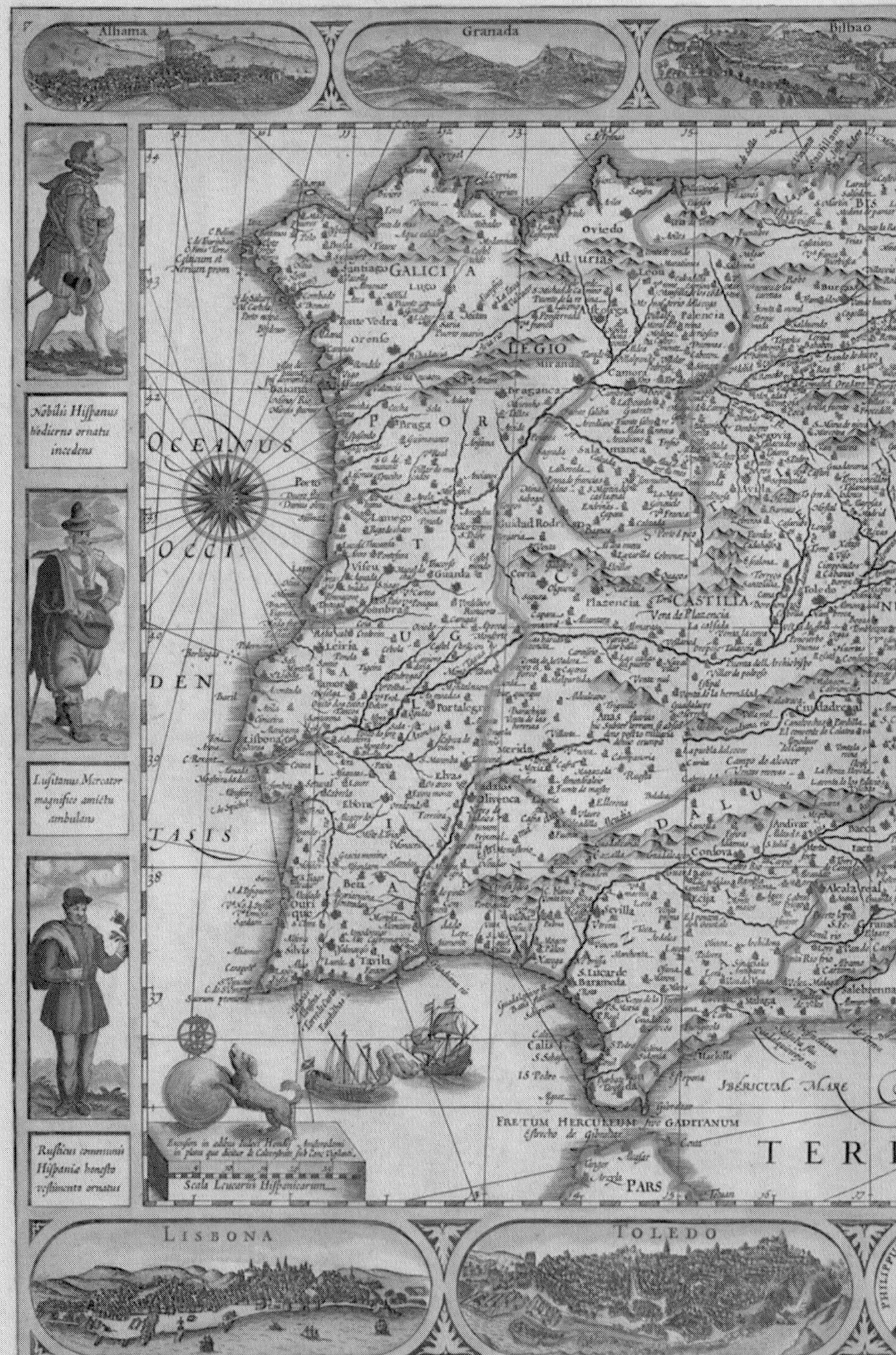

Alhama
Granada
Bilbao
Nobilis Hispanus hodierno ornatu incedens
Lusitanus Mercator magnifico amictu ambulans
Rusticus communis Hispaniæ honesto vestimento ornatus
OCEANUS
OCCI
DEN
TASIS
GALICIA
LEGIO
Oviedo
Asturias
Bragança
Salamanca
CASTILLIA
Plazencia
Lisbona
Sevilla
Condova
Malaga
IBERICUM MARE
FRETUM HERCULEUM sive GADITANUM
TERR
PARS
Scala Leucarum Hispanicarum
LISBONA
TOLEDO

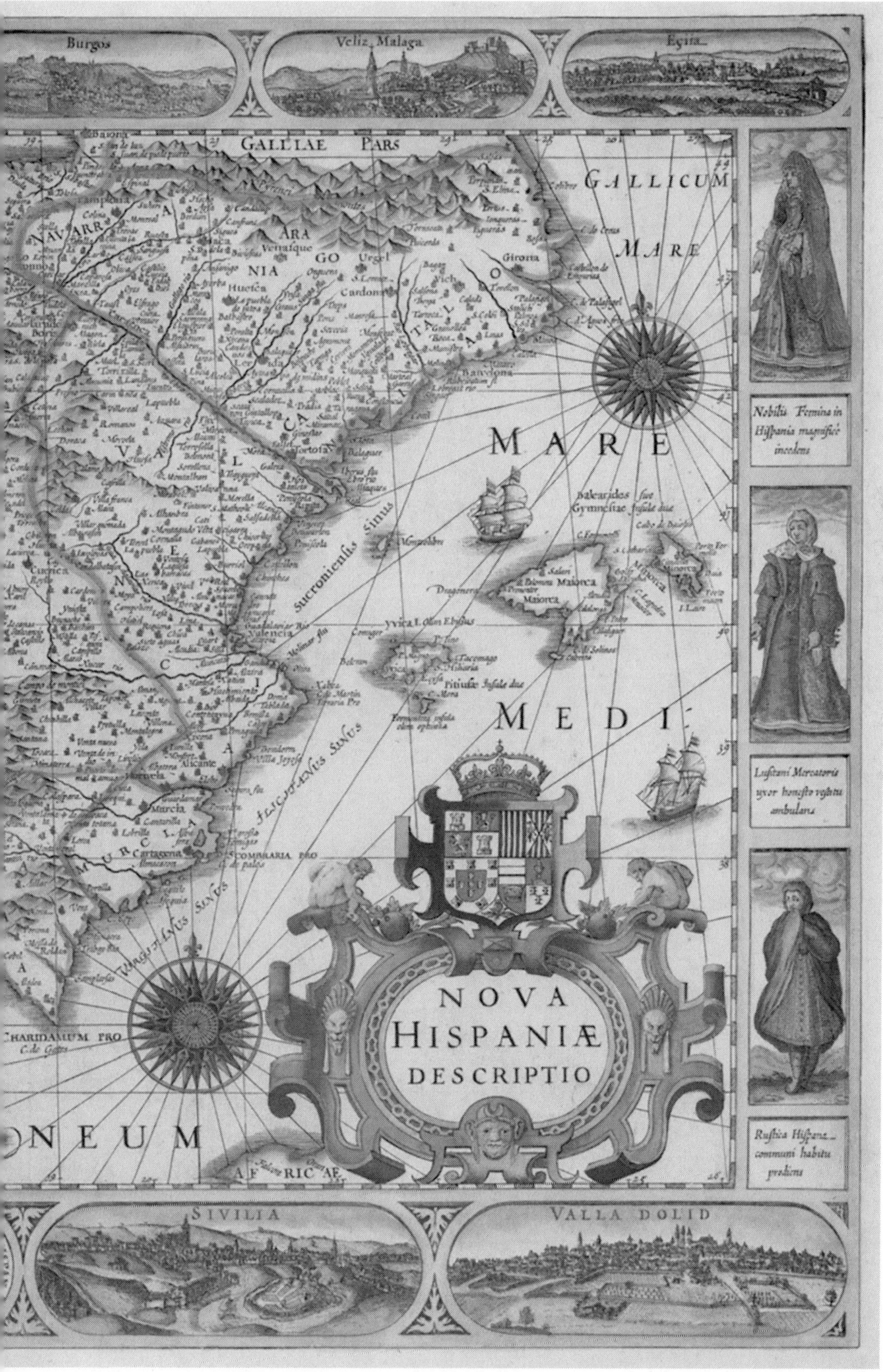
Burgos
Veliz Malaga
Ecija
GALLIAE PARS
GALLICUM
MARE
MARE
MEDI
NEUM
AFRICAE
Balearides siue Gymnesiae insulae duae
Maiorca
Minorca
Valencia
Alicante
Cartagena
Barcelona
Tortosa
Girona
Sucronensis sinus
NOVA
HISPANIÆ
DESCRIPTIO
Nobilis Femina in Hispania magnifice incedens
Lusitani Mercatoris uxor honesto vestitu ambulans
Rustica Hispana communi habitu prodiens
SIVILIA
VALLA DOLID

Prólogo

Los primeros rayos del sol calentaban tímidamente los tejados humedecidos. Las nieblas matinales se evaporaban ya con el clarear del día y los chapiteles del alcázar surgían enhiestos y desafiantes, vencedores a la bruma.

En lontananza se percibían las voces de los arrieros más madrugadores que recorrían las calles empedradas y resbaladizas arreando a las bestias. Estas, remolonas, aparentaban no haberse desentumido todavía tras la fría noche.

No muy lejos de allí, un buen puñado de casas de adobe, arracimadas unas sobre otras sin ningún orden ni trazado, se despertaban ahora refulgentes bajo los haces de luz. Sus lavadas fachadas rojizas permanecían empapadas tras la escarcha nocturna.

El intenso olor a tierra mojada se colaba por las hendiduras de una de las ventanas del viejo alcázar real y llenaba la alcoba de un frescor estimulante.

Apenas podía entreabrir los párpados, amotinados, pesados y rebeldes contra su propia voluntad. Tenía la sensación de haber dormido largas horas, incluso días.

Notaba el sedoso roce de las sábanas sobre su cuerpo desnudo que la envolvían con una suave fragancia de lavanda y le provocaban una plácida y agradable sensación de bienestar.

Adormilada, intentaba desperezarse, aunque apenas podía moverse. Pero aquello no le molestaba y un dulce sopor la sumió en un placentero duermevela.

Pasados unos instantes comprendió que no estaba sola. Alguien descansaba en el lecho, junto a ella, piel con piel. Podía oír una respiración jadeante y pensó que sería uno de sus amantes, aunque no conseguía recordar quién la había acompañado hasta su alcoba la noche anterior. El valido había ofrecido una fiesta en el palacio de la regente para recibir la acreditación del nuevo embajador inglés en la villa.

Recordaba haber lucido sus mejores galas para flirtear y seducir a los prohombres de la corte, pues la ocasión merecía que desplegase todos sus encantos. Miró a un lado y a otro de la cámara, y reconoció uno de sus vestidos de seda de Damasco en el suelo, abandonado en un rincón.

La prenda de tela fina y transparente estaba revuelta, percatándose la cortesana de que algunos de los corchetes con los que se cerraban aquellas sutiles gasas sobre su espalda se hallaban esparcidos por las losetas, como si alguien se la hubiera quitado con prisas o arrancado con voracidad, con ansia, para despojar su cuerpo de los ropajes que la cubrían.

Se vio a sí misma desnuda, saciando la voracidad de su amante y la suya propia con frenesí, desvergonzada e impúdica, estremeciéndose mientras recorrían, lascivos, los pliegues de la piel. Jadeantes, gozosos.

Una sonrisa pícara se posó sobre su bello rostro. Maliciosa, no pudo contenerse y se mordisqueó tímidamente sus labios carnosos al evocarlo.

Tal vez, pensó, había bebido demasiado de aquel licor de gloria que le resultaba tan delicioso, de un emboque delicado y dulce, aromático. Se trataba del mismo líquido viscoso que sentía con deleite cómo se deslizaba por su garganta y que, en ocasiones, le hacía perder el control de sus propios actos.

Aquello, sin embargo, tampoco le importaba lo más mínimo. Derrochaba desparpajo y lozanía, y su cuerpo era deseado por todos los grandes de España que visitaban la corte. La cortejaban sin pudor alguno y la colmaban de presentes y mercedes que incrementaban su fortuna y su dicha a partes iguales.

Bien sabía ella que su escote generoso era la perdición de muchos ilustres, que se relamían con solo imaginarse paladeando sus pechos turgentes. Y no estaba dispuesta a desaprovecharlo, ya fuere para agenciarse un buen casamiento o, cuando menos, para amasar un abundante caudal que le garantizase un mejor posicionamiento entre los cortesanos de palacio.

Hacía mucho tiempo que esos eran sus secretos propósitos y estaba decidida a conseguirlos a cualquier precio sin guardar recato por ello. Esto le granjeaba numerosos recelos entre algunas damas de la corte, que temían que esa conducta tan poco decorosa y desenvuelta contaminase el buen nombre y la reputación de todas ellas. En su fuero más interno y llevadas por una envidia mal disimulada deseaban que aquel proceder desinhibido fuera objeto de un castigo ejemplar por considerarlo pecaminoso a los ojos de Dios.

Se podría aventurar que la admiración que levantaba entre los caballeros que la pretendían era proporcional a los celos que corroían a las nobles damas castellanas, puritanas, recatadas y enemistadas con la cortesana.

Ajena a dichos pensamientos y sumida aún en aquel confortable letargo, sintió cómo unas manos finas rodeaban sus senos con suavidad, apenas le rozaban los sonrosados pezones, retadores, al tiempo que una lengua, áspera y húmeda, recorría todo su ser, arrancándole un húmedo estremecimiento que no pudo ni quiso controlar.

No dijo nada, dejándose hacer y abandonándose al placer que aquellos experimentados labios le proporcionaban, sacudiendo todo su cuerpo.

De fondo, el estrepitoso volteo de las campanas de la villa exhortaba a la feligresía a los rezos de maitines, pero desoyó el llamamiento y se entregó descaradamente al goce de la carne.

Tras unos primeros compases de verdadero disfrute, mecida por el gozo que arrastraba a sus sentidos, un escalofrío la sacó de su ensoñación cuando percibió el roce frío del acero sobre su piel.

Después, aquellos carnosos labios succionaron sus pechos con un ansia desmedida, como si quisieran devorarlos mientras las manos de aquel desconocido apretaban tímidamente su garganta en un perverso juego que aparentaba querer asfixiarla sin llegar a conseguirlo.

Dichosa, sus labios dejaban escapar unos profundos gemidos que descubrían su deleite mientras los cuerpos de los amantes se enraizaban el uno en el otro hasta formar uno solo.

Sonreía complacida, despreocupada, ajena al desenlace que, en breve, aquel amatorio devenir le iba a deparar.

Al pronto, sintió cómo era tomada, primero con suavidad y poco después, con mayor brío, lo que la inundaba de un enorme placer.

Tras las primeras embestidas, cuando el amante yacía sobre ella con un cadencioso movimiento en el que ambos cuerpos se acoplaban armoniosos, este elevó la mirada entre lascivos jadeos y se encontró con la de ella, que quedó desconcertada al reconocer al hombre que la estaba penetrando con frenético ardor. No se trataba de ninguno de sus amantes habituales.

Quiso gritar, pero apenas balbució unas cuantas palabras. Se sentía prisionera en su propio cuerpo, atenazada, como si una fuerza desconocida, sobrenatural, la mantuviera quieta, asida a la cama, incapaz de defenderse.

El efecto del jugo de adormidera que había ingerido unas horas antes durante los festejos en honor del nuevo embajador inglés en la villa era tan potente que no atinaba a pensar con lucidez.

Ni siquiera se había percatado de que aquellas habilidosas manos, que antes acariciaban con deleite su vibrante cuerpo, eran las mismas que le habían ofrecido una copa con fingida galantería, que ella aceptó envanecida entre despreocupadas risas colmadas de parabienes.

Esa copa sería su perdición, aunque ella, distraída y fútil, entonces ni siquiera pudiera llegar a imaginárselo. En su interior su perverso amante había mezclado aquel néctar de gloria que tanto le gustaba con el jugo de su infortunio mientras los demás ilustres revoloteaban como de costumbre a su alrededor, igual que las moscas sobre la miel.

Aterrada, con el rostro demudado y sin saber muy bien qué le estaba sucediendo, atisbó por un momento la malévola mirada, extraviada y fuera de sí, que el otro proyectaba sobre sus asustados ojos al tiempo que sentía cómo una daga afilada laceraba su cuerpo desde su convulso vientre hasta la garganta, petrificada ahora por el miedo, y se alzaba amenazante sobre ella.

En ese mismo instante supo que iba a morir.

Abandonada a su suerte, contempló horrorizada cómo la mano que empuñaba el frío acero deslizaba la hoja por su cuello, lentamente, con fingido embeleso, y de un tajo preciso y poco profundo abrió su nacarada piel.

De inmediato y sin poderlo evitar, fue tiñéndose de un rojo reluciente y vivaz. Unos hilos de sangre iban empapando los mullidos almohadones al tiempo que el amante anunciaba el culmen de su acción y se desbordaba sin contención en lo más profundo de su ser.

Fue en ese momento cuando, entre apasionados gemidos, el férvido asesino le asestó una despiadada puñalada sobre su tembloroso abdomen que le atravesó de lleno las entrañas. Después vendría otra, y otra, y otra más..., aunque para entonces ella ya no sintiese nada y su mirada se hubiera velado por siempre.

Todo el lecho se tornaba ahora de un rojo purpúreo que lo ensombrecía inmisericorde.

La agradable fragancia de la frescura del amanecer había dejado de inundar la cámara y ahora estaba envuelta en un fétido olor mezcla del sudor de los cuerpos candentes y las secreciones derramadas. Además, la sangre que se había derramado colmaba el ambiente de una acidez metálica más propia de una morgue que de las nobles dependencias de un alcázar.

Saciado, el amante asesino, todavía jadeante y con la frente perlada de pequeñas gotas de sudor que al incorporarse fueron a resbalar sobre la sangre de la cortesana, vertió en el aguamanil un poco de agua de azahar.

Con parsimonia, pareciendo ausente, se lavó las manos y el musculado torso, salpicado por el color bermellón del crimen que acababa de cometer, como si con aquel gesto purificador pretendiese expiar su culpa.

Poco a poco fue recuperando el sosiego y su respiración se volvió cada vez más calmosa. Se diría, incluso, que fue recobrando la cordura.

Miró el reflejo de su cuerpo desnudo en el espejo, ungido por el agua y desprovisto ya de cualquier rastro que alertase de la inmundicia de sus actos.

Sereno, parecía querer reconciliarse consigo mismo. Sin embargo, sus dilatadas pupilas, al ser confrontadas frente al cristal, revelaron una verdad que lo atormentaba: el mal que lo poseía andaba suelto, desbocado y sediento de sangre.

1

Madrid, hacia finales de 1600

Leonarda se dirigía al colegio de la Compañía de Jesús, fundado sobre los muros que albergaron la comunidad de San Pedro y San Pablo, a donde acudía un par de veces por semana para ayudar en el dispensario del hospicio y encontrarse con el padre Beltrán, el abad, con quien compartía largas charlas sobre los vaivenes del Imperio en el escaso tiempo que les quedaba libre.

Su amistad se vio consolidada cuando coincidieron, años atrás, en una caravana con rumbo a la ciudad de Zafra, bastión de los duques de Feria. Dicho encuentro fue auspiciado por su valedor, Diego Dávila y Mesía, marqués de Leganés, con quien su marido, Alonso, y ella misma habían congeniado durante su estancia en Flandes. El noble se interesó por las escuelas pictóricas flamencas y convino con ellos un próspero comercio de piezas de arte, lienzos y tapices.

Dicho acuerdo los había convertido en unos marchantes prestigiosos que, por mediación de su ilustre socio y amigo, surtían de pinturas a basílicas y catedrales, y asimismo a las haciendas de los nobles más refinados y exquisitos.

En un principio residieron en Morata, donde el marqués tenía sus principales posesiones, puesto que las vastas tierras del marquesado se extendían por el fértil valle del Tajuña. Pero con el tiempo se establecieron en una noble casona que perteneció a un hidalgo en apuros a quien se la compraron a buen precio.

Leonarda recordaba su pasada estancia en el imponente alcázar de los duques de Feria cuando el azar quiso que fuese testigo de los sangrientos asesinatos cometidos. Años atrás, varios corregidores fueron violentados y asesinados sin ningún tipo de compasión, ultrajados y sometidos a tormento, como los mártires de las iglesias cuyos altares ahora proveían de finos paños hilados en oro y plata y de coloridos lienzos llegados desde Flandes.

Aquellas cruentas muertes sembraron el miedo y la desconfianza en toda la ciudad. Fueron el padre Beltrán y ella misma quienes resolvieron los terribles crímenes, marcados con la sangre de los inocentes, a imagen y semejanza de los mártires de la Biblia. El mismo libro sagrado que la asesina, en su desvarío, utilizaba para orar en su intento de comunicarse con el Altísimo, a quien ofrecía aquellos sacrificios.

A Leonarda rememorar todo aquello le hastiaba. Una ráfaga fría bamboleó los cortinajes del carruaje y la devolvió al presente. El bofetón de la gélida sierra de Guadarrama en su rostro la espabiló y la sacó de sus pensamientos. Madrid había amanecido cubierto por los primeros copos de nieve del invierno, aunque las carretas todavía transitaban sin dificultad por los empedrados.

El lastimero ladrido de un perro apaleado la sobresaltó.

El frío le subía por la espalda, así que se arrebujó entre los gruesos paños de la capa de estameña con la que se cubría. Confiada en llegar cuanto antes, miraba distraída entre las rendijas de la cortina.

Diego, su socio y amigo, había insistido en cederle un carruaje blasonado con las insignias de su linaje para que los desplazamientos por la villa gozasen de la protección de su casa. El ilustre conocía de primera mano lo revuelta que andaba la corte, y también las calles, por el enfrentamiento que libraban los partidarios y los detractores del príncipe Juan José de Austria.

Unos pocos lo tenían como el candidato más idóneo para suceder en el trono a su difunto padre el rey Felipe, cuarto de su línea, en detrimento del heredero, el infante real Carlos, a quien ya apodaban con maledicencia el Hechizado, único hijo varón vivo fruto del matrimonio del monarca con su sobrina, Mariana de Austria.

Leonarda, ajena a los tejemanejes de la corte y a los motivos de las trifulcas, en un principio se había empecinado en recorrer a pie las plazuelas que abocaban al colegio de la Compañía, aunque, finalmente, había aceptado el ofrecimiento, más por tranquilizar a su esposo, Alonso, de natural nervioso e inquieto, que porque le preocupara su propia seguridad.

Con una sonrisa dibujada en los labios volvió a mirar impaciente hacia fuera. El ruido de la chiquillería, jugando despreocupados con sogas y aros, le anunció la proximidad a los muros centenarios del convento donde los macizos contrafuertes de piedra no solo servían para soportar la carga de la cubierta a dos aguas del edificio, sino también para cobijar tanto a religiosos como a huérfanos.

No pudo por menos de sentirse reconfortada y dichosa por colaborar con aquella noble causa. Sin querer pensó en su hija, quien se había quedado al cuidado de su aya en una vieja cuna de roble que habían encontrado en la casona. Sonrió satisfecha.

Ajena a lo que habría de venir, Leonarda se acercó hasta el portalón de entrada al cenobio jesuita. Nada más verla acercarse, el hermano portero le franqueó el paso sin necesidad de voltear la pequeña campana con la que las visitas se anunciaban, ni tampoco hubo necesidad de hablar a través del torno.

De lejos se había percatado de la llegada del carruaje y, en cuanto puso un pie en el desdoblado tocón, la reconoció a pesar de la esclavina de seda con la que vestía. Esta, abotonada, cubría con una capucha sus finos cabellos, delicados y sedosos, del color de la almendra tostada y sujetos con modestas horquillas de plata tras haberse deshecho de la basta capa de estameña con la que se había protegido del frío durante el recorrido.

Leonarda era muy apreciada en la comunidad y no solo por las donaciones que ella y Alonso entregaban en momentos de apuros, sino también por sus buenas obras como el auxilio y el cuidado de los enfermos y huérfanos del hospicio.

No pocos habían sido los ratos durante los que se había sumergido en la biblioteca del monasterio para aprender ella misma fórmulas y ungüentos medicinales con los que ser útil a los desgraciados que no tenían ninguna otra puerta a la que llamar, lo que levantaba la admiración de los hermanos de la Compañía.

Él mismo había necesitado de sus remedios cuando una aguda tosferina, contraída el invierno anterior, amenazó con hacerle escupir los pulmones por la boca, tales eran los accesos de tos y esputos que lo atormentaban y no le permitían conciliar el sueño, y cuando lograba dormir las altas fiebres lo hacían delirar.

Pensó que el Altísimo lo llamaba a su encuentro, si bien bastó con que su celda se viera caldeada por los vahos de un acetre humeante de romero, eucalipto y cebolla y de tomar varias veces al día, durante el periodo de nieves, colmadas cucharadas de tomillo con miel para que mejorase con prontitud, alegrándose de que el encuentro con el Padre, que creía inmediato dada su debilitada salud, se demorase por algún tiempo más.

Y, como él, muchos otros hermanos aquejados de los males propios de sus avanzadas edades veían en Leonarda una bendición divina.

El padre Beltrán la admiraba. Era una mujer reposada e inteligente, de bellas facciones y de un temperamento fuerte, aguerrido en ocasiones, pero capaz de exhibir un prudente sosiego si la circunstancia así lo requería. Desde que la conociese, no había dejado de sorprenderle por la sagacidad que mostraba y por su probado ingenio para desenvolverse en situaciones enrevesadas.

Como de costumbre, Leonarda atravesó el pórtico hasta un pequeño atrio cuajado de enredaderas que abrían el paso al gran jardín rectangular desde el que se accedía a las diferentes estancias del colegio. Un poco más al fondo se intuía la morada de los hermanos, un desvencijado edificio levantado en piedra rojiza, tan característica de las construcciones de la villa.

Allí podía contemplar un patio rodeado de una fila doble de columnas sobre las que se sostenían arcos de medio punto y en cuya base se habían recreado, esculpidas en la propia piedra, diferentes escenas bíblicas de los libros sagrados del Antiguo y del Nuevo Testamento. Tal era el realismo de aquellas imágenes cinceladas que los atrevidos mocosos que hasta allí se adentraban, siempre hambrientos y necesitados, huían atemorizados para desesperación del abad, quien a pesar de sus denodados esfuerzos diarios no conseguía apaciguar del todo, ni por mucho tiempo, sus desconfortados estómagos, que rugían como fieras enjauladas.

A esas horas del día, el frufrú de los hábitos al andar apenas era perceptible, ya que tras los rezos matinales los hermanos se hallaban enfrascados en las tareas domésticas.

A Leonarda le agradaba el sonido sereno de las numerosas acequias donde se recogían las aguas que desbordaban de un pilar, cubierto con abundante musgo, a través del que discurrían, cristalinas y jaleosas, en busca de los copiosos arriates cuajados de azaleas.

No muy lejos de allí, una mula daba vueltas, parsimoniosa y cansina, alrededor de un pozo con escasa profundidad para hacer girar la noria de la que manaba un agua límpida que abastecía a la comunidad. El zureo de unas cuantas palomas, anidadas en su palomar, acompañaba los pasos de Leonarda de camino a la biblioteca, donde esperaba encontrar a Beltrán.

Para su sorpresa, en el habitáculo solo halló al archivero, quien, pareciendo contrariado por su inesperada presencia, le hizo un gesto con la cabeza indicándole que el abad se encontraba en el extremo opuesto.

Leonarda supuso enseguida que el fraile apuntaba hacia el cobertizo que hacía años había sido habilitado para atender a los zagales enfermos y también donde los despiojaban y retenían durante unos días antes de alojarlos junto con los demás huérfanos acogidos en el hospicio jesuita y evitar así que contagiasen a todos.

No hubo necesidad de dar más explicaciones. El archivero siguió con su mutismo y Leonarda dirigió sus pasos hacia el lugar señalado, sin suponer lo que le aguardaba en su interior.

Habiendo dejado atrás al hermano archivero y nada más adentrarse bajo el dintel de la vieja puerta, Leonarda supo que algo no iba bien por la demudada expresión que observó en el rostro de Beltrán.

El abad intentaba sin éxito calmar a un muchacho que, como pudo, se había arrastrado quejoso y desvalido hacia las puertas del convento.

El infortunado había sido ayudado por otro que nada más acercarlo había echado a correr, desapareciendo sin dejar rastro ni dar ningún tipo de explicaciones, seguramente tan temeroso y asustado como el doliente.

El zagal, que notaba un dolor cada vez más agudo a medida que iba pasando el tiempo, se revolvía sobre el camastro, pálido y sudoroso, sin permitir que ninguno de los hermanos que pretendían auxiliarle le pusieran una mano encima.

Doblado sobre sí mismo, sufría de un punzante tormento.

Nada más ver el rostro de Leonarda se serenó por unos instantes, aunque al momento profirió nuevos alaridos.

Leonarda ordenó que se alejasen de él, pues la presencia de los hábitos parduzcos de los monjes parecía asustarlo aún más.

Pidió que hirvieran agua de manzanilla y saúco con la que desinfectar sus heridas y que le trajesen un buen número de vendas. También que preparasen con rapidez un bebedizo a base de hinojo, toronjil, manzanilla e higos secos con el propósito de calmar al chico y rebajar la fiebre, que iba en aumento.

—Leonarda, por el amor de Dios todopoderoso, ¿qué males afligen a este infeliz? —le preguntó Beltrán, verdaderamente angustiado ante aquel dolor que no le era ajeno.

Ella, desprendiéndose de la espesa estola de armiño con la que se protegía del frío, se remangó las bocamangas de su vestido dejando entrever una piel tan nívea como el marfil.

—Parece que lo hubieran apaleado en alguna porfía —aventuró.

Beltrán la miraba expectante, apenas sin pestañear.

—O tal vez haya sufrido una dolorosa caída —continuó—, no sabría asegurarlo. Si vuestra paternidad observa sus ropajes son los propios de un molinero y el polvo blanco de su cuerpo nos puede indicar que quizá estaba moliendo harina o cargando sacos de salvado de trigo. La masilla de sus uñas podría ser de amasar un fermento de agua mezclada con harina y sal.

Esa, y no otra, podía ser la razón poderosa por la que el otro muchacho saliese corriendo nada más dejarlo ante las puertas del convento, temeroso de que su patrón lo moliese a palos por haber descuidado su encomienda, supuso Beltrán de inmediato.

En ese instante uno de los hermanos se acercó, presuroso, con uno de los remedios que ella había pedido.

—Su cuerpo está lleno de arañazos y golpes, y a buen seguro tenga alguna costilla rota provocándole un inusitado dolor e, incluso, impidiendo que pueda respirar con normalidad, lo que le aturde y lo asusta más si cabe —explicó Leonarda ante el asentimiento del abad.

—Haced que se lo beba —le ordenó el jesuita al hermano que esperaba tras ellos con una tintineante batea dorada entre las manos.

El muchacho parecía que iba perdiendo la consciencia, seguramente como consecuencia del agudo dolor y las altas fiebres que sufría, lo que ayudó a que no se resistiera y se tragase, aunque fuese a duras penas, aquel brebaje que lo mantendría sosegado.

Aprovechando la aparente quietud del mal hallado, con la ayuda del abad y del hermano enfermero, Leonarda aplicó una cataplasma de ajo, caléndula, avena y miel de abejas con efectos cicatrizantes y balsámicos e improvisó un sobrio vendaje alrededor de la parrilla costal. Con ello pretendía sujetar su malherido torso, que, con el descanso necesario, iría sanando.

También les recomendó que durante los primeros días le proveyeran de almohadones y cojines para evitar movimientos bruscos durante el reposo.

Beltrán, con las manos entrelazadas, elevó la mirada hacia san Pantaleón, protector de los enfermos y de los desdichados, quien, desde su peana, vigilaba toda la escena. Dio gracias una vez más porque la Providencia hubiera puesto a Leonarda en su camino.

Sabía que aquello tan solo era una gota en el mísero océano de desvalidos que, cada vez con mayor frecuencia y en mayor número, se acercaban hasta aquellos muros demandando una limosna que aliviase su malvivir.

Las sucesivas guerras en los territorios del Imperio exigían más levas y mayores impuestos, con lo que la hambruna había aumentado, y ante la falta de cosechas que la mitigase, más y más huérfanos vagaban de un lugar a otro, sin un rumbo fijo y presos de un futuro poco halagüeño.

Resignado, se persignó y dejó hacer a Leonarda hasta que hubo terminado. Después, con un leve mohín de cabeza le indicó que salieran al patio, donde un cielo plomizo amenazaba con descerrajarse sobre ellos de un momento a otro, como pájaro de mal agüero.

Lejos estaban, por entonces, de alcanzar a imaginar que, a no demasiada distancia de donde se encontraban, un sádico asesino estaba cometiendo, impunemente, atroces crímenes, sometiendo a sus víctimas mediante bebedizos de adormidera para después gozar obsceno sobre ellas y terminar abriéndolas en canal.

Lo que tampoco sabían era que, a no mucho tardar, requerirían de su ayuda, una vez más, para intentar atrapar al cruel criminal que, escurridizo como una sabandija, deambulaba por el alcázar sin ser visto, aunque para ello tuvieran que arriesgar sus propias vidas.

2

Corte de Carlos II de España, Madrid

Pascual de Aragón se dirigía con paso firme hacia la sala capitular de juntas del Real Alcázar. Su dignidad como arzobispo de Toledo le convertía en uno de los hombres más poderosos de la corte.

Acudía decidido al llamamiento hecho por su par, Guillén de Moncada, a quien consideraba engreído y soberbio desde que Mariana de Austria, la regente, le hubiera posicionado como principal de la Guardia Chamberga y custodio de la familia real y de la seguridad en palacio.

En la misiva ya se le anunciaba que solo se reunirían ellos dos y el valido de la reina, el jesuita austriaco Juan Nithard, a quien Pascual detestaba con todas sus fuerzas. Siempre pensó que la regente confiaría en él como consejero y confidente, en vez de en ese entrometido jesuita, de nariz aguileña y opacos quevedos, que parecía adivinar lo que pensaba con solo mirarlo, lo que le desconcertaba sobremanera.

El saberse convocado a esa junta extraordinaria lo reconfortaba. Su ego henchido le decía que lo necesitaban sea cual fuese aquella encomienda que se trajeran entre manos.

Sumido en tales pensamientos alcanzó la sala capitular donde le aguardaban. Los lanzas que lo escoltaban abrieron las pesadas puertas de madera de castaño viejo. Una vez en su interior, se encontró con la mirada huidiza del valido y la presencia férrea de Guillén, de hechuras imponentes, quienes se inclinaron solemnes ante él como representante en la tierra de los Doce. Pascual devolvió la cortesía con un amago de reverencia.

En el exterior, un cielo plomizo cuajado de densos nubarrones presagiaba tormenta. Una brisa, suave y fresca, se colaba por las celosías al tiempo que el olor a tierra mojada inundaba la cámara, como lo hiciera con todas las dependencias del alcázar.

—Avanzad, querido Pascual —requirió Guillén de Moncada con una voz pastosa que al aludido le resultaba poco agradable—. Acerquémonos hacia la chimenea, que a buen seguro que nos conforta del frío que trepa por estos viejos muros.

Pascual de Aragón, parsimonioso, se aproximó al hogar. El valido de Su Majestad, con aire contrito, permanecía callado, como ausente, o tal vez estuviera tan expectante como él ante las nuevas que vendrían a continuación.

—Os he hecho llamar porque ha ocurrido un grave suceso dentro de este alcázar... —dijo Guillén, mirándolos directamente a los ojos con cara de muy pocos amigos.

Ellos le sostuvieron la mirada con la ansiedad anidada en sus pupilas.

—Se ha cometido un horrendo crimen entre estos muros que nos protegen... —les informó a bocajarro, sin ningún miramiento hacia los padres de la Iglesia que tenía frente a él.

—Oh Dios todopoderoso —fue lo único que acertó a decir el valido de la regente al tiempo que se persignaba, siendo seguido en dicho acto de contrición por sus pares allí presentes.

Pascual de Aragón se mantuvo en silencio, a la espera del desenlace. Bien suponía que no debía tratarse de un crimen cualquiera, de lo contrario no les habrían convocado a esa junta, pero prefirió no intervenir y dejar que Moncada continuase con su argumentación.

El principal de la Guardia Chamberga se aclaró la garganta con unos sorbos de aguamiel antes de proseguir.

—Dos de los custodios de palacio, durante su ronda por el alcázar, han hallado el cadáver de una doncella de doña Mariana. La pobre desgraciada ha sido brutalmente asesinada... —anunció sin rodeos.

—¿De quién se trata? —preguntó Pascual, quien no lograba imaginar el alcance de aquel crimen.

—De una de las camareras reales. Por fortuna no es ninguna de las damas principales de la regente, aunque atendía las plantas nobles del alcázar y servía en la galería de la reina. Por lo tanto, es propiedad de la Corona. No podemos permitir esta afrenta que soslaya nuestra autoridad.

»Además... —pareció vacilar un instante—, además —resolvió proseguir—, si el criminal ha llegado hasta ella sin ser visto por los guardias de palacio podría volver a hacerlo en otro momento y atacar a cualquier noble y poner en peligro la estabilidad de la corte, ya que si se llegase a conocer lo sucedido tened por seguro que...

—Incluso poner en jaque la seguridad de la propia familia real —se atrevió a afirmar Juan Nithard, ante la estupefacción de un malcarado Guillén, de quien dependía la protección de doña Mariana y del infante real y heredero al trono, de ahí su más que visible agitación.

—Debemos permanecer en alerta, pero sin llamar la atención —precisó y le dirigió una mirada desafiante al valido al haber puesto en entredicho su cometido—. Ya me he encargado de que los dos custodios que me dieron aviso guarden silencio y solo me informen a mí si observan cualquier indicio que les haga sospechar.

»Os he mandado llamar porque solo confío en vuestras dignidades para intentar resolver este crimen execrable sin levantar polvaredas entre los demás miembros de la corte —les confesó.

Hizo una pausa. El silencio resultaba tan frío como las aristas de las bóvedas cruzadas que los cobijaban.

—Juan, como valido de la regente, debéis departir con ella con más prontitud de lo acostumbrado. Mantenedla ocupada con las muchas cuitas que sin duda asaltan la gobernanza del Imperio y vigilad que nadie aliente habladurías sobre lo sucedido. Todos sabemos que estos muros tienen ojos y oídos, mal que nos pese, a pesar de lo precavidos que seamos. Es menester que la verdad del crimen acontecido no llegue a sus oídos —concluyó.

El jesuita no contestó, sino que se limitó a inclinar levemente la cabeza en señal de asentimiento. Estaba lívido, había perdido el color natural de su sonrosada faz. A decir verdad lucía un semblante mortecino.

—De vuestra dignidad requiero —dijo Moncada mirando fijamente a Pascual de Aragón— que me apoyéis sin fisuras ante los demás miembros de la Junta de Regencia, si hubiera que tomar medidas drásticas que afecten a la tesorería real. Tal vez sean necesarias nuevas soldadas para redoblar la seguridad en palacio o dotar de más soldados y armas el Real Alcázar, y más en estos tiempos tan revueltos en los que vivimos, rodeados de saboteadores y enemigos del Imperio.

—Sea —contestó lacónico Pascual, quien, a pesar de su gesto beatífico y aparentemente sumiso a los deseos del principal de la Guardia Chamberga, ya comenzaba a calibrar que dicho favor no le resultaría gratuito.

—Confío en las pesquisas que con sigilo están llevando a cabo mis hombres y a buen seguro que más pronto que tarde daremos con el malhechor —les advirtió Guillén, ajeno a los tejemanejes que el arzobispo de Toledo urdía en la cabeza—. Con todo...

El principal de la Guardia calló de súbito, como si no estuviera muy seguro de lo que iba a decir. Temía que, de hacerlo, sus interlocutores lo consideraran una debilidad al conceder que quizá no pudiera desenmascarar al asesino por sus propios medios. Durante unos instantes, ante su repentina mudez, un inquietante silencio sobrevoló el artesonado de madera bajo el que parlamentaban.

—Con todo —prosiguió al fin—, estimo conveniente que pongáis bajo custodia al abad del convento de la Compañía de Jesús, el padre Beltrán; he oído que sois uno de sus más valiosos valedores. Mis confidentes cuentan de él que es uno de los mejores pesquisidores de todos los reinos peninsulares. Tal vez, llegado el momento, si la situación en palacio se tornase compleja, podamos necesitarlo...

Pascual de Aragón esbozó un gesto de desagrado por la encomienda que le acababan de pedir. Precavido, supuso que sería más conveniente callar, por lo que asintió levemente.

El padre Beltrán y él eran viejos conocidos, y aquel siempre le había servido bien cuando lo había necesitado. Ya se las apañaría él para convencer al terco jesuita del hospicio de huérfanos, aunque eso significase el desembolso de buenas talegas de ducados para el mantenimiento del colegio y el dispensario que el abad se empeñaba en mantener abiertos. Entre sus desvencijados muros acogía a todos los andrajosos y desharrapados de la villa, pensó con sentida aprensión, sin ningún ápice de arrepentimiento.

Entretanto, Juan Nithard, que se había mantenido en un segundo plano, escuchando con atención, daba muestras de inquietud sincera.

—Detendremos y ajusticiaremos al criminal que ha osado atentar contra una propiedad de la Corona sin levantar polvareda —concluyó Guillén, confiado, con voluntad de serenar los ánimos.

Ninguno de ellos imaginaba siquiera lo lejos que estaban de saber lo que les aguardaría.

3

Travesía del Biombo, Madrid
El asesino acecha...

La tarde languidecía y los alguaciles de la villa empezaban a encender las primeras teas con las que iluminar, siquiera de forma tenue, las calles empedradas y resbaladizas por donde transitaban a la par hombres y bestias.

María de Díaz daba gracias a Dios porque el aguacero hubiera escampado, aunque las arracimadas nubes de color grisáceo que se cernían sobre ella amenazaran con nuevas y abundantes lluvias, por lo que aligeró sus pasos.

Uno de los guardias de palacio, antes de salir, le había ofrecido su tosco capote de piel curtida para que se guareciese del temporal, pero ella declinó el ofrecimiento amablemente. No quería que esas confianzas dieran pábulo a malas interpretaciones y, menos aún, que alimentaran las habladurías de sus rivales, atentas a cualquier tropiezo para lanzarse sobre ella, como alimañas sedientas de cobrarse una buena presa. No estaba dispuesta a que un despiste la apartase de medrar en palacio y labrarse un buen porvenir.

María era la hija menor de una familia de infanzones asturianos que por mediación de un pariente lejano de sus padres, uno de los custodios principales de palacio, había conseguido entrar al servicio de la corte.

Cierto era que sus tareas no correspondían a las de una vulgar fregona, estando destinada a las plantas más nobles y refinadas, donde las cortesanas campaban a su antojo, caprichosas y desdeñosas, pero dada su baja alcurnia la estancia en el Real Alcázar no estaba siendo nada fácil.

Ambicionaba ingresar en el selecto grupo de camareras reales que atendían personalmente a la regente y, valiéndose de su rango y posición, encontrar un marido que la encumbrara entre los ilustres del alcázar como dueña y señora de una casa titulada.

Se había dado cuenta del poder cautivador que provocaba en los hombres, con sus sugerentes movimientos de cadera, el cabello ambarino que le caía sobre sus hermosos y moldeados hombros y sus refinadas maneras como hija de hidalgos que era. Se había juramentado jugar esa baza y ya había logrado captar la atención de varios caballeros y algún que otro ilustre con los que mantenía tratos que juzgaba muy ventajosos, ya que le aportarían privilegios y prebendas.

Avanzaba despacio, disfrutando de la brisa vespertina que le acariciaba el rostro sereno, sonrosado como una flor en primavera. Parecía despabilarla, pues desde hacía un buen rato sentía las piernas entumecidas, e incluso también las manos.

En un primer momento le restó importancia, dado que

acumulaba cansancio por lo exigente de su trabajo. Comenzó a preocuparse al notar que el cuerpo le iba pesando cada vez más, mucho más que de costumbre, y que daba pasos inestables, más por intuición que por propia voluntad, sin percatarse apenas de dónde pisaba. La fuerza de la costumbre logró que no se desviara de su recorrido.

Los labios, carnosos y entreabiertos, mostraban el aturdimiento que sufría la muchacha en aquellos momentos.

De pronto, creyó oír unos pasos tras ella. Se volvió, asustada, pero observó que solo se trataba de un buhonero que trajinaba con el género de camino a una de las casas principales de la calle Mayor.

Imbuida de cierta inquietud, dobló la esquina y se dirigió hacia la parroquia de San Nicolás de los Servitas. Desde hacía ya unas cuantas semanas la iglesia presentaba un aspecto desangelado debido al complicado andamiaje que los alarifes arzobispales habían mandado levantar para asegurar las obras. Iban a rematar el cuerpo de campanas con un gran chapitel de aguja y a ampliar el templo con varias capillas laterales.

Con gran esfuerzo se adentró en el templo y se postró ante el altar. Rezó, algo aturdida, un padrenuestro y una salve, encendió una mariposa de aceite y salió al exterior.

Tras ella quedaron, amenazantes, las llamas tenues de los velones, que parecían arrojar sombras siniestras sobre las piedras de cantería del ábside central, envuelto en el aroma de los sahumerios.

Se sobresaltó al oír los chillidos de unas ratas asquerosas, negras como el tizón, que se colaron por los sótanos de una de las viviendas. Por el olor que emanaba de aquellas oquedades estaba segura de que se trataba de un lagar donde se realizase la molienda y el estrujado de la uva para después vender el vino. Instintivamente se tapó la nariz con el pañuelo, aunque no desanduvo sus pasos, sino que los aligeró. Eso intentaba al menos, voluntariosa, pues las piernas parecían obedecer sus dictados a regañadientes. Las sentía flaquear, cada vez más pesadas.

Se dirigía a la posada en la que se hospedaba desde que llegara a la villa. Compartía cuarto con una muchacha menor que ella, de ademanes toscos, que servía en una casona cercana, a menos de un cuarto de legua, propiedad de unos burgueses que se dedicaban al mercado de abastos. Los primeros días le hizo reír mucho cuando le contaba que en la casa de sus señores había una oronda negra retinta con unas pestañas tan grandes y rizadas que parecían velarle la mirada y con la que el señor, a escondidas de la dueña, perdía el decoro. Le prometía que pronto la manumitiría, ante las descaradas carcajadas de la esclava, a la que parecía no importarle en demasía la libertad prometida.

María nunca había visto esclavos negros en las tierras del norte, ni siquiera cultivando los sembradíos o arreando a las vacas. La primera vez que vio uno fue en el Real Alcázar. Se trataba de un bufón con turbante que, ahondando en sus miserias e infortunios, alegraba las tediosas tardes de los ilustres con sus chanzas atrevidas.

En estos pensamientos se encontraba cuando por fin alcanzó la fonda. No se topó con nadie en el hermoso patio cuajado de exuberantes pilastras desde el que se accedía a las alcobas.

Se disponía a cruzarlo cuando un leve vahído, que achacó de nuevo al cansancio acumulado, estuvo a punto de hacerla trastabillar. Se apoyó sobre el brocal del aguadero que surtía a la casa y se mojó la cara con el agua de manantial que corría limpia y fresca, como cada día. Bebió unos sorbos antes de encaminarse con pasos inseguros hacia su aposento, no sin tropezarse en varias ocasiones, para su mayor desesperación.

Una vez dentro, se descalzó y apenas se despojó del corpiño acordonado se dejó caer, como un fardo lleno de castañas, sobre la única dormilona con la que contaban y que más de una vez había sido causa de riña entre las compañeras de alcoba.

Se sentía rendida y hacía tiempo que notaba un sopor tan espantoso que dominaba por completo su voluntad, así que se abandonó al sueño. «Necesito un descanso largo y placentero», dijo para sí.

Lo que ni siquiera llegaba a intuir era que también se estaba abandonando a su propia suerte. Mejor dicho, el mal la acechaba tan de cerca que su suerte ya estaba echada.

Poco rato después, sin ser ella consciente de cuanto acontecía, un afilado estilete desabotonaba el encaje trenzado que le cubría el pecho. Una blusa fina de algodón, que adivinaba una piel tersa, suave y perfumada, estaba siendo asaeteada hasta hacerla jirones.

Luego, con precisión certera, como si estuviera diseccionando un cadáver, con un estilete afilado marcó con tajos pequeños el abdomen de la joven. Del cuerpo lacerado brotaban endebles hilos de sangre que él succionaba complacido. Aquello le provocaba una extraña excitación que no era capaz de controlar.

Tras limpiarse las comisuras de los labios con la lengua carnosa, comenzó a acariciar con verdadero deleite los pezones, con una suavidad tal que se diría que no quería ocasionarles ningún daño. Los lamió con verdadera complacencia, como si de una ambrosía se tratase. Le besó los labios y con la punta de la lengua recorrió parsimonioso el cuello, echando hacia atrás el cabello oscuro que lo cubría, que quedó esparcido sobre la almohada.

Un candil era la única luz que los alumbraba, proyectando sobre ellos los claroscuros siniestros de la techumbre.

Pretendía tomar a la desdichada. Su miembro engrandecido parecía estar a punto de explotar, pero quería despertarla antes. Deseaba contemplar con devoción los extraños ojos de la joven, del color de la aceituna, que tanto le habían atraído la primera vez que la vio trajinando por las galerías del alcázar, y ver cómo sus pupilas se contraerían llenas de miedo.

La sola idea de imaginarlo le excitaba sobremanera, mucho más de lo que ya se encontraba en esos momentos.

Con el dorso de la diestra empezó a abofetearla, de forma suave, cuidándose de no lastimar el bello rostro que contemplaba. Al cabo, la joven pareció volver en sí, muy poco a poco, presa de un sueño tan profundo que la privaba de su voluntad. Miraba aturdida.

Hacía tiempo que el cuerpo parecía haberla abandonado, aletargado por los efectos de la adormidera que había ingerido horas antes en las cocinas de palacio, sin ella saberlo, oculta como estaba en el fondo de una jícara caliente de chocolate. El mismo cuenco que cada atardecer tomaba antes de marcharse, solo que aquel día no se percató de que una mano, furtiva y malévola, le había vertido la droga en la bebida humeante. Esa taza de chocolate le aseguraba un sustento reconfortante para pasar la noche, pues no siempre disponía de comida al llegar a la posada. De ahí que Micaela, una de las guisanderas, al caer la tarde la obsequiase con la deliciosa bebida y, si había suerte, con una hogaza de pan recién horneada. María de Díaz sabía agradecer su generosidad con palabras amables que prometían recompensas en el futuro, cuando estuviera mejor posicionada entre los cortesanos.

De repente, todavía confundida por la adormidera, abrió los ojos, desconcertada, al reconocer al varón que estaba delante de ella, con el torso desnudo y una mirada turbadora que la desosegó aún más.

El intruso se había despojado lentamente del calzón con el que se cubría. Entre las piernas robustas, bien torneadas y cetrinas, emergía impúdicamente la grandeza de su virilidad. Una pérfida sonrisa se perfilaba en sus labios ansiosos.

Pese al terror que la invadió, María no era capaz de reaccionar ante lo que estaba pasando. No comprendía qué hacía ese hombre en su cuarto. No acertaba a saber si era un mal sueño, una pesadilla, no discernía entre la realidad y la ilusión.

De pronto, notó como si su cuerpo, febril, emanase fuego. Con gran espanto y horror descubrió que le había lacerado el pecho y que la sangre, su sangre, brotaba y le resbalaba por la piel.

Quería gritar, pero no pudo. La boca permanecía cerrada; unas punzadas dolorosas le atravesaban la garganta. Las lágrimas desbordaban los ojos y se deslizaban por las, otrora, mejillas sonrosadas. Ahora, la palidez de la muerte se posaba, sin disimulo alguno, sobre el rostro de la joven.

En el instante en el que se disponía a tomarla su aprehensor oyó un tintineo. Segundos después una llave maciza de hierro fundido se introducía en la oxidada cerradura con el ánimo de abrir la puerta. Se incorporó sobresaltado viéndose sorprendido e intentó ocultarse tras ella. No le dio tiempo a más.

Una muchacha joven, grácil y de sonrisa generosa, se apresuró a entrar en la alcoba que desde hacía meses compartía con María y alejarse de las sombras de la noche que tanto la perturbaban. Aquel cuarto era su refugio, a resguardo de los muchos facinerosos que a esas horas, caído ya el sol y con los hachones apagados, asaltaban las calles de la villa.

Estaba deseando reencontrarse con María para festejar juntas la media libra de pan anisado con la que sus señores habían recompensado su buen hacer. Gracias a ella habían vendido varias libras de pólvora a unos soldados de los tercios viejos que pretendían enrolarse en una nueva campaña.

«Esta noche me he ganado ser yo quien ocupe la dormilona, nada ni nadie podrá evitarlo», pensó al tiempo que perfilaba una inocente sonrisa en los labios.

Irradiaba contento y felicidad, pues, finalmente, un apuesto mozo se le había declarado tras rondarla durante meses cuando iba con los cántaros, dispuestos sobre el cuadril, a llenarlos de agua fresca a la fuente de Matalobos, en la embocadura de la calle de San Miguel.

¡Cuán dichosa se sentía!

Nada más entrar en la cámara notó un intenso dolor en la nuca que la llevó a darse de bruces con el suelo. Después le sobrevino la oscuridad. La nada.

No volvería a despertar.

María correría la misma suerte. Contempló horrorizada toda la escena y comprendió de inmediato que ella también iba a morir, sin poder hacer nada por impedirlo.

4

Salón de los Espejos, corte de Carlos II de España
Con la misión de mantener ocupada a la regente

La reina abandonó la capilla de palacio con aire contrito. Casi a oscuras, alumbrada tan solo por unos velones cuyas vaharadas tejían hebras tan refulgentes como el oro, había orado largamente y con fervor. Se había arrodillado a los pies del Santo Cristo de la Victoria, una imagen penitente obra de Domingo de Rioja. Su augusto esposo había sido muy devoto por encarnar en un mismo cuerpo el dolor de la Pasión y la victoria del Redentor.

La regente apretaba entre las manos níveas el crucifijo tallado sobre madera policromada que Carreño le había dedicado antes de ser honrado con la dignidad de pintor de cámara. Entonces aún rentaba una casa vieja con vistas al alcázar, de paredes de adobe y con tejados de pizarra, sita frente al convento de San Gil, aguardando con impaciencia su designación.

El pintor, que pronto se convirtió en el favorito de la reina, había adquirido cierto prestigio con las obras que le encargaron los cenobios más notables de la villa, como una *Anunciación* para el hospital franciscano de la Orden Tercera, un *San Sebastián* para las monjas cistercienses de la Piedad o una *Sagrada Familia* para la iglesia de San Martín.

Sin embargo, no fue hasta su entrada en la corte cuando obtuvo fama y fortuna. Fueron muy alabadas sus pinturas al fresco en el Salón de los Espejos, hacia donde doña Mariana encaminaba ahora sus pasos, altivos y certeros. Había utilizado la *quadratura*, una novedosa técnica importada de Italia, sobre techos y paredes que creaba la ilusión óptica que los volúmenes de las figuras provocaban con tan solo mirarlos.

Dos lucidos libreas, tiesos como el esparto, abrieron las puertas de acceso al salón al paso de la regente. En su interior aguardaba su valido y confesor, el jesuita Juan Nithard, quien, con aspecto taciturno, se inclinó presto ante la reina.

—Majestad...

La regente ni se inmutó. Se sentó en un sillón cuyas empuñaduras se asemejaban a unas garras repujadas en oro. En el respaldo sobresalía, perfectamente tallada, un águila bicéfala, símbolo del poder imperial de Carlos, el primero de la dinastía de los Austrias, a quien había pertenecido el solio.

—Adelantaos. Sentaos junto a mí —requirió doña Mariana.

Un apesadumbrado Nithard, con movimientos lentos, se diría incluso que aletargados, se dejó caer con hastío sobre una silla repujada y laboriosamente labrada. Intentaba controlar la agitación que le reconcomía por dentro, pues sobre él pesaba la encomienda que le había ordenado unos días antes el principal de la Guardia, Guillén de Moncada: mantener a la reina ocupada en los muchos asuntos de la gobernanza de sus reinos, lejos, por tanto, de las posibles habladurías en palacio que pudieran delatar los hechos acaecidos.

—Contadme cuáles son esas cuitas que demandan mi presencia tan de inmediato —le espetó, desdeñosa.

El austriaco, malcarado por el peso de la responsabilidad y por la lealtad debida a su reina y mentora, se removía incómodo sobre la silla cuyo respaldo terminaba en un dosel que reproducía una laureada corona.

—Majestad, hay ciertos asuntos que urgen de vuestra consideración —contestó sin más preámbulos, pero con un tono de inquietud en la voz que no le pasó inadvertido a la regente.

Doña Mariana autorizó, con un movimiento de cabeza apenas perceptible, que el valido abundara en las cuestiones de la gobernanza del Imperio, por muy tedioso que, en ocasiones, le resultase.

—Majestad, los condados catalanes son los que mayor desasosiego me provocan —confirmó pesaroso—. Nuestros pesquisidores nos advierten de que se está fraguando una nueva revuelta en los territorios del principado. De ser cierto, esto nos pondría en una delicada situación, ya que el fuerte de los tercios se halla concentrado en la defensa de nuestras fronteras en Flandes y en el Mediterráneo —anunció.

—¿Estáis seguro de cuanto afirmáis? —atajó la regente.

—Así es, majestad, no albergo duda alguna. Esos territorios de los condados catalanes, indóciles y belicosos, siempre andan confabulando contra la Corona, a quien deben obediencia y sumisión —se lamentó.

»Majestad, como recordaréis, la Unión de Armas obliga a todos los reinos, estados y señoríos del Imperio a contribuir con levas y dineros a la defensa de la Monarquía Hispánica, en igual proporción a su población y a sus riquezas. Sin embargo, la nobleza catalana alienta al pueblo frente a los recaudadores reales, contra los que atentan impunemente, sin hacerse justicia por ello.

La reina escuchaba aparentando serenidad, pues aquellas cuitas no le eran ajenas, si bien un rictus de contrariedad le cruzaba el rostro. La espesa capa de afeites y polvos con la que le habían ungido la cara redonda no consiguió disimular el gesto de preocupación sincera que recorría su frente tras lo narrado por su confesor.

Nithard, que conocía el ánimo de la regente, de natural mudable, le ofreció una sonrisa acogedora, envuelta de templanza y no exenta de cierta resignación. Pretendía así disuadirla de las ideas más aciagas que acaso estuviera albergando en esos momentos.

—Majestad, debemos abordar también otros asuntos no menos importantes para la gobernanza del Imperio —atajó, desviando con ello, momentáneamente, los pensamientos de la regente.

La reina, armándose de paciencia, respiró hondamente y se aprestó a departir con su confesor.

Siguió una audiencia interminable. El valido informó a la monarca de los contratiempos que estaba causando el príncipe Juan José de Austria, al saberse fuera de los consejos de gobierno, y de las muchas voces que parecía aunar en su favor, no solo entre el populacho, sino también entre buena parte de los ilustres, cuestión esta que podría llegar a ser más que preocupante.

Le habló igualmente de los tratos comerciales con los territorios de ultramar, en especial los de Nueva España y Filipinas, y del estudio que alarifes reales estaban llevando a cabo sobre la bahía de Cádiz, donde se pretendía amarrar la Flota de Indias y ubicar definitivamente la Casa de Contratación en lugar de atravesar el Guadalquivir hasta Sevilla, como se venía haciendo desde hacía años. Advirtió asimismo de las algaradas que, llegado el momento, esto provocaría, pues la metrópolis sevillana se había convertido en una de las más importante de toda Europa.

También le confió el beneficioso tratado comercial suscrito con Inglaterra. No obstante, obvió mencionar las posiciones que la Corona inglesa había ganado en el norte de África tras la obligada cesión de la plaza fuerte de Tánger por parte del Reino de Portugal, con la pretensión encubierta de controlar el paso de los galeones por el estrecho.

Le confirmó de igual modo el estado lamentable en el que se encontraban los tercios, mal pagados y peor pertrechados. A duras penas podían mantener las fronteras españolas del norte de Europa, asediados como estaban los territorios flamencos por las huestes francesas, a pesar de los diferentes tratados de paz ya firmados.

Todo aquello le resultaba esquivo a la regente, distraída en ocasiones y atenta en otras. El austriaco, empero, seguía con su diatriba, hábilmente, para que la reina mantuviese sus pensamientos en todo aquello y no diera pábulo a los correveidiles de palacio. Compartió medidas para bajar los precios, sobre todo de las harinas y el pan, tras las protestas de los molineros. Sería un medio efectivo para paliar la hambruna y contentar así al pueblo. Se decretarían además nuevas disposiciones para recuperar el tesoro real, en bancarrota desde hacía años, que pasaban por gravar con nuevos impuestos tanto a la nobleza como al clero. Esto sin duda les situaría en el centro de todas las dianas.

Mayor interés puso la regente cuando el jesuita planteó buscar a una princesa europea con quien prometer en esponsales a su hijo, el infante real Carlos, pese a contar aún con pocos años de edad y con una salud quebradiza, si bien esto último prefirió omitirlo.

Se hacía imprescindible para el sostenimiento del heredero de la Corona que antes incluso de su mayoría de edad hubieran sido concertados sus esponsales. De este modo garantizarían una imagen de estabilidad en el trono que les beneficiaría de cara a otras potencias europeas.

Mariana de Austria, agotada por llevar el peso del Imperio sobre sus espaldas, ansiaba que la audiencia con su valido, que se alargaba varias horas, llegara a su término.

Su mente vagaba ya por los jardines de la Huerta de la Priora y buscaba refugio en el tablero de ajedrez, donde compartiría animadas confidencias con Águeda de Poveda. Apreciaba sinceramente a su fiel dama de compañía, cuya ausencia de la corte, aunque solo fuese por una temporada breve, le privaba del placer del juego que tanto anhelaba.

Deseaba visitar en cuanto pudiese el coro de la capilla real, donde, en unos días, disfrutaría del concierto de órgano que ofrecería en su honor el maestro de cámara, maese Hidalgo.

Se trataba de su compositor predilecto, aunque se guardase mucho de manifestarlo. Se mantenía distante y ajena a las aspiraciones del músico por alcanzar mayor gloria y reconocimiento en torno a la familia real, lo que a nadie en la corte le pasaba desapercibido.

Tras este breve lapsus se rehízo y volvió a fingir interés por los asuntos de Estado.

Apenas hubo terminado Juan Nithard de departir con la reina fueron alertados por un griterío. Provenía de uno de los salones de juegos del heredero al trono.

Las puertas se abrieron con estrépito para descubrir a un infante que se mantenía con dificultad sobre sí mismo. Uno de sus fieles cachorros de mastín brincaba a su lado moviendo frenéticamente su pesada cola.

Indiferente a las tramas aventuradas acerca de su futuro, el infante y sus risas estentóreas rompieron sobremanera la rigidez serena del despacho real. La reina y su confesor se miraron aturdidos ante la inesperada aparición del joven rey, a cuya dignidad debían vasallaje y lealtad. Le seguía un vasto coro de juglares, bufones y enanos cuyas burlas lo hacían reír con carcajadas limpias y sinceras, despreocupado y ajeno a los avatares de la gobernanza del Imperio.

Al percatarse de la presencia de su madre, Carlos correteó hacia ella con los brazos abiertos, demandando un abrazo que no llegaría.

La reina permaneció impertérrita, hierática. Hizo una solemne reverencia ante su hijo, a quien le costaba sostenerse sobre unas piernas un tanto desproporcionadas, largas y débiles, cimbreándose como un junco.

Una de sus ayas, al percatarse de la incomodidad que el infante real provocaba en los presentes, lo asió delicadamente de una de sus escuálidas manos, no sin antes humillarse ante doña Mariana. Trataba de persuadir al inocente Carlos para que no siguiera con su torpe caminar hasta la regente, su madre.

La espalda ligeramente curvada y el mentón prominente más que apreciable le recordaron al valido lo que de él se decía en la corte: que estaba imbuido por brujerías y poseído por el maligno. A los ojos viles de los cortesanos era un hechizado. Sentían repulsión hacia aquel incapaz, carente de cualquier entendimiento y raciocinio, cuya coronada testa soportaría el peso del mayor imperio de la cristiandad.

Nithard no tuvo más remedio que humillarse ante él, yendo a dar con las sayas de su pulcra sotana en el suelo.

Carlos era el único hijo varón que había sobrevivido de la unión de sus padres, Felipe de Habsburgo y su sobrina, Mariana de Austria.

Nunca habían considerado la posibilidad de que llegara a reinar, habiendo por ello descuidado su educación para el gobierno. Tampoco recibió las atenciones de los físicos y galenos de la corte, aplicados en salvar la vida de los infantes que lo precedían en la línea de sucesión, aunque sin lograrlo.

A la mente del jesuita vino la Epístola a los Romanos en el Nuevo Testamento, donde en el capítulo once, versículo treinta y tres se decía: «¡Cuán incomprensibles son sus juicios e inescrutables sus caminos!». Pensó que Dios todopoderoso les castigaba con aquel engendro que habría de gobernarlos algún día, tal vez por los latrocinios y felonías llevados a cabo en su nombre y a mayor gloria de los césares del Imperio.

En ese instante, ajeno a la porfía espiritual del confesor, Carlos le dedicó una mirada sincera, llena de dulzura, que lo desarmó.

Sus cándidos ojos, de un intenso color azul turquesa, centelleaban entre su cabello largo, tan ambarino como la avena en el verano. Se sorprendió devolviéndole la sonrisa. «No te dejes vencer por el mal», le decía su mente, que volvió a la Epístola a los Romanos, capítulo doce, versículo veintidós: «al contrario, vence al mal con el bien». Confundido pero piadoso, se santiguó en un intento de expiar sus malos pensamientos ante el Redentor.

Despreocupado y asido a las manos de sus ayas, el infante, envuelto entre las calzas de los trovadores y los danzantes que hacían las delicias del pequeño, volvía, candoroso, a sonreír con los jubilosos ladridos de los cachorros y las divertidas ocurrencias de los bufones. No hubo tiempo para ninguna cortesía más.

Cuando el joven rey se hubo marchado y, tras él, también la reina, Juan Nithard se ausentó por una de las puertas laterales que daban acceso a los despachos. Pensó avisar a los médicos de cámara para que tratasen al infante real y lo mantuviesen sereno y sosegado. Sus risas estridentes y sus muecas hilarantes, bobaliconas y soeces, ajenas a la dignidad que por cuna le correspondía, no debían espantar a los emisarios de las cortes europeas que se alojaban en palacio. Lo detestaba. No podía evitarlo. Le repugnaba su sola presencia.

Desolado, se entregó fervientemente a la oración, donde encontraba consuelo. Desconocía entonces que la regente había tomado la decisión de hacer llamar a su cámara privada a Mateo Puelles y Escobar, el que fuera galeno predilecto de su difunto esposo y que ella se había encargado de repudiar públicamente y apartarlo de la corte. Ahora pretendía demandar su pericia para que aumentase las dosis en sus antiguos tratamientos con el fin de apaciguar el aparente trastorno que sufría el infante real y mitigar el desasosiego que le provocaba.

Doña Mariana desconfiaba de maese Mateo, pues sus pupilas devolvían una mirada fría como el acero. Con todo, y a pesar de la advertencia que el mismo galeno pronunció en fechas pretéritas, que temía que una ingesta mayor de sus pócimas provocara incluso la muerte del infante, era el único en toda la corte que parecía comprender y atajar la enfermedad y las dolencias del heredero.

No le quedaba más remedio que recurrir a él, una vez más, aunque su mirada retadora pareciese traspasarle las entrañas.

5

Dispensario del Real Alcázar, Madrid
El galeno sangrador

Mateo Puelles y Escobar, el cirujano y sangrador real, preparaba con su parsimonia consabida las fórmulas magistrales con las que después trataba las enfermedades que aquejaban a los miembros de la corte.

Aunque su testa aún no peinaba canas, y lucía un ensortijado cabello negro azabache, un único mechón del color de la plata fundida le caía sobre la frente, lo que le otorgaba un aspecto avejentado. Ligeramente encorvado y de tez blancuzca por la que discurrían unas venas azulonas y tan finas como un hilo, sobre la nariz aguileña aguantaban unos lentes translúcidos que le hacían parecer frío y distante.

Hacía tiempo que había despachado a sus doctrinos, con los que era reacio a compartir sus remedios, más si estos iban destinados al infante real Carlos. La reina regente le había amenazado incluso con pena de cadalso si osaba desvelar las dolencias que aquejaban al futuro rey, aunque toda la corte susurrase a sus espaldas que el heredero de la Corona de los Austrias no sobreviviría a un invierno más.

Mateo había sido nombrado médico de cámara por el difunto rey Felipe, de quien graciosamente había recibido una fíbula con el escudo de armas de su reinado por los buenos servicios prestados a Su Majestad. Le encomendó igualmente el cuidado de su hijo, el príncipe Juan José, nada más fue reconocido como tal.

Cuando el monarca falleció y su esposa, Mariana de Austria, asumió la regencia de todos sus reinos, estados y señoríos hasta la mayoría de edad de Carlos, quien había de ser entronizado según la testamentaría real, esta desposeyó de sus atribuciones al sabio galeno. No veía con buenos ojos que fuese también el médico del bastardo de su marido, por mucho que lo hubiera reconocido como hijo legítimo. Le consideraba su máximo enemigo y alojó al galeno en los confines del alcázar, junto a las caballerizas. Los corchetes de palacio le vigilaban muy de cerca.

Así y todo, él era a quien avisaba para remediar las crisis constantes que sufría Carlos, para recelo de los recién nombrados galenos reales Juan de Hoyos y Andrés Ordóñez, que veían en maese Mateo un estorbo para sus aspiraciones de medrar en la administración de los Austrias. Además, ellos, al igual que la reina, desconfiaban de él por considerarlo huraño y hostil. Desafiante. Les asustaba cuando se encontraban con su mirada, huidiza las veces, retadora otras, que parecía ocultar aviesas intenciones. En ocasiones, visitaba a los ilustres, cuando se hallaban descansando en sus cámaras, envuelto en una pañera que le cubría hasta los pies y que apenas dejaba entrever unas botas enceradas de caña larga. Ocultaba el rostro tras una máscara de nariz picuda con la que, si bien pretendía protegerse ante una posible enfermedad contagiosa como la viruela o el tifo, provocaba pavor entre los aquejados, quienes, en sus desvaríos, creían estar ante el mismo demonio.

Ajeno a las veleidades y temores de la regente, Mateo Puelles y Escobar se afanaba en elaborar sus pócimas y remedios. No le importaba permanecer alejado del devenir de la corte. Se diría incluso que disfrutaba con ello, ya que de este modo podía dedicar gran parte de su tiempo a cultivar el pequeño huerto anejo a los jardines de la Huerta de la Priora.

Allí tenía sembradas numerosas matas de alcachofa con las que preparaba los brebajes depurativos que tanto demandaban los cortesanos, sobre todo tras los numerosos festines que se celebraban en palacio. También disponía de unos buenos ramilletes de valeriana, tila y lavanda que ayudaban a conciliar el sueño o a aplacar los dolores de cabeza, o eneldo para combatir los dolores menstruales de las nobles damas, o caléndula para luchar contra las arrugas y el envejecimiento de las doñas, siempre vanidosas.

Se pasaba tanto tiempo en su sembradío que recordaba con amargor cómo más de una vez su difunta esposa se había quejado de que parecía querer más a sus hierbas que a ella misma.

Gracias a las muchas visitas que recibía, en su gran mayoría a escondidas de la regente, fue tomando amistad con Juan Hidalgo, maestro compositor y músico de la capilla real. Este requería de sus remedios para combatir la afonía, la congestión o el dolor de garganta a los que tan propenso era y que en más de una ocasión le habían indispuesto antes de actuar en los conciertos celebrados en el Salón de Máscaras del palacio. En esos casos, tras notarse los primeros síntomas, se enmendaba con una cocción de romero, tomillo y menta y unos toques de eucalipto que resultaba ser un efecto balsámico, tal y como Mateo le había prevenido. Más difícil de tratar eran la artritis y los intensos dolores de cabeza para los que el maese sanador usaba una mezcla de escaramujo y melisa.

Tal era su amistad que cada vez con más frecuencia Juan Hidalgo acudía a él para pedirle opinión sobre sus composiciones, al tiempo que se interesaba por su ciencia y la elaboración de aquellos remedios tan acertados y decisorios. Charlaban durante horas, aunque Mateo recelaba del maestro compositor. Suponía que aquella amistad pudiera ser más fingida e interesada que sincera, pero, siempre cortés y precavido, prefería callar y otorgar.

Con todo, al médico le alegraban las chanzas que Juan Hidalgo le contaba y le agradaba el interés que mostraba por su ciencia, pues a menudo le confesaba, con indisimulada socarronería, que estaría dispuesto a cambiar los instrumentos y partituras del coro de la capilla real por las cánulas y los emplastos de su botica. Aquello les arrancaba sonrisas llenas de complicidad.

No obstante, lo que el cirujano y sajador no les mostraba nunca ni a él ni a sus pupilos, y mucho menos a los demás galenos reales, era la fórmula para obtener una poderosa sustancia conocida como adormidera.

Precisamente en ese momento se hallaba manejando un ramillete de amapolas de donde pretendía obtener unas pócimas con las que tratar las muchas dolencias del infante real Carlos. El joven príncipe no solo padecía trastornos alimenticios y una visible debilidad física, sino que también sufría de afecciones de la piel, que le afeaban el rostro.

Por otro lado, su intención era fortalecer su corazón y mejorar su sueño esquivo. Así el heredero se mostraría más tranquilo en las largas audiencias a las que, para su tormento, era sometido.

Lo que permanecía escondido en un armario, oculto a cualquier mirada, y cerrado con una llave cuya única copia poseía él, eran las semillas de la amapola real, que se cultivaba en las cuevas de la morería granadina. Un converso le proveía cada vez que visitaba la villa, allá por el mes de junio, en agradecimiento por haberle salvado de la hoguera.

Habían corrido muchos años desde que los moriscos fueron expulsados de los reinos peninsulares mediante sucesivos decretos del rey Felipe, tercero de su línea y abuelo del infante Carlos, acusados de seguir practicando la religión musulmana y sus viejas costumbres. Fueron miles, cientos de miles, los que sufrieron el destierro, el desarraigo de las tierras que consideraban propias y que los habían visto nacer desde generaciones atrás. Y, en verdad, muchos eran ya buenos cristianos, aunque, en privado, siguieran hablando su lengua o escribiendo con grafías musulmanas, en los denominados textos aljamiados, si bien usaban la lengua castellana en público.

Tan solo unos pocos centenares no fueron expulsados: los que tenían la condición de esclavos, los que habían tomado los hábitos y los que habían emparentado con cristianos viejos mediante el santo sacramento del matrimonio. Este era el caso del converso que le suministraba las semillas de la amapola real, descendiente de una morisca matrimoniada con cristiano viejo. Ocultos a los ojos del mundo, continuaban practicando sus ritos en las cuevas de la Alpujarra.

La amapola real era la adormidera más potente que conocía. Provocaba una incómoda sensación de aletargamiento a la par que unos efectos hipnóticos con los que se conseguía modelar la voluntad de la desdichada víctima que la consumiera en cantidades elevadas. Una droga somnífera y anestésica capaz de producir la muerte como si de un veneno se tratase, sin dejar rastro alguno. Procedía de la savia exudada mediante incisiones practicadas con artificio en su fruto, del que también se podía obtener el opio.

Era sin duda un arma que en manos de cualquier malhechor podría llevar a la destrucción y la desgracia del que tuviese por enemigo.

Mateo Puelles y Escobar, sajador real, sabía muy bien cuáles eran las dosis adecuadas para tratar las disfunciones del infante real y heredero al trono. Sabía también muy bien cuánto tomar para causar la parálisis y anular la voluntad de quien la ingería, y quedar de este modo al antojo del maniobrero, así como cuál cantidad era necesaria para conducir a la muerte.

Esta droga podría llegar a ser asimismo una potente arma con la que pretender torcer la voluntad de los ilustres y los poderosos. Por eso guardaba celosamente para sí el secreto de su poder.

6

Valle del Tajuña, a unas cuantas leguas de Madrid
Premonición...

Alonso se revolvía inquieto entre un amasijo de sábanas y mantas. Había despertado a Leonarda una y otra vez a lo largo de la noche. Se encontraba empapado, con un sudor frío que le recorría toda la espalda.

Ella lo había oído gemir durante la madrugada, pero el cansancio acumulado había hecho que acabase abandonándose a un profundo sueño. Sin embargo, al oírlo gritar, brincó sobre la cama e, incorporándose de inmediato, se volvió hacia él con intención de despertarlo.

Sin duda, volvía a sufrir una pesadilla. Hacía ya mucho tiempo que parecían alejadas de él.

Lo encontró con los ojos abiertos, idos, mirando al techo espantado, como si hubiera visto a un ahorcado colgando de las mismas vigas de madera que soportaban la techumbre que los cobijaba. Inmóvil.

Su otrora tez morena, del color de la harina tostada, se

tornaba ahora blancuzca como la cal y le otorgaba un aspecto enfermizo. Su cuerpo, vigoroso y fornido por las muchas faenas que a diario emprendía, aparentaba ser el de un perro apaleado, desvalido.

Leonarda comprendió que permanecía en un duermevela que le hacía confundir el sueño con la realidad.

De manera instintiva, en un gesto lleno de amor hacia su esposo, lo abrazó y lo besó delicadamente en las mejillas, que notó frías como la escarcha, al tiempo que le susurraba unas dulces palabras al oído con las que pretendía tranquilizarlo y que dejase de temblar. La asustaba sobremanera verlo en ese estado de agitación, tan fuera de sí.

Al poco, pareciendo haber logrado su propósito, Alonso recuperó la calma y sus poderosos músculos se fueron destensando. Volvió a sumirse en un sueño que le había sido esquivo, ahora ya más apacible.

Leonarda posó la palma de la mano sobre la frente de su esposo. Parecía rezumar una temperatura más alta de lo normal, pero consideró que no padecía de fiebres, pudiendo deberse más a la agitación y al propio sudor que a un enfriamiento repentino. Estuvo tentada de levantarse para ir a las cocinas a prepararle una tisana de raíces de sauce y tomillo para rebajar la temperatura de su cuerpo, pero desistió enseguida; juzgó que sería mucho mejor dejarlo descansar para que un sueño reparador obrase en su beneficio.

Justo en ese instante, en un acto reflejo no medido, miró hacia la enorme chimenea de piedra caliza orillada sobre un costado de la alcoba. Quiso cerciorarse de que los leños de la lumbre todavía ardían. Unas finas líneas candentes que se vislumbraban en la oscuridad y el destello que producían unas chisporroteantes brasas, que parecían danzar por el tiro de la chimenea, así se lo confirmaron.

Se abrazó al pecho de Alonso, como si con aquel gesto pretendiese tranquilizar el torso convulso de su esposo, que poco a poco iba retornando a un ritmo más pausado. Pudo oír los latidos de su corazón, aún desbocados, pero ralentizando su frenético cabalgar a medida que iban pasando los minutos. Se quedó dormida enseguida, ovillada junto a él.

En el exterior el viento aullaba intempestivo. Alonso hubiese jurado que grandes goterones de agua asaeteaban los cristales de los ventanucos, que amenazaban con estallar de un momento a otro.

El grito que había proferido apenas unos momentos antes lo había despertado. Se notaba sobresaltado, preso de una sensación aterradora que le dominaba, y, por un rato, decidió permanecer inmóvil, en un intento de asimilar cuanto sus sueños parecían haberle revelado.

En ese instante sintió la presencia de Leonarda, sus susurros, sus caricias, sus besos…, y fingió volver a un sueño reparador.

No deseaba preocuparla. Si a la mañana siguiente le preguntase sobre lo ocurrido le diría que no recordaba nada, que seguramente fuera un mal sueño, restándole cualquier importancia que la pudiera inquietar.

Pero… ¿qué significaría? En ocasiones, siendo muy niño, soñaba con desgracias que después ocurrían, como cuando soñó que su padre moría ahogado en un galeón atacado por los turcos cuando zarpaba la expedición en la que se había enrolado con rumbo a Sicilia, provista de un cargamento de esclavos bozales que pretendían canjear por vinos y aceites palermitanos, previo acuerdo del Consejo de Castilla con el virreinato de Nápoles.

Las semanas que siguieron esperó, apesadumbrado, la llegada del heraldo con las malas nuevas, hasta que, por fin, un día, con una carta en la mano, vio a su madre derrumbarse envuelta en inconsolables lloros.

¡Cómo se maldecía por haber soñado la muerte de su padre!

Durante años se atormentó pensando que, tal vez, si no lo hubiera soñado, si no lo hubiese imaginado, la desgracia no habría llamado a la puerta de su casa. Habría podido abrazar a su padre al regresar de aquella expedición de la que ninguno de los marinos enrolados retornó: los más viejos o débiles fueron pasados a cuchillo y los supervivientes de la batalla contra los turcos fueron vendidos como esclavos en los puertos bereberes del norte de África.

Se encontraba aterrado. Había soñado la muerte de Leonarda. Era eso lo que le había paralizado. Inmóvil, intentaba borrar de su mente aquella premonición que empezaba a devorarlo por dentro.

La había imaginado corriendo por el adarve del Real Alcázar. Un encapuchado la perseguía con un puñal afilado entre las manos con intención de darle alcance. Finalmente, atrapada sin salida dentro de la Torre Dorada de aquel baluarte, le asestaba vilmente infinidad de puñaladas, sin compasión alguna, entre aterradores gritos, ahítos de un profundo dolor, sin que él ni nadie pudiera hacer nada por detenerlo.

Impasible, contemplaba aquel crimen que se cometía delante de él, incapaz de impedirlo. Veía cómo se le escapaba la vida a su amada, envuelta en un charco de sangre que avanzaba irremediablemente hasta sus propios pies.

Tras aquellos nefastos presagios intentó, a duras penas, rehacerse. Sin duda, oír la plácida respiración de Leonarda sobre su pecho, ovillada junto a él, lo ayudó a serenarse, aunque se sentía incapaz de abrazarla, como si permaneciese claveteado sobre el colchón, como los alfileres sobre el acerico, inmóvil.

No sabía a qué se podría deber aquel mal sueño. Desde que regresaron de Flandes y, una vez solventados los muchos peligros que en el pasado habían corrido en Zafra, sus vidas parecían haber encontrado al fin la serenidad y el reposo que antes les habían sido esquivos.

Eran muy felices en su hacienda, viendo crecer a su única hija, Teresa, y sabiéndose respetados por los gentilhombres de la villa y corte de Madrid, con quienes habían labrado un fructífero negocio de sedas y óleos, gracias en buena parte a Diego, que pasaba por ser su valedor entre los ilustres.

Desconocía las causas de su perturbación. La achacó a unos sueños huidizos, traicioneros, sin mayor significación, pretendiendo con ello engañarse a sí mismo.

Intentó dormir.

Al cabo de un buen rato, volvió a abrir los ojos. Sabía que ya no podría conciliar el sueño en toda la noche. Le sobresaltaban todos los ruidos: la lluvia sobre los cristales, el viento revolviendo las tejas, el chisporroteo de los últimos fogonazos de la lumbre…

No se le iba de la cabeza la visión de Leonarda corriendo, aturdida, primero por las alquerías del Real Alcázar, después por los matacanes del adarve de las murallas, desesperada, con la mirada perdida. Antes de verla morir tuvo la sensación de que buscaba a alguien...

Pero... ¿a quién? ¿Buscaría en su desespero a un salvador? ¿Le aguardaba a él? ¿O tal vez estuviese huyendo de su matador sin encontrar a nadie en la huida que la pudiera socorrer?

Hubo un momento, antes de que el criminal asaltase a Leonarda, en el que el encapuchado pareció volverse hacia él, como si hubiera reparado en su presencia. Fue solo un instante, y no consiguió desenmascarar su verdadero rostro. No llegó a verlo: el grito que él mismo profirió lo despertó antes de que lo pudiera descubrir, lo que le provocaba mayor angustia y desazón.

Su mente le devolvía las mismas escenas una y otra vez, sin orden ni concierto, aunque todas llevaban a un mismo final: Leonarda aparecía muerta delante de él, desangrada, acuchillada, y él no podía hacer nada por evitarlo, llorando desconsolado junto a su cadáver.

7

Real Alcázar, Madrid
Preparado para matar de nuevo...

No podía evitarlo. Su corazón latía con fuerza cada vez que pensaba en volver a matar. Algo en su interior era más fuerte que su propia voluntad. Había pensado en ser auxiliado bajo el secreto de confesión para arrancar al mal de sus entrañas, pero sabía que terminaría quitándole la vida a su confesor y no quería ofender a Dios, en quien confiaba para redimir sus pecados.

Tenía entre las manos un frasco minúsculo que contenía la savia extraída de la amapola real, el narcótico más poderoso que conocía, y que ocultaba con facilidad en la faltriquera que colgaba de la cintura de su jubón. Un coleto de cuero, sin mangas, que marcaba sus anchas espaldas y dejaba entrever una camisa de lino abotonada le otorgaba un porte señorial.

Se había encerrado en su cámara y, a la luz de una vieja palmatoria de latón, se afanaba en conseguir el jugo de adormidera con la que vencer la voluntad de sus víctimas. Se excitaba con solo pensarlo.

Antes de usarla contra las desgraciadas a las que, descuidadas y a merced de sus sádicos deseos, drogaba para después atacarlas cruelmente, la había testado con algunos de sus propios doctrinos. Sin ellos saberlo, les había suministrado unas cuantas gotas en sus copas, mezcladas con el aguamiel que tanto les gustaba.

Primero lo probó con uno a quien detestaba por engreído y pendenciero. Fueron tan solo unas cuantas gotas, y el resultado no fue el esperado. El muchacho parecía entrar en un sopor profundo, pero se resistía al sueño que le invadía, probablemente más por temor a ser reprendido por el maestro delante de todos y ser diana de la mofa y las chanzas de los demás pupilos que por el cansancio provocado tras la ingesta.

Poco tiempo después de aquel primer ensayo, durante una comida en la que compartió mesa con sus pupilos más allegados, vertió discretamente y sin ser visto una cantidad superior en una jarra de vino que estaba destinada a un grandullón que le ayudaba con los avíos más pesados. Sin embargo, en un descuido, la jarra pasó a manos de uno de los mozos que los servían, jaleado por los otros para que se la bebiese de un trago.

Cuando pudo darse cuenta el mozo ya se había llevado la jarra a los labios. La guerrera deshilvanada, abotonada hasta el cuello, parecía que le iba a estallar a medida que su garganta se tragaba con fruición aquel dulce licor ante las carcajadas de los demás que lo apremiaban a terminarlo, ruidosos y desenfadados. Derramó los últimos sorbos sobre su incipiente vientre. Se limpió las comisuras con la bocamanga.

Aquello lo incomodó sobremanera, más allá del error en el destinatario, porque desconocía el paradero de aquel mozo y corría el riesgo de no saber el efecto que la droga le provocaría.

No tardó mucho en averiguarlo. Según avanzaba la velada el aprendiz de librea se iba trastabillando en sus pasos, que cada vez le resultaban más pesados y cansinos. Al mismo tiempo, su tez, de natural rojiza y tersa, se iba mudando en blancuzca, como la cal con la que se encalaban aquellos muros que los cobijaban.

So pretexto de mostrarse benévolo con el descarriado, y aprovechando que sus alumnos se hallaban bajo los efluvios del vino, se acercó a él para observarlo.

Se situó a unas pulgadas de su demudado rostro y pudo oler un reflujo avinagrado que el muchacho dejó escapar ajeno a cualquier pudor. Le hubiera degollado al instante, pero reprimió el impulso. Lo exploró con atención. Sus pupilas se habían dilatado y unas finas gotas de sudor le perlaban la frente resbalando por la temblorosa papada. Tenía la mirada perdida, que le hacía parecer ausente, ido.

Bien es verdad que el muchacho no era tan grande ni tan fuerte como sin lugar a duda lo era el primer destinatario del brebaje, pero era bigardo y lozano, y ahora parecía que las fuerzas se le fueran escapando a cada momento, como el moribundo a punto de exhalar su último aliento. El alborozo con el que lo recibió no pasó desapercibido para uno de los mozos que en esos momentos trajinaba entre los fogones, aunque atareado como estaba en sus muchos quehaceres no le prestó mayor importancia.

Enmascaró su entusiasmo y se contuvo de manifestar su ánimo. Por unos instantes procuró pasar inadvertido entre el trasiego de bandejas para saciar el apetito voraz de sus jóvenes pupilos.

Al poco, recabó la ayuda de uno de los mancebos de las cocinas para acomodar al aprendiz sobre un sillón frailero que estaba junto a la chimenea. El mozo se desplomó sobre el mismo como un saco de heno, entrando a continuación en un profundo sueño, ausente por completo de la gallardía y consciencia de momentos antes.

Así permaneció durante horas, hasta que el indagador decidió marcharse, satisfecho por los resultados. Durante aquel tiempo, en el que iba y venía del salón a las cocinas, le propinó toda serie de golpes: bofetones, patadas, pellizcos..., sin que el infeliz se percatase de las acometidas de su captor.

A buen seguro las moraduras del día siguiente serían las únicas testigos de cuanto había ocurrido aquella noche al calor de la densa lumbre que calentaba los fogones.

La tercera vez que lo probó fue con una joven barragana de la Cuesta de la Vega, a quien, a cambio de unos reales, convenció para que lo llevase hasta su humilde casa. Una vez allí bebió del pequeño frasco que escondía en su faltriquera con la engañifa de ser un licor de aguardiente y moras con el que ahuyentaría aquel frío que les calaba hasta los huesos.

En esta ocasión había ajustado la dosis con esmerado cálculo, pues supuso que una hembra, por las hechuras que les eran propias, sería más vulnerable. Había ensayado a mezclar el jugo de la amapola real con el polvo de hojas desecadas, que había machacado con paciencia, lo que daba un aspecto viscoso al bebedizo, poco deseable y pastoso. La desgraciada no tuvo más remedio que tragárselo bajo la promesa de que obtendría un puñado de monedas más sobre lo previamente convenido.

Le pidió que se aseara y se cambiase de muda, con la sola idea de hacer pasar algo más de tiempo. Después le exigió que se arreglara para él con uno de sus mejores vestidos. La infortunada, confiada, no opuso resistencia, aunque farfullaba por lo bajo algunos denuestos, apenas perceptibles para aquel a quien consideraba un excéntrico pero acaudalado parroquiano a quien complacer.

Al cabo de un rato, apareció ante él con una vieja falda plisada de crespón sobre la que destacaba un corpiño nacarado, cuyos cordones estaban carcomidos por los bordes. Lo habría recogido de los roperos de cualquiera de las muchas casas de misericordia de la villa a donde las nobles damas mandaban a sus criados para deshacerse de las prendas viejas. Limpiaban con ello tanto sus baúles como sus conciencias insanas.

Qué lejos estaba aquella infeliz de imaginar siquiera que pronto acabaría la podredumbre en la que se desenvolvían sus días. A todo ello, la desgraciada fantaseaba en silencio acerca de qué hacer con aquellas monedas con las que su distinguido cliente iba a pagar por sus servicios.

Pensaba que tal vez podría calzar a su hijita, acogida en uno de los hospicios del convento de las descalzas, a cuyo recaudo no tuvo más remedio que dejarla meses atrás. A cambio fregaba las letrinas del cenobio un par de veces por semana y acarreaba cántaros de agua de las fuentes más cercanas con los que llenar sus cubas y regar las huertas.

Con ello se aseguraba de que la niña dispusiera al menos de una comida caliente al día con la que mitigar el hambre y estuviera a resguardo de las garras de la calle, siempre afiladas, siempre peligrosas y mortales con los sin nombre. Desde luego, tanto ella como su hija lo eran.

Mientras añoraba una vida alejada de aquel mísero devenir de sus días, su cliente no tuvo que esperar mucho para observar en la mujer los primeros síntomas de la droga que había ingerido. Fue tal el vahído que debió sentir que, en un intento espontáneo de mantenerse en pie, se aferró con tal fuerza sobre la única ventana de la estancia que arrancó los visillos que la cubrían, tambaleándose como una peonza hasta que, finalmente, cayó al suelo. Su mugrienta melena quedó esparcida por las frías teselas.

La desdichada, en un estado semiconsciente, trató de sonreír, pero apenas pudo ofrecer una áspera mueca desdentada y maloliente que lo desagradó. Su cuerpo, escuálido y debilitado, no opuso ninguna resistencia a los efectos de aquel extraño bebedizo que parecía haberle atravesado la garganta de inmundicia.

Ella vio que aquel hombre extraño se le acercaba, con una pérfida sonrisa posada en los labios y una mirada huidiza que parecía ocultar sus verdaderas intenciones.

Esta vez la dosis parecía ser la acertada. Lo suficientemente potente como para anular su voluntad por completo, pero al mismo tiempo sin perder totalmente la consciencia.

Fue entonces cuando sintió un impulso súbito de poseerla al contemplarla tan desvalida, tan indefensa, a su merced.

La recogió del suelo con sus fuertes brazos. El escaso peso

de la mujer no le supuso ningún obstáculo ni resistencia, podía sentir sus huesudas costillas entre los dedos.

La desvistió despacio mientras ella se dejaba hacer, reclinada ya sobre un jergón de mullida paja que intentaba cubrir con una manta deshilachada, roída y parduzca. Después le acarició el pecho enjuto, le lamió las areolas morenas y hundió sus ágiles dedos en lo más profundo de su ser. Notó que se excitaba sobremanera: su poderoso miembro emergió con un empuje inusitado por entre sus calzas.

La infeliz, ajena a su ardor por poseerla, parecía entrar en un profundo sueño del que su captor intentó que despertara con unas bofetadas, propinadas primero con cierta delicadeza, después con mayor vigor. La desgraciada solo respondía con unos cuantos balbuceos.

Fue en ese preciso instante cuando su mente le susurró, maliciosa, que practicase sobre la desdichada toda clase de incisiones. Así que laceró y le abrió el cuerpo. Las heridas eran mortales, pero ella apenas opuso resistencia, al encontrarse bajo los efectos de aquel poderoso narcótico.

El color ambarino de la paja del ajado jergón que los acogía pronto se teñiría de un bermellón intenso procedente de la sangre de la barragana de la Vega, a quien nadie echaría en falta. Cuando algún ratero descubriera su maltrecho cadáver no dudaría en robarle las pocas pertenencias que hubiera podido acumular en su hogar, mientras que otros, igual de miserables, sin techo ni cobijo, se quedarían con la casa y enterrarían el cuerpo sin dar parte a los temidos alguaciles.

No volvería a soñar con comprarle un par de zapatos a su hija, con pasear agarrando su mano por las calles de la villa.

La niña no volvería a saber nunca más de su madre, ni a ver su sonrisa esforzada cuando iba a visitarla al hospicio. Malviviría y engrosaría el número de huérfanas de la casa de misericordia de las descalzas. Su vida tomaría el curso que su madre nunca habría querido para su hija, de la que se había propuesto apartarla. Había soñado con que se convirtiera en bordadora o en planchadora de una casa principal, alejada de las sucias calles que atraían la desgracia a mujeres como ella.

Atormentado y complacido al mismo tiempo, el asesino volvió del ensimismamiento en el que aquel recuerdo le había sumido y se concentró en la escudilla que tenía entre las manos. Vertía en ella la savia viscosa con la que volvería a matar.

Su próxima víctima no lo sabía, pero ya había sido sentenciada a muerte.

Su padecimiento sería solo comparable a los tormentos de la cruz, aquella ante la que, en un acto de contrición, elevaba el cuenco. Se sentía ungido por la gracia del Crucificado, en cuyo nombre mataba.

Posó la mirada sobre aquel crucificado de alabastro, perdida entre las llagas de su piel. Le reconfortaba la Pasión representada ante sus ojos, fríos como los de cualquiera de los cadáveres a los que sometió a tormento, y con su postrera y anunciada muerte.

Se santiguó reverencioso para aligerar la culpa, rehaciéndose, ya más templado de ánimo. Sonrió quedo, pareciendo recobrar la cordura.

Volvería a enfundarse en sus ricos ropajes y, al igual que su pañera lo envolvía en una gruesa capa que lo protegía de la ventisca, la aparente lucidez que mostraba ante los demás lo apartaba de cualquier sospecha que sobre él pudiera recaer.

La doblez de su alma tiznada solo era conocida por el Misericordioso, quien no pareciese que pudiera hacer nada contra la maldad humana.

Sin tiempo que perder, se aprestó a terminar la encomienda que se había propuesto antes de acudir a un importante llamamiento al que había sido citado y que lo complacía y lo inquietaba a partes iguales.

Se mostraría impecable, como venía haciendo desde hacía ya mucho tiempo atrás, engañándolos a todos.

8

En la cámara de la reina, Real Alcázar de Madrid
Las dudas del galeno sajador

Mateo Puelles y Escobar caminaba taciturno y huraño por las largas galerías que llevaban hasta las estancias más nobles del alcázar.

Días antes había recibido el llamamiento de la regente de personarse en su cámara privada al anochecer. La noticia lo inquietó y agrió su carácter, ya de por sí sombrío desde hacía tiempo, según manifestaban las dueñas de doña Mariana, a quienes la presencia del galeno nunca les había gustado en demasía. Decían de él que poseía una mirada gélida que las traspasaba y llegaba incluso a desnudar sus almas.

Marchaba escoltado por dos de los custodios de palacio pertenecientes a la Guardia Chamberga. El cortejo lo guiaba el mayordomo real, que, a su vez, se hacía acompañar por uno de los muchos libreas a quienes gobernaba con puño de acero.

Mateo detestaba que lo interrumpieran, más aún cuando

se encontraba indagando acerca de remedios con los que ensayar las curas a los males que aquejaban a los cortesanos y que algunos de ellos, como la difteria o la viruela, les eran transmitidos por sus servidores o esclavos.

Desde que había caído en desgracia ante doña Mariana, pocas veces había sido requerido a presencia de la regente, por lo que intuía que debía tratarse de un asunto de cierta envergadura. En ocasiones anteriores la encomienda para la que se le precisaba le había sido comunicada discretamente por alguna de sus damas de compañía o por, para fastidio de ellos, los nuevos médicos de cámara, Juan de Hoyos y Andrés Ordóñez. Estos, a regañadientes, mascullando por lo bajo, obedecían los dictados de la regente y bajaban hasta las sombrías dependencias donde desarrollaba sus fórmulas con las que sanar al infante real.

En esos pensamientos se encontraba cuando, casi sin darse cuenta, se halló frente a la antecámara de doña Mariana. Un trasiego de libreas, camareras y doncellas se prodigaban en armonioso desorden trajinando sin parar de un lado para otro.

Le hicieron esperar unos instantes, apenas el tiempo que duraba el rezo de dos credos que a él le parecieron eternos. Los dos custodios permanecían a su lado, quienes, con aire marcial y adornados por las puñetas de sus camisolas que lucían bajo las casacas azulonas, suaves y aterciopeladas, y abotonadas hasta el cuello, sostenían unas amenazadoras picas. Se situaron a poco más de media vara de distancia, tan cerca de él que podía percibir el denso olor avinagrado que despedían. Sin duda, las lavanderas de palacio, además de la lavanda y el jabón cocido con el que restregaban los ropajes de los uniformados del alcázar, debían de rociarles con líquido del vinagre que se almacenaba en las bodegas para eliminar la humedad de los paños.

Al cabo, el mayordomo mayor de la reina abrió una de las puertas y con una marcada inclinación de cabeza le anunció que Su Majestad estaba dispuesta a recibirlo.

Mateo Puelles y Escobar se atusó los mechones amarfilados que tanto lo incomodaban cuando le caían sobre la frente y se palpó la levita en un acto no medido. Se estiró todo lo que pudo, en un intento de aparecer ante la regente con la dignidad que su cargo le reportaba. Se sentía contrariado por no haber encontrado la fíbula con el escudo de armas que su augusto esposo, el difunto rey Felipe, le había concedido por los muchos y buenos servicios prestados a la Corona, que no había echado en falta hasta ese mismo día.

Nada más entrar se humilló ante ella y esperó a que le hablase, pues bien sabía que el protocolo de palacio le exigía no hablar hasta que lo hiciese doña Mariana. Incluso desvió la mirada para no verse obligado a mirarla directamente a los ojos hasta que ella no le dirigiera la palabra.

—Tomad asiento, maese Mateo —terció al fin la regente.

El galeno, sumiso, obedeció y fue a sentarse en el único sillón dispuesto para la ocasión, a una distancia prudente pero lo suficientemente cercano como para hablar sin verse forzados a levantar la voz durante la audiencia que se disponían a mantener.

—Son muchas las cuitas que me inquietan..., que me turban —inició el parlamento la de Austria.

Mateo permaneció callado en espera de nuevas.

—Muchas las encomiendas que sobre mí pesan y muchos los sinsabores que mi posición conlleva. Con todo, acepto las obligaciones de mi cargo y sufro por ello —pareció concluir, afligida.

Hubo un incómodo silencio entre ambos, ante lo cual el galeno real se dispuso a tomar la palabra.

—¿Acaso, majestad, necesitáis de algún remedio que calme vuestras palpitaciones como en ocasiones anteriores?

Doña Mariana no contestó, limitándose a ladear levemente la cabeza. El gesto no pasó desapercibido para el médico de cámara.

—¿Tal vez vuestros temores de nuevo no os permitan conciliar el sueño?

La reina volvió a negar.

—¿Han retornado aquellos terribles dolores de cabeza que tanto os irritaban? —preguntó una vez más, controlando su ansiedad ante la nueva negativa de su interlocutora.

Al fin doña Mariana, reina viuda y regente de las Españas, se dignó a contarle cuál era el verdadero motivo de sus desvelos, por los que le había hecho llamar, casi de forma furtiva, y lejos de las miradas de los cortesanos.

—Todo cuanto detalláis me aflige y siempre me habéis servido bien, por todo ello mi dignidad procura que os encontréis cómodo entre estos muros gélidos que nos cobijan y nos protegen de todo mal, aunque son muchos los peligros que nos acechan.

»No son esas las cuitas que me importunan en este instante, sino las del infante real, don Carlos, quien está destinado a ser vuestro rey y sobre quien habrán de descansar, más pronto que tarde, los pesados pilares del Imperio —terminó concediendo.

El sajador real, pensativo, con un halo ausente, seguía con fingido interés y sin un solo pestañeo la ilación de la reina. Le clavó la mirada sin pudor alguno, lo que la incomodó perceptiblemente, aunque se sobrepuso al punto, pues no era propio de su dignidad dar síntomas de debilidad.

—¿Cuáles son las encomiendas que de mí demandáis, majestad? —preguntó quedo.

—Que ayudéis al que será vuestro amo y señor, vuestro rey... —sentenció altanera, tajante.

—Es algo que vengo haciendo desde su alumbramiento, majestad, vuestro augusto esposo, don Felipe, así me lo encomendó y no he dejado de hacerlo ni por un solo momento durante toda mi vida —contestó sereno.

Contemplaba divertido la irritación de la reina, rígida dentro de su corsé brocado. Estiraba el fino cuello mientras apretaba los dientes.

Sabía que lo necesitaba, que solo él era el dueño de la ciencia con la que trataba al infante real y que, tras cada crisis, conseguía devolverlo a la normalidad de sus días en la corte.

A pesar de ello, consideró más prudente volver a la senda de la fingida sumisión, no fuere que sus huesos acabaran dando contra las losetas húmedas de los calabozos.

—Majestad, tenéis en mí a un devoto servidor de vuestra realeza, no hay mayor honor en mi humilde persona que serviros, al igual que a don Carlos, a quien el Hacedor le reserve grandes gestas, como así lo hizo con toda su estirpe, y engrandezca, aún más, el imperio de las Españas —concluyó ladino.

—Cuento con vuestra lealtad y buen juicio, así lo quiso mi difunto esposo, don Felipe —otorgó.

Tras una breve pausa, removiéndose sobre su asiento, la regente se dispuso al fin a demandar lo que de él tanto ansiaba.

—El infante real, don Carlos, sufre crisis cada vez más frecuentes, profiere voces, muestra muecas hilarantes, como si perdiera las entendederas...

Se le notaba que le costaba mucho hablar de su hijo, más todavía en los términos con los que le exponía la situación a Mateo. Este escuchaba quedo.

—En ocasiones parece babear por las comisuras de los labios y al andar se cimbrea como un junco, con un torpe caminar como si fuera a romperse en pedazos de un momento a otro.

El médico de cámara seguía sin pronunciar palabra alguna, incluso pareciera que estuviera disfrutando con todo aquello que atormentaba a la regente.

—Tiene una mirada bobalicona y un aire distraído. Cualquiera de los bufones de la corte, a su lado, parece más cuerdo e inteligente que él —dijo con un tono de desagrado en la voz, se diría que incluso con desprecio.

—El infante real es...

La reina se sorprendió por la intromisión, pues aún no había terminado su plática, aunque se le quedó mirando expectante.

Mateo se dio cuenta de que había interrumpido el parlamento de la regente, pero ya no podía echarse atrás, por lo que tragó saliva y se dispuso a hablar.

—El infante real es... Don Carlos es... —Parecía como si no encontrase las palabras adecuadas o temiera irritar aún más a la regente.

Doña Mariana se removió en su asiento, en un síntoma claro de impaciencia.

—El infante real es... un infante, eso es —concluyó al fin, para desconcierto de su interlocutora, que lo miraba circunspecta ahora.

—Explicaos, don Mateo, ¿qué queréis decir?

—Pues que don Carlos es aún un niño, y dada su juventud y falta de madurez no se le puede exigir un comportamiento maduro —razonó.

»Sus voces, sus brincos, sus chanzas o sus pocas luces son consecuencia de su naturaleza, de su temprana edad, no debéis achacarlo a ninguna enfermedad, majestad, perded cuidado por ello. —Sonó seguro, aparentando cordura y el aplomo que le otorgaba el paso de los años en el oficio.

La reina, sin embargo, no pareció quedar muy convencida con las explicaciones ofrecidas por el sanador real. No la reconfortaron en absoluto.

El galeno ya contaba con ello, por lo que se animó a seguir hablando para granjearse el favor de la de Austria, tales eran sus aspiraciones.

—Majestad, bien sabéis que mi ciencia ha logrado mantener a salvo a buena parte de vuestra corte, quienes acuden a mí, aquejados de cualquier mal, en busca de remedios que los alivien y los sanen. Incluso vuestra gracia ha requerido de ellos en contadas ocasiones.

La reina relajó el rostro y concedió un mohín que pretendía ser de agradecimiento.

—En cuanto a don Carlos, quien habrá de ser, llegado el momento, el mayor césar de la cristiandad, como ya lo fueron su padre y antes de él el padre de su padre y así todos sus antepasados —dijo grandilocuente—, siempre he estado a su servicio ocupándome de salvaguardar su menguada salud.

»No debéis por qué temer, majestad, los tratamientos siguen su curso y solo la imprevisible fuerza de su propia naturaleza puede dar al traste con los mismos o, por el contrario, hacer que sean plenamente efectivos.

—Debéis suministrarle mayores dosis —exigió la regente, quien parecía no haber escuchado nada de lo dicho hasta entonces.

—Majestad, don Carlos es tan solo un infante, no podemos aumentar las dosis de sus tratamientos so pena de provocarle mayores cuitas que beneficios, ya que incluso podría llegar a causarle…

—¡Callaos de una vez! —le ordenó la regente poniéndose en pie, visiblemente contrariada.

»Obedeceréis a vuestra reina. No quiero volver a presenciar ningún episodio en el que el infante real sea objeto de mofa o de lástima. O enderezamos la situación o, en no poco tiempo, a las sublevaciones habidas en Flandes y en Nápoles le sucederán las de los demás reinos del Imperio.

»Aquí mismo, dentro de nuestras propias fronteras peninsulares, en el principado de Cataluña, siempre belicosos contra la Corona, andan confabulando contra quien está llamado por naturaleza a ser su rey y único señor.

Mateo Puelles y Escobar, con mirada desafiante, se mordía la lengua hasta el punto de sentir cómo unas pocas gotas de sangre encharcaban su paladar. El sabor, por otra parte, no le desagradó, y se la tragó sin el mayor atisbo de aprensión.

—A no mucho tardar recibiremos en el alcázar a una delegación de los condes catalanes que nos son propicios, pero así y todo, serán muchas las cuitas que planteen y mucho lo que se habrá que negociar y, llegado el caso, que ceder.

»No podemos permitirnos que vean a mi hijo como un pusilánime, como un heredero al trono sin juicio propio o, lo que es peor, privado del mismo.

»Necesito que, al menos en las audiencias, se muestre solemne, erguido, sereno. Que se muestre con dignidad. La dignidad de su dinastía, la dignidad de los Austrias —concluyó fuera de sí.

Se hizo un silencio ensordecedor, solo el cuco atrevido del reloj osó alterarlo sin medir las consecuencias.

—Conseguid prestancia en don Carlos —pareció rogarle.

—Es muy peligroso lo que de mí demandáis, majestad. El infante puede padecer un retroceso en sus dolencias, y con dosis mal medidas incluso corre el riesgo de perecer...

—Quiera Dios todopoderoso que eso no llegue a suceder, ya que si así fuera, no tendréis fuerza para aguantar el tormento al que seríais sometido —lo amenazó, blandiendo su dedo índice como si de una espada de fuego se tratase.

Poco más se dijeron. Instantes después la regente dio por concluida la audiencia.

Mateo, turbado por lo acontecido, abandonó la cámara, cabizbajo. Las sienes le martilleaban y por un momento pensó que le estallaría la cabeza. Pese a la presión, supo encarrilar su ánimo envalentonado.

Tal vez, pensó, se hiciera necesario suministrar al noble infante una dosis de su adormidera más potente, la de la amapola real, para que lo sumiera en un estado semiconsciente que no delatase su debilidad ni sufriera ataques, pero que tampoco pareciera ausente. La encomienda le resultaba enrevesada y muy peligrosa.

¿Cuál sería la dosis indicada para un cuerpecillo tan frágil? Podría probar con alguno de los bufones, aunque esos cuerpos deformes lucían más robustos que el propio heredero.

Nunca antes lo había ensayado en rapaces y desconocía los efectos que aquella droga podría causarles.

Estaba consternado. Debía obedecer a la reina, ya que de no hacerlo pagaría con su propia vida. Si fallaba, sus días estarían contados y eran muchas las encomiendas que todavía le quedaban por cumplir.

Aquel secreto poder que albergaba era la causa de sus desdichas, de la lucha interna que mantenía consigo mismo.

En ese preciso instante hubiera preferido cambiarse por cualquier mozo asignado a la limpieza de las cuadras antes que llevar el peso del Imperio sobre sus espaldas.

Un dolor de cabeza insoportable le encrespaba el ánimo, aliándose en su contra, como si quisiera volver a sacarlo de quicio golpeando cada vez con mayor virulencia.

«No hay tiempo para compadecerse», se dijo a sí mismo, intentando recomponerse y sobreponiéndose a su propio dolor.

Debería seguir indagando sobre los efectos de la adormidera y las dosis adecuadas para obtener los resultados encomendados. No era tarea fácil, al contrario, requeriría de muchas noches sin dormir hasta hallar una solución satisfactoria.

La cuestión radicaba en saber con quién volvería a ensayar ahora para encontrar el equilibrio que se le escapaba. ¿A qué alma inocente sometería de nuevo a los efectos de aquella droga perniciosa?

En ese preciso instante, a Mateo Puelles y Escobar, sajador real, le cruzó la espalda un súbito escalofrío que pareció partirle en dos y abandonarle a su oscuro destino.

9

Colegio imperial, calle Mayor, Madrid
Alertados por los crímenes...

—Leonarda, tengo un mal presentimiento —le confesó el padre Beltrán, cuando consideró que estaban a una distancia prudente de los demás hermanos, lo suficientemente alejados como para que no los pudieran oír.

Leonarda había vuelto al colegio semanas más tarde, como era su costumbre. Aquel recibimiento la sobrecogió, pues si bien era verdad que en su última visita el abad le había mostrado su preocupación por las estrechuras por las que pasaban, no era nada habitual verlo tan angustiado.

Se detuvo al pronto y se volvió hacia él. Le dirigió una mirada escrutadora, como si pretendiera adivinar de inmediato la causa de los desvelos del religioso, puesto que no alcanzaba a comprender la gravedad de cuanto pretendía contarle.

—Pasemos dentro de la capilla —le sugirió Beltrán, que la asió levemente del brazo.

Leonarda no opuso resistencia, se dejó llevar, guiada por una intriga que empezaba a recorrer todo su ser.

Bien sabía que Beltrán no era un hombre de temperamento impulsivo, conocía de su contención y buen juicio, por lo que dedujo que si compartía con ella cualquiera que fuera su inquietud se trataría de un asunto capital, de considerable gravedad.

Se adentraron unos cuantos pasos hasta llegar a una de las capillas laterales bajo la advocación de san Juan de Dios, patrón de los desvalidos y de los enfermos, aneja al ábside central donde lucía una de las Inmaculadas de Francisco de Zurbarán. El pintor extremeño contaba con mucho predicamento entre las diferentes órdenes monacales, como la de los jerónimos del monasterio de La Puebla de Guadalupe o los dominicos del convento sevillano de San Pablo el Real. No obstante, había sido designado con el título de pintor del rey por el anterior soberano.

Allí, tras humillarse ante el sagrario que contenía el cuerpo de Cristo, tomó una estola morada que, ceremonioso, se colocó alrededor del cuello y entró en el confesionario. Una expectante Leonarda le siguió al instante.

Ambos sabían que era el único lugar donde podrían hablar durante largo rato sin levantar sospechas, protegidos por el sacramento de la penitencia.

—Leonarda, hace días que no como, que apenas duermo, que respiro con dificultad... Debe ser una señal —dijo compungido.

—Padre Beltrán, eso no obedece a otra causa que al cansancio. Los años van haciendo mella y el cuerpo se resiente —quiso tranquilizarlo.

El jesuita la miraba moviendo levemente la cabeza a un lado y a otro.

—No, no se trata de eso. No puedo negar que mis miembros sean menos robustos que en mi juventud, ni la prontitud de mis movimientos sea la que deseara, ni tampoco que mis ánimos se hayan tornado más templados que antes, no.

»Pero es algo que me golpea el entendimiento, que hace que me despierte agitado, sudoroso, con el corazón palpitante. Quiera Nuestro Señor que no sea igual que la otra vez...

Leonarda sintió cómo un estremecimiento le sacudió el cuerpo con solo oír aquellas últimas palabras con las que Beltrán parecía lamentarse.

Hacía tiempo que no hablaban de lo acontecido en el ducado de los Feria, cuando años atrás se habían cometido una serie de crímenes, a cual más atroz, en los que la sangre de los inocentes sacrificados rivalizaba con la sangre de los mártires de las Sagradas Escrituras. Corrieron un gran riesgo, pero consiguieron entre ambos desenmascarar a los asesinos, lo que a Leonarda le valió el favor de los duques, y al jesuita, el aval del arzobispo de Toledo, Pascual de Aragón, para el mantenimiento de su colegio de huérfanos.

—¿Acaso contáis con alguna evidencia que sustente vuestros recelos? —le preguntó aparentando una serenidad que parecía escapársele por momentos.

—Me han llegado nuevas y no son halagüeñas, más bien al contrario, me hacen suponer que el mal está presente entre nosotros...

—¿A qué os referís? —preguntó alarmada.

El jesuita miró de reojo a través de la celosía del confesionario, como si quisiera asegurarse de que ningún otro hermano pudiera escucharlo.

A Leonarda le inquietaba la actitud de Beltrán. Lo encontraba turbado, a pesar de su más que sobrada y ganada fama de abad impávido y sosegado entre los padres de la Iglesia.

—Al parecer se han cometido algunos crímenes que me hacen recelar... —concedió.

En ese instante unos alegres novicios entraron en la capilla, ajenos a la confesión que se estaba llevando a cabo en su interior. Vestían una sotana talar negra cerrada al frente, pero sin llevar la faja de seda propia de su orden ceñida a la cintura, pues aún no habían profesado los votos para entrar a formar parte de la Compañía de Jesús.

Al distinguir entre la penumbra del templo la silueta de una mujer, arrodillada ante el confesionario, dejaron sus chanzas y, con aire contrito mal disimulado, flaquearon en su algarabía y abandonaron el templo. Protegida por la capucha de su esclavina de seda no adivinaron su identidad.

Las campanas voltearon en ese instante avisando a la comunidad de la hora sexta, tras el rezo del ángelus. Pronto el frufrú de los hábitos al andar invadiría de nuevo el atrio del cenobio en dirección a la capilla.

—Decidme, padre Beltrán, no nos queda demasiado tiempo —le rogó Leonarda, mostrándose ceremoniosa en el confesionario y deseando conocer al detalle los pesares del religioso acerca de las muertes perpetradas.

—Al parecer, hace algunas semanas encontraron a una joven muchacha asesinada y no mucho después a otra más que...

—Aunque me entristece sobremanera escuchar cuanto me

referís —atajó Leonarda, presa de las prisas— y mi corazón se inunda de un sentido pesar por la suerte que hayan corrido esas infelices, sus muertes nada tienen que ver con lo que vivimos en aquellos entonces —intentó argumentar ante la mirada perdida del abad.

»Aquellos fueron unos crímenes del pasado, perpetrados por una mente enfermiza, endemoniada, confabulada para atacar a aquellos desvalidos, inocentes e indefensos, en quienes buscaba una enfermiza venganza.

»La muerte de estas muchachas de las que me habláis, y que imploro con todas mis fuerzas que no queden impunes ni a los ojos de Dios ni ante la justicia del más severo de los tribunales, ha debido producirse de forma azarosa.

»El mal anida en el corazón de los hombres, en su propia naturaleza, haciendo salir la bestia que esconden dentro —concluyó Leonarda, quien pretendía con ello calmar la ansiedad incipiente y despejar el velado miedo que emanaba de su interlocutor.

—«El que tiene entendimiento, cuente el número de la bestia, porque es número de hombre...». Apocalipsis capítulo trece, versículo dieciocho —contestó agriado el abad, quien guardó un incómodo silencio antes de proseguir, no sin antes persignarse con venerada fruición.

»Te muestras impetuosa, lo cual, conociéndote, no me sorprende, no permitiéndome siquiera explicarte el porqué de cuanto digo...

Leonarda bajó la mirada, cabizbaja y avergonzada. Se había dejado llevar en su afán de intentar aliviar los pesares que abrumaban al religioso, por quien sentía verdadero afecto.

A Beltrán no le pasó desapercibido aquel gesto y consideró que la amonestación había surtido efecto, motivo por el que no se explayó más. Se dispuso entonces a explicarle la razón de sus desvelos.

—Durante la estancia del padre Ventura, uno de los hermanos de la Compañía, en la casa madre del Santo Tribunal de la Inquisición, a donde se dirigió siguiendo mis instrucciones para presentar nuestros respetos al valido de Su Majestad, el reverendo padre Juan Nithard, que, como es sabido, es hermano de la Compañía, oyó de soslayo una breve conversación mantenida entre este y el justicia mayor del reino.

»Al parecer las asesinadas no son unas meras mujeres sin nombre alguno, sino, muy al contrario, ambas proceden de rancia cuna y pertenecían al servicio de palacio, lo que nos puede hacer pensar que se trata de un osado asesino, o asesinos —aclaró poco convencido—, que no teme ni a la justicia del rey ni la ley de Dios y que se siente poderoso e inmune a cualquier castigo, lo que lo convierte en un ser muy peligroso.

A Leonarda le costó asimilar la nueva, pues nunca hubiera sido capaz de imaginar tales hechos.

Que un asesino anduviera suelto dentro del mismísimo alcázar real le resultaba del todo inconcebible.

—No pudo escuchar mucho más, pues el padre Ventura temía ser descubierto en aquella falta, pero llegó a oír algunos detalles entrecortados del suplicio al que fueron sometidas aquellas desdichadas, lo que le provocó que no pudiera conciliar el sueño durante varias noches.

»A pesar de todo, si bien temeroso, optó por contármelo para aflojar su conciencia y, también, su profundo temor por lo escuchado, que hoy en día lo sigue perturbando de tan impactado como quedó al conocer el proceder del criminal para con sus desvalidas víctimas.

Beltrán hizo una pausa, como para recomponer sus pensamientos, bajo la atenta mirada de Leonarda, quien ni siquiera había pestañeado ante lo narrado, no saliendo de su asombro por cuanto se le confiaba.

—No debe ser casual —prosiguió el jesuita— que unas doncellas de palacio, nacidas de noble cuna, hayan aparecido muertas de una forma tan cruenta como el padre Ventura oyó contar, por lo que mucho me temo que esto tan solo sea el advenimiento de más crímenes —se lamentó.

Un crujido inesperado, procedente del reclinatorio sobre el que se hallaba Leonarda, distrajo su atención fugazmente. Enseguida se apresuró a ahondar en lo que le estaba participando.

—Desconozco el motivo que llevó al criminal a obrar con tal saña contra esas desdichadas, pero parece claro que su pretensión no fuera otra que la de desafiar a la autoridad de la Corona en su propia casa —aventuró con gran pesar, barruntando mayores desgracias que estuvieran por venir.

—¿Acaso pensáis que el criminal pudiera pretender atentar contra el trono? ¿Contra la regente o contra el heredero? Pero... ¿por qué? ¿Qué sentido tendría una acción así?

—Lo desconozco, Leonarda, son muchos los interrogantes que se abren y muy pocas, o ninguna, las respuestas con las que contamos —dijo pesaroso—. Solo cabe esperar que los guardias de palacio apresen al malhechor cuanto antes y no se cometan más crímenes.

Leonarda, arrodillada tras la celosía que los separaba menos de media vara, mostraba ahora un gesto contraído, de latente preocupación. Beltrán lo percibió con total nitidez, adivinando su desasosiego, por lo que se contuvo durante un momento para no alarmar más su ánimo.

Tras esa breve pausa, que a ella le pareció eterna, como si meditara muy bien las palabras que iba a pronunciar a continuación, se atrevió por fin a confesarle lo que en su interior más profundo sabía que ocurriría.

—Y si así no fuera, sospecho que, muy a mi pesar, me veré involucrado en los mismos —adujo cabizbajo, con un fino hilo de voz que dejaba entrever su preocupación creciente.

«Tal vez nos acabe involucrando a los dos más pronto que tarde», pensó afligido, aunque esto último, dada su propia naturaleza contenida, y con la esperanza de equivocarse, se abstuvo de decirlo.

No se equivocaría.

10

Galería de la reina, Real Alcázar de Madrid
Encuentro con el asesino

Matilda de Arlon, hija menor de los duques de Limburgo, pertenecía a una noble familia emparentada por vía materna y paterna con el emperador Fernando, tercero de su nombre, rey de Hungría, de Bohemia y del Sacro Imperio Romano Germánico y archiduque de Austria, quien era padre de doña Mariana. Ya de muy niña entró a formar parte de la corte imperial. Fue dama de compañía cuando la ahora regente de las Españas era una joven princesa germánica y su padre aún no había concertado sus esponsales con el rey viudo del mayor imperio de la cristiandad, Felipe de Austria, y, por tanto, tío carnal suyo, pues era hermano de su madre, su alteza imperial María Ana de Austria.

Su vida en la corte del Sacro Imperio había ido pasando entre los fastos propios de los ilustres y sus dignidades y los continuos viajes por los territorios de Valonia, región sobre la que se asentaba el ducado familiar de Limburgo. Entonces no imaginaba que un día no muy lejano su destino estaría ligado al de la princesa que servía, por mucha dama principal que ella fuera.

Siempre admiró la templanza de doña Mariana cuando se le comunicó que había sido prometida en esponsales con su tío, el rey de las Españas. Se mantuvo imperturbable, sin un solo rictus de desagrado en el rostro, a pesar de la lejanía de aquellos reinos tan occidentales y de la diferencia de edad entre los futuros esposos.

Matilda, sin embargo, no pudo evitar sentirse como si le atravesaran el corazón con una pica valona, pues no deseaba salir de su país y siempre había fantaseado con desposarse con un noble de la corte imperial y convertirse en dueña de su propia casa nobiliaria.

Por eso, cuando supo que su alteza imperial abandonaría aquellas tierras y partiría hacia los reinos españoles, comprendió al instante que su suerte estaba echada y que no le quedaría más remedio que acompañarla, junto con todo el séquito real, a lo que consideraba un destierro. La princesa aparentaba no albergar duda alguna sobre su destino, al fin y al cabo, se convertiría en reina, fin para el que había sido predestinada desde el mismo día de su alumbramiento.

En un primer momento a la joven dama se le ocurrió huir de la corte imperial hacia territorio valón. Sin embargo, desechó la idea casi de inmediato, no solo por imprudente, sino porque bien sabía que no tendría a dónde ir ni puerta a la que llamar ni palacio en el que refugiarse. Su noble familia no la acogería en su seno y su vida sería desgraciada, un precio muy alto que no estaba dispuesta a pagar.

Así pues, tras una primera noche en la que no había pegado ojo, llorando desconsolada, se exigió a sí misma cumplir con su deber. Tal vez, en aquella corte extranjera, encontraría el lugar que, por cuna, le correspondía.

Todo aquello le rondaba por la cabeza mientras se probaba vestidos en sus aposentos, a la espera de recibir a uno de los prohombres de palacio.

Sedas, gasas y tules se desparramaban por los sillones de su amplio vestidor sin decidirse por ninguno en concreto.

Uno de aquellos gentilhombres de la corte le llamó poderosamente la atención desde un principio, y eso a pesar de que rara vez se mezclaba con los cortesanos del alcázar, tan dedicado como estaba a sus altos cometidos.

Su mirada parecía glacial, como si la traspasara, como si pudiera leer su mente y ser acreedor de sus pensamientos.

Recordaba que fue en esa ocasión, nada más terminar la polifonía orquestada en el Salón de Máscaras del alcázar en honor a los soberanos, cuando se acercó a él con la idea de granjearse su amistad. A su buena planta se le unía contar con el favor de Su Majestad el rey, a tenor del trato cercano que le dispensaba. Esto despertaba al mismo tiempo envidias y recelos entre los cortesanos.

Haciéndose la encontradiza pudo intercambiar con él apenas unas cuantas frases, aunque fueron más que suficientes como para percibir la lascivia en su mirada. Se prendó de ella rápido, lo que Matilda pretendía aprovechar para ganarse su favor y, con ello, una mayor influencia dentro de la corte española, tan encorsetada y recelosa del séquito que formaban los nobles germanos que, al igual que ella, se habían instalado entre los muros de aquel viejo alcázar desde la llegada de doña Mariana a la villa.

Desde entonces, los encuentros se habían ido sucediendo, apasionados y furtivos, si bien en las últimas ocasiones se había sentido algo indispuesta, incluso parecía que perdiera la memoria y no recordase muy bien lo sucedido. Se había preocupado, aunque creía estar segura de que se trataba de vahídos sin mayor importancia. Tanto era así que había decidido salir a pasear por los jardines de palacio con mayor frecuencia y tomar el aire fresco que soplaba desde la hondonada del Manzanares.

Estaba convencida de que aquel prócer la ayudaría a conseguir su propósito, pues decía estar emparentado con un alto funcionario de la corte, un hidalgo de laureada familia, que ocupaba un cargo preponderante en el Reino de Nápoles y con quien pretendían convenir el desposorio.

Al parecer, el infanzón en cuestión, que había hecho fortuna fuera de los reinos peninsulares, no tenía la intención de regresar. En la corte española no sería bienvenido, pues no solo pertenecía a la baja nobleza de provincias, sino que, además, había cimentado su patrimonio en el mercadeo de aceites y trigo entre los puertos de la costa amalfitana y de esclavos provenientes de la isla de Pantelaria, como si de un vulgar mercader se tratase. Esto a los grandes de España les repugnaba.

Había sido ella misma quien, ladina, había sugerido que se concertara el compromiso de esponsales por poderes con aquel hidalgo enriquecido con el comercio en Nápoles bajo la promesa de que, una vez que tuviera la dispensa de la regente, marcharan hacia las provincias flamencas y, desde allí, a la región valona del ducado de Limburgo. Con la riqueza acumulada por su marido, y el poder de su familia, estaba segura de poder comprar un título con el que acomodarse en la corte imperial. Tales eran las pretensiones de Matilda.

Solo había un detalle en el que aún no había pensado... Su credo no era el de la corte española.

Ella lo mantenía oculto. Solo la regente lo sabía, quien, siendo ambas todavía muy jóvenes, le rogó que no lo revelase nunca, de lo contrario, ni ella misma, por muy reina coronada que fuese, podría arrancarla de las garras del Santo Oficio si aquello llegase a sus oídos.

A pesar de ello, estaba convencida de que para su esposo, una vez que se encontrasen entre los suyos y hubiese sido convenientemente agraciado por el ducado de Limburgo, aquello no supondría ningún impedimento para alcanzar sus fines.

Anularían el matrimonio católico, denunciarían ante los religiosos valones que fue coaccionada a contraerlo por miedo a ser ejecutada por el Tribunal de la Inquisición.

Desde niña, siempre se había imaginado desposándose en San Jorge, caminando tras una procesión de velas, encabezada por el canónigo de la catedral de Limburgo, que la condujese hacia el altar. Los esposos y sus invitados solo reconocerían el valor de la Biblia, sin otra ornamentación de tradición romana ni reconocimiento alguno a la autoridad pontificia que su amor, protegidos de cualquier peligro tras el cauce del bravío Lahn que rodeaba el rocoso templo.

Con ese pensamiento, feliz al fin de poder atisbar la salida de aquella hermética corte castellana que tanto la oprimía, pretendía lucir esplendorosa para seducir a aquel gentilhombre que le abriría las puertas de su libertad, deseosa de que agilizase los trámites para su casamiento.

Su visitador nunca le había pedido nada a cambio por otorgarle dicha merced que tanto ansiaba desde hacía mucho tiempo y por la que habría estado dispuesta a pagar con su propio cuerpo, si así se lo hubiera reclamado.

Bien es verdad que no fue menester pedírselo. Sin que mediara condición alguna, se entregaron el uno al otro con verdadero frenesí en cada uno de sus encuentros, satisfaciendo cumplidamente sus deseos ardientes, meciéndose el uno sobre el otro con sus cuerpos desnudos, sudorosos y resbaladizos. Saboreándose con indisimulada lascivia, sus lenguas ardorosas recorrían los más profundos rincones en buscar del elixir anhelado.

Sin duda, aquello era algo que la desconcertaba e intrigaba a partes iguales. Bien conocía ella que favor con favor se paga, por lo que aquella noche estaba dispuesta a descubrir qué pediría para sí mismo el que sería su valedor.

Lo que no sospechaba era que, desde hacía tiempo, su amante ya había urdido otro destino para ella. Tal vez, no regresara nunca más a su país.

Matilda de Arlon había pedido a sus sirvientes que aquella noche no la importunasen, aquejada, como decía encontrarse, de fuertes jaquecas. De esta forma se aseguraba de no ser sorprendida en sus aposentos en compañía de su amante y evitaría las habladurías de los demás cortesanos para que sus planes siguieran ocultos hasta el último momento.

Sin lacayos que atendieran la cámara, ella misma se encargaba de avivar el fuego de la chimenea con el atizador para que la alcoba resultase acogedora e impedir que el frío les calase hasta los huesos.

Los leños reconcomidos protestaban cada vez que les atizaba. Parecían defenderse de ella, lanzando voraces lenguas de fuego, como si de un dragón vencido se tratase.

Tras revisar concienzudamente su aparador, había optado por lucir un vestido sedoso de color turquesa que exhibía un generoso escote en forma de corazón; un corsé abrochado le realzaba el busto. Así se proponía seducir a su visitador, una vez más.

Prefirió no portar ninguna de las joyas de su tocador, pues pretendía ser deseada por sí misma más que por ninguna presea con la que pudiera engalanar su cuerpo.

También se había hecho traer, unos días antes, una damajuana con vino de Borgoña, de emboque oloroso y delicado, para solazar la velada. Sin prisas, sacó un par de copas repujadas en forma de cáliz que aguardaban pacientes tras las celosías de una minúscula alacena situada sobre el vasar de la chimenea y las colocó sobre la mesa, una frente a otra.

Estaba segura de que, tras aquel encuentro, conseguiría averiguar al fin cuáles serían las condiciones de su mediador. Elucubraba que podría reclamar una recomendación ante la regente para revestirse de mayor dignidad en la corte, tal vez con un título nobiliario. Sabedor de la acreditada fortuna de su familia valona quizá le exigiera una suma exagerada con la que labrarse un nuevo porvenir, acaso allende el océano, en las Indias Occidentales, o en cualquiera de los muchos reinos del Imperio.

Sea como fuese, desde un principio se dijo a sí misma que

estaría dispuesta a asumir el precio que fuera necesario con tal de alejarse de aquella corte que le paralizaba los sentidos y le cortaba la respiración. Tan mojigata y distante le resultaba.

Lo que desconocía –ni siquiera llegaba a imaginarlo– era que tal vez el precio a pagar sería tan alto que quizá no volviese a pagar ningún otro.

Ajena a un destino diferente al que había tramado, solo pensaba en regresar a la región valona que la vio nacer y reencontrarse con su familia en el ducado de Limburgo. Allí se sentiría protegida y poderosa.

En estos pensamientos se hallaba cuando, mientras la oscuridad cedía a las intrigas de la noche, unos toques sutiles, delicados, le advirtieron de que su visitador aguardaba al otro lado de la estancia.

Su corazón empezó a latir desbocado y sintió un intenso deseo de correr hacia la puerta para abrir de inmediato, aunque respiró profundamente y esperó a oír un segundo repiqueteo sobre la madera, tal era la señal convenida, antes de franquearle el paso.

«Mi suerte está echada», pensó, muy satisfecha, para sus adentros.

¡Cuán lejos estaba siquiera de imaginar el padecimiento que le aguardaba!

Nada más abrir se sintió sobrecogida por una mirada heladora que parecía penetrarla. Tan solo el amago de una sonrisa en el rostro de su visitador le devolvió la confianza y le permitió acceder a su alcoba.

Una vez dentro, el hombre se despojó del sombrero de ala ancha de cuero que lo protegía, que reveló un cabello fuerte, atezado y revuelto. Se humilló ante ella, en lo que pretendía ser una cortesía a medio camino entre ceremoniosa y burlona, que le sacó una tímida sonrisa.

—Acercaos a la chimenea, don...

Su invitado posó delicadamente el dedo índice sobre sus labios, excitándose con la rugosidad de los mismos y provocando el desconcierto de la dueña. Viéndose sorprendida por el gesto, supuso que tal vez el precio a pagar seguiría siendo ella misma, al menos durante el tiempo que permaneciera en la corte. Estaba dispuesta a ello.

No sabía lo acertada que estaría...

—¿Os encontráis mejor?

Matilda de Arlon lo miró confundida.

—¿A qué os referís? —le preguntó intrigada.

—Mi querida dama, me concedisteis el privilegio de confiarme que tras nuestras citas anteriores os sentisteis indispuesta, tanto es así que incluso me llegasteis a decir que habíais perdido el conocimiento, fruto sin duda de algún traicionero vahído —argumentó el hombre, ladino, pues él mismo le había procurado diferentes dosis de adormidera en sus encuentros sin que ella lo notase, holgando a su voluntad sobre su cuerpo e ideando decenas de tormentos.

—Oh, sí, así es, pero no me ha vuelto a pasar —se apresuró a responder, jubilosa.

—¡Cuánto celebro oíroslo decir! Debemos festejarlo con una copa de ese vino de exquisito emboque con el que siempre tenéis la bondad de agasajarme —le sugirió, taimado.

La dueña hizo el amago de dirigirse hacia la mesita de corrido donde había dispuesto las copas, aunque él se lo impidió cogiéndola suavemente por el antebrazo. Notó que temblaba, pese a que su rostro tratase de mantener la templanza debida.

—Permitidme que sea yo quien os sirva. Tomad asiento y acomodaos, hemos de tratar temas que os son de incumbencia —le confirmó para contento de Matilda, que, intentando sosegarse, se mostraba complaciente.

Parsimonioso, se acercó a la mesita y derramó el oloroso en las copas mientras profería unas palabras ininteligibles. Daba la impresión de que estuviese orando ante un cáliz consagrado. Después se volvió mostrando una refulgente mirada en sus ojos que no le pasó desapercibida a la ilustre.

De lo que no se percató fue de que al mismo tiempo que escanciaba el vino también había deslizado un líquido viscoso, disimulando el sabor acre del bebedizo con el oloroso emboque del caldo que, con suavidad, bamboleaba entre sus dedos.

Aquel pernicioso narcótico pronto permitiría que el mal penetrase hasta sus entrañas, no pudiendo hacer nada por detenerlo.

—Brindemos —propuso ante una desconfiada Matilda.

En esta ocasión, la cantidad de adormidera real superaba en mucho las cantidades suministradas en sus encuentros anteriores. Su propósito no era otro que el de someter de inmediato a su nueva víctima, anular su voluntad por completo y liquidar cualquier atisbo de su autonomía.

La ilustre valona tomó apenas un sorbo, como mandaban las buenas costumbres. Él se acercó por detrás y la rodeó por el talle con sus poderosos brazos. Le susurró, cautivador, al oído:

—Bebed, no os mostréis apocada. La ocasión merece la celebración...

Matilda volvió a beber. En ese instante, con sutileza, su visitador la ayudó a levantar la copa que posó, cauta, sobre la barbilla. El líquido se deslizó cadencioso por la garganta.

Haciendo chasquear la lengua sobre el paladar, el hombre volvió a rellenar las copas invitándola a brindar. Esta vez no le pidió que bebiese, convencido de que la dosis ingerida apenas unos instantes antes bastaría para anular su entendimiento.

De forma pausada, se aproximó hacia la ventana con una mirada mortífera. Parecía ido mientras oteaba los extensos jardines de palacio y dejaba a la noble valona a su merced.

Entretanto, Matilda, algo turbada por la situación, comenzó a sentirse pesarosa y acalorada. Pensaba que tal vez fuera cosa del vino y de la lumbre, que ardía en la chimenea tras haberla atizado concienzudamente.

—Por favor, abrid uno de los postigos —le pidió con voz meliflua.

—¿Acaso os encontráis indispuesta? —preguntó socarrón.

Se había atusado sus cabellos oscuros y estirado la levita negra. A Matilda le resultó aún más caballeroso y apuesto.

Lamentaba la indisposición que sentía, mas ese sería el menor de sus pesares, aunque ella todavía no lo supiera.

—Me encuentro indispuesta —dijo quedamente—. Sería mejor que os marchaseis y pospongamos nuestro encuentro.

—No os incomodéis —le dijo, perfilando una amplia sonrisa cuajada de maldad—. Dormiréis profundamente, y dudo que volváis a despertaros —auguró maniqueo.

En ese instante extrajo, oculto bajo la almilla morada que vestía, un estilete afilado que acercó a la lumbre.

Ella se sobresaltó, pero no contaba con ánimo ni voluntad para levantarse y, mucho menos, para andar o echar a correr. Sentía que los párpados se le cerraban, pesados como una aldaba, y su mente se nublaba adoleciendo de cualquier lucidez.

En su semiinconsciencia lo vio acercarse sigiloso hacia ella. Portaba el acero candente en las manos.

—No sufriréis... —escuchó.

Ajena a su voluntad, percibió cómo aquel hombre la tomaba entre los brazos y la echaba sin miramientos sobre la cama. La desnudó con fruición, arrancándole del cuerpo aquellas vistosas gasas con las que momentos antes se había cubierto con el deseo de seducirlo.

Le separó las piernas, blancas como el mármol, y dejó sus pechos al descubierto. El pérfido amante disfrutó de su botín, feroz, sin que Matilda pudiera hacer nada por frenar aquel ardiente empuje.

Oía, lejanos, sus cadenciosos jadeos, como si el viento que golpeaba las ventanas se los trajese hasta sus oídos. A duras penas era consciente de que lo tenía sobre ella, a escasos centímetros de su rostro demudado.

Ni tan siquiera era capaz de distinguir el mentolado aliento que tanto la atrajo desde que lo conociera, a diferencia de muchos otros integrantes de la corte, que, agriados, tanto la estomagaban.

En un momento de furtiva lucidez sí que pudo sentir cómo uno de sus pechos estaba siendo abierto. Pareciera que aquella penetrante incisión la quisiera alertar del grave peligro que corría, aunque no percibía dolor alguno.

Se abandonó a su suerte, sumida ahora en un estado de total inconsciencia. El asesino, tras haberse vertido en el interior de su amante, se afanaba enfebrecido en grabarle sobre la piel unas grafías extrañas que sentenciaban su muerte.

Unos refulgentes hilos de sangre color carmesí iban empapando las finas sábanas de seda hasta convertirlas en un cenagal improvisado.

11

Real Coliseo del Buen Retiro, Madrid
Ajenos al crimen perpetrado

Ajenos al crimen perpetrado en las dependencias del alcázar la noche de antes, los cortesanos se mostraban exultantes. Se habían envuelto con afeites y perfumes, y derrochaban donaire y gallardía entre vestidos de sedas y tules las damas y vistosas levitas bordadas con hilos de oro y plata los caballeros. Todos compitiendo por ser los más admirados.

Por su parte, Leonarda también aparecía expectante momentos antes de la representación. No tanto por la pieza que se iba a interpretar, un auto sacramental de Calderón de la Barca llamado *La cena del rey Baltasar*, que no era de su agrado, sino por hallarse rodeada de lo más granado de las Españas.

Se encontraba allí gracias a su buen amigo Diego, su valedor entre los cortesanos. Él y el nuevo duque de Feria, Luis Mauricio Fernández de Córdoba y Figueroa, habían conseguido la dispensa para poder ser acompañados por Leonarda y su marido, Alonso. Este acudía a regañadientes, ya que, a diferencia de su esposa, no sabía desenvolverse entre los ilustres, por más que los frecuentase desde que regresaran de Flandes, tal era su labrada fama como marchante de obras de arte.

En aquella dispensa también había tenido mucho que ver la mediación de la duquesa viuda de Feria, Mariana de Córdoba. Leonarda se había ganado su favor años atrás, durante su estancia en el alcázar de los Feria en Zafra.

La duquesa se había empeñado en acompañar a su hijo a la corte, so pretexto de presentarlo ante ella y dar cumplimiento ante la regente. Su verdadero interés empero no era otro que el de dejar atrás el tedio que las tierras extremeñas le provocaban, tan áridas y tan alejadas de los divertimentos de la villa y corte, sobre todo en los meses más fríos del año, cuando los temporales de nieve y lluvia anegaban los campos y desbordaban los ríos.

Leonarda hubo de emplearse a fondo para convencer a Alonso. Accedió al saber que entre los ilustres que asistirían estarían los duques de Benavente y los de Villahermosa, conocidos coleccionistas de arte, a quienes proveía de lienzos flamencos. Tal intercambio generaba no pocos beneficios a la sociedad mantenida con Diego.

Además, ambos pretendían granjearse la amistad de algunos de los miembros de la Junta de Regencia, como la del propio valido de la reina, Juan Nithard, con el propósito de proveer de lienzos y cuadros a las numerosas ermitas, capillas, iglesias y conventos de la villa. Tampoco podían olvidarse de los palacios de los ilustres que proliferaban al calor de la familia real, como el del duque de Uceda, muy cercano a la regente. En los mentideros de la corte se decía incluso que el de Uceda era quien estaba costeando un palacio en la calle Mayor, cercano al alcázar, para acomodo de doña Mariana una vez que el infante real Carlos abandonase la minoría de edad y gobernase plenipotenciario como soberano de todos los estados, reinos y señoríos del Imperio.

Leonarda, que permanecía con los ojos muy abiertos, desplazaba sigilosa su mirada por los palcos. Los habían engalanado para la ocasión y lucían con vistosas y refinadas guirnaldas sobre señoriales pendones que brillaban a la luz de los hachones.

Junto a la regente y sus damas de compañía, entre las que destacaba su dama principal, Águeda de Poveda, se encontraba un taciturno Juan Nithard. Daba la impresión de que los muchos asuntos de la gobernanza le pesaban sobremanera.

Otros miembros principales de la Iglesia se habían acomodado muy cerca, como el arzobispo de Toledo y primado de las Españas, Pascual de Aragón, de quien el padre Beltrán la había advertido por maniqueo y apegado a los placeres mundanos, por mucho que le debiese obediencia y se hubiese erigido en principal benefactor de su colegio.

También se hallaba presente el canónigo de la catedral de Osma, un tal Juan de Avellaneda, quien, en su fuero interno, deseaba triunfar como autor de entremeses y mojigangas, y que anhelaba ser recibido en audiencia privada por la reina. Se decía que había escrito la zarzuela mitológica *El templo de Palos* en su honor y que pretendía, además, la venia real para que fuese el mismo maestro de cámara, Juan Hidalgo, quien compusiera la música para aquella opereta.

Unas varas por delante, junto a la regente, se hallaba el nuncio de Su Santidad, Federico Borromeo. Con su presencia, mostraba el favor de Roma por las causas de doña Mariana y la dinastía de los Austrias.

A poca distancia de ellos tomaban asiento los miembros de la Junta de Regencia, especialmente parlanchines entre ellos, como si tuvieran disputas por dilucidar. No debían ser de gran calado, pues a Leonarda le pareció que no les importunaba ser escuchados.

Especialmente tenso se veía a Guillén de Moncada, bajo cuyo mando se hallaba la guardia palaciega que debía garantizar la seguridad de la familia real. Un buen número de lanzas se había apostado de manera estratégica, de tal forma que nadie pudiera entrar ni salir sin su autorización previa. Así y todo, dejaba entrever cierta inquietud bajo una apariencia de forzada serenidad.

En otros palcos, algo más alejados de la regente y de las filas principales de los ilustres, ocupaban su lugar los gentilhombres de palacio, como el propio Calderón de la Barca, autor de la pieza que se disponían a representar y que sobresalía por lucir la capa con la que envolvía el hábito de caballero de la Orden de Santiago, o el mismísimo músico de cámara Juan Hidalgo que, malcarado y de mirada desvaída, parecía ido sobre su asiento. Posiblemente su aire ausente —dedujo Leonarda— se debiese a la responsabilidad que pesaba sobre sus espaldas, ya que, como maestro compositor de la capilla real, todos aguardaban expectantes a oír la composición musical creada para la ocasión.

Junto a ellos, el que fuera maestro de esgrima de Su Majestad Felipe, Pacheco de Narváez, ya en el ocaso de su vida, y el pintor de cámara Juan Carreño de Miranda, cuya pose altiva parecía apartarlo del resto.

Leonarda distinguió también entre aquellos próceres a algunos de los médicos de palacio, como el galeno real *ad honorem* Antonio Doré, visiblemente demacrado, y a los nuevos galenos de cámara de la reina, Juan de Hoyos y Andrés Ordóñez. Echó en falta al cirujano y sangrador real Mateo Puelles y Escobar, de quien se decía en los mentideros cortesanos que, tras la muerte de Su Majestad Felipe, se comportaba mucho más huraño y distante, envilecido, incluso, al ser apartado por la propia regente del corazón de la corte. Desde entonces los odiaba, afirmaban.

Le extrañó la ausencia de algunos ilustres cuya grandeza les hubiera proporcionado un lugar preeminente en el Real Coliseo, como le correspondería a Su Serenidad el príncipe Juan José. Ni siquiera se le había cursado la invitación por expreso deseo de la regente, que lo seguía viendo como un bastardo de su marido y un peligro acechante para el infante real, su hijo Carlos. Este tampoco asistiría a la representación, posiblemente aquejado de alguno de sus males, se sorprendió Leonarda pensando para sí.

En estos pensamientos estaba cuando un sonoro rumor proveniente del palco de las damas germánicas que acompañaban a la reina, poco dadas a mostrar en público su ánimo, anunció la inminencia de la representación. La obra corría a cargo de la conocida compañía de Andrés de la Vega, a quien el propio Calderón había ya contratado años atrás con ocasión de la comedia *La gran Zenobia*.

Volvió a fijarse, y tampoco vio a Matilda de Arlon, una de las damas provenientes del Sacro Imperio con quien había coincidido en ocasiones anteriores. Habían conversado en un dialecto flamenco que Leonarda conocía tras los años pasados en Flandes, puesto que una de las hilanderas de su taller procedía de la región de Valonia, cuna natal de la dueña. Desde entonces, la dama germánica la había acompañado alguna vez fuera de palacio, interesada en el porvenir de los huérfanos del colegio de la Compañía de Jesús. Habían hablado sobre Flandes y Limburgo, tierras muy próximas la una de la otra, y distantes, en cualquier caso, de los reinos peninsulares en los que se encontraban, para contento de Leonarda y desesperación de Matilda.

No hubo tiempo para más charlas. Leonarda quiso achacar su ausencia a una indisposición pasajera. No podía siquiera llegar a imaginar el martirio sufrido por Matilda.

Sobre el escenario se veían ya a algunos de los actores de aquel auto. Distinguió enseguida a los más afamados, Bartolomé Romero o Juan Rana, ante la expectación creciente de los allí congregados.

El padre Beltrán le había contado el argumento de aquella pieza sacramental. Instruida como era, gustaba de conocer los pormenores del auto que se iba a representar.

La cena del rey Baltasar estaba ambientada en la Babilonia bíblica, le había dicho, varios siglos antes de la venida de Nuestro Señor Jesucristo. El rey Baltasar, hijo del segundo Nabucodonosor, profanó los vasos sagrados, previamente saqueados por su padre del Templo de Jerusalén, durante la celebración de un banquete.

Tras la herejía cometida, apareció un mensaje escrito sobre los muros de palacio, misterioso e indescifrable para todos, salvo para Daniel, uno de los profetas apocalípticos del Nuevo Testamento. Este le auguró su muerte, predicción que terminaría cumpliéndose.

Al punto, tras los tupidos cortinajes, sonaron los primeros acordes de Gaspar Sanz, un afamado músico muy del gusto de la regente. También del propio maestro de cámara, que permanecía en tensión, estirado sobre sí mismo, como si con aquel gesto quisiera que no se le escapase ninguna mala nota que pudiera dar al traste con toda la partitura.

Sobrecogida y embargada por la emoción, Leonarda se abandonó al disfrute de la pieza, aferrada a la mano de Alonso, quien no quitaba ojo de la escena.

Ninguno podía sospechar entonces que aquel pasaje bíblico que se representaba ante todos ellos, con la pompa de las grandes escenificaciones, era en verdad un augurio de lo acontecido en el alcázar.

12

Sala de Juntas del Real Alcázar, Madrid
Tras la estela de los crímenes

Acobardado bajo el penacho real, Juan Nithard, el confesor de la regente, en cuyo nombre gobernaba el reino, intentaba calmar los ánimos de los miembros de la Junta de Regencia sin conseguirlo.

Al ver a Guillén de Moncada, quien se había ausentado unos instantes so pretexto de un llamamiento hecho por los galenos de cámara, pareció, al fin, serenarse.

Con paso bien firme, el principal de la Guardia Chamberga atravesó el largo pasillo que separaba la puerta de entrada al salón de la mesa capitular donde se encontraba el valido de la regente. El silencio y la calma tomaron a los ilustres, muy desconcertados por lo inusual de aquel llamamiento.

Pascual de Aragón se humilló discretamente ante el jesuita. Nithard le devolvió el cumplimiento de inmediato.

Faltaban por llegar algunos integrantes de la Junta. El resto aguardaba con impaciencia su llegada, mientras Guillén departía con el valido en un rincón del salón.

El rictus de espanto del religioso no presagiaba nuevas buenas, para mayor alarma de los allí congregados, aunque se esmerase en disimularlo.

Pascual de Aragón cruzó una mirada con el conde de Peñaranda, Gaspar de Bracamonte. Este último le demandó una respuesta, aunque no obtuvo contestación alguna. Sus expresivos ojos parecían decirle que se encontraba tan sorprendido como él mismo, aunque Pascual bien suponía lo que habría acontecido, recordando la reunión mantenida semanas atrás con el propio valido y el principal de la Guardia.

Cerca de ellos, aguardaba impasible el canciller del todopoderoso Consejo de Castilla, García de Haro Sotomayor. Con la altivez que le era propia, observaba el desenvolvimiento de la espontánea asamblea que se producía en un aparte del salón.

Al poco, llegó también Cristóbal de Valldaura, vicecanciller del Consejo de Aragón. El llamamiento le sorprendió de camino hacia la muy noble ciudad de Plasencia, donde pretendía cumplimentar a su hermano Luis, tras el nombramiento de este como obispo de aquella diócesis. Muchas fueron las puertas a las que tuvo que llamar para conseguir su designación y muchos los favores venideros que habría que atender.

La comitiva del vicecanciller ya había atravesado la Puerta de la Vega cuando los alguaciles reales, convertidos en avezados jinetes, les dieron alcance y entregaron la misiva que los obligaba a retornar a la corte.

No tuvieron que aguardar mucho más tras su llegada. Todos los integrantes de la Junta de Regencia estaban ya presentes.

García de Haro Sotomayor aguardó a una señal de Guillén de Moncada y cada cual ocupó su lugar en la mesa capitular.

La presidía el valido de la regente, Juan Nithard, en representación de la casa de Habsburgo. Ostentaba, por real cédula emitida por la propia regente, poderes plenipotenciarios sobre los reinos, estados y señoríos de los Austrias.

Se sentaba sobre un sillón de madera de haya. Lo flanqueaban estandartes blasonados asidos a un grueso astil con el emblema de los Austrias para simbolizar el poder que la Corona ejercía sobre los congregados.

A su lado se encontraba Guillén de Moncada, cariacontecido. Enfrente se situaban todos los demás ilustres. Apenas un murmullo sobrevolaba por encima de las cabezas de todos ellos, cobijado por el techo abovedado del salón.

A una indicación del principal de la Guardia, los lanzas que los escoltaban cerraron las pesadas puertas de roble, que resonaron con gran estrépito tras ellos.

Todos aguardaban las palabras del valido con un destello de preocupación que les desbordaba los ojos.

La ansiedad hacía mella en sus caras, sin que pudieran hacer nada por evitarlo.

—Serenaos, os lo ruego —demandó Juan Nithard, acompañando sus palabras con un suave movimiento de manos con el que intentaba aplacar los ánimos de sus pares.

Guillén de Moncada asentía con altivez. Miraba fijamente a todos los miembros de la Junta, que se mostraban visiblemente nerviosos y expectantes.

—Una terrible amenaza pesa sobre todos nosotros —les confió el confesor real—. Cuando la claridad alboreaba, uno de los custodios de palacio dio aviso a su superior —se volvió hacia Guillén— al hallar el cuerpo sin vida de una de las dueñas principales de doña Mariana.

Al pronto un encendido murmullo sobrevoló de nuevo la techumbre.

—Doña Matilda de Arlon ha sido hallada muerta. Todo indica que se trata de un vil crimen que no debe quedar impune. Los galenos reales, escoltados por los custodios de palacio, no han podido hacer nada por salvarle la vida, tan solo constatar su muerte —explicó apesadumbrado.

Nithard, que se aclaró la voz con un poco de agua anisada que tragó no sin dificultad, se aprestó a leer la nota que guardaba en un pequeño cofre, junto a la salvadera de plata, dispuesto sobre la mesa.

—Hemos de enviar la noticia de su muerte a su noble familia, los duques de Limburgo, a quienes cumplimentaremos con un sentido pésame —confió mientras les enseñó la nota ya manuscrita que debía firmar en nombre de la Junta de Regencia, ante el asentimiento de los demás.

Al punto, se hizo un pesado silencio que aprovechó Guillén, como principal de la guardia palaciega, para dirigirse a ellos.

—El justicia mayor del Reino certificará que la muerte se ha producido por un nefasto accidente y nadie verá su cuerpo.

»Ni siquiera la reina debe saber nunca los pormenores del crimen, ya que mucho nos tememos que de conocerlos le afligirían de tal modo que podría malograr la gobernabilidad del Imperio en un momento tan delicado como en el que nos encontramos.

Aquellas palabras obtuvieron el asentimiento contenido de todos ellos.

—La muerte ha sido horrible, jamás hubiera imaginado que la maldad se cebara de esa forma con una dama tan principal —apostilló Guillén.

Hubo un momento de pesadumbre. Se le veía profundamente contrariado con lo sucedido a ojos de los ilustres, ya que la seguridad de los miembros de la corte era su cometido por real cédula.

Entonces ninguno sabía aún que semanas antes se había reunido con Pascual de Aragón y con el propio Nithard para tratar de otro crimen acaecido y del que se juramentaron guardar silencio para evitar que llegara a oídos de los demás miembros destacados de la corte. Confiaban en que al redoblar la guardia apostada en palacio se pudiera dar caza al asesino. Ahora resultaba más que evidente que no había sido así.

Al escuchar las palabras de quien dependía la seguridad un escalofrío les recorrió de pies a cabeza, atenazando sus, hasta ahora, erguidos y altivos cuerpos. Se encogieron sobre sí mismos, muy inquietos.

—¿Cómo ha muerto la doña? —preguntó el vicecanciller de Aragón, con voz poderosa y rotunda, para sorpresa de todos.

—No queráis saberlo —le respondió Guillén de Moncada, abrupto, quien se mostraba airado e incómodo con lo sucedido.

—Con el debido respeto, debemos saberlo, pues todos podemos estar en peligro de muerte y es menester conocer los detalles, por hirientes que los mismos nos resulten, si con ello se pudiera ayudar en nuestra guarda y en la de nuestras familias —razonó el vicecanciller con gran aplomo, siendo secundado por el resto de los miembros de la Junta.

En ese instante, Nithard, removiéndose nervioso bajo el pendón real, miró de soslayo a Guillén de Moncada, que permanecía meditabundo y distante, recordando la reunión mantenida semanas antes en la que prometió tanto a Nithard como a Pascual de Aragón que encontraría al culpable. Se sentía vencido delante de ellos, por mucho que aparentasen prudencia y permaneciesen callados ante sus pares para no desvelar aquellas encomiendas que se hicieron.

Ahora su conciencia lo martilleaba con denuedo, como hace el herrero sobre el yunque.

—Ruego que se nos den todos los detalles con los que poder guarecernos de los facinerosos —inquirió de nuevo, sacándolo de sus pensamientos.

García de Haro Sotomayor pasaba por ser uno de los principales valedores en el trono del infante real Carlos, por lo que, conocedor de su alta posición como presidente del Consejo de Castilla, sus palabras resonaron más como una exigencia que como una súplica.

Nithard, tras vacilar unos instantes, autorizó finalmente a Guillén de Moncada a que desvelase la causa de la muerte.

Este carraspeó antes de volver a tomar la palabra, aunque omitió los detalles del anterior crimen.

—Matilda de Arlon ha sido hallada muerta en su cámara, desangrada, con los senos lacerados y su cuerpo vilmente asaeteado... —les confirmó secamente.

Los ilustres allí reunidos no salían de su espanto, santiguándose aterrados ante lo que acababan de escuchar. Nunca habían oído nada igual.

Guillén se disponía a seguir cuando un precavido Juan Nithard le indicó que no lo hiciese, ya que consideró más prudente no airear todos los pormenores escabrosos que rodeaban la muerte de la desgraciada Matilda. De hacerlo, los ánimos de los cortesanos se sobresaltarían y los atemorizarían más si cabía.

Bien sabía él que aquellos fríos muros tenían infinitos ojos y oídos que podían pasar desapercibidos a cualquier censor.

—He ordenado —tomó la palabra el valido— que se prevengan partidas de arcabuceros en los caminos y los lanceros vigilen las puertas de acceso a la villa.

»Además —prosiguió—, sobre las torres que flanquean los jardines de la Huerta de la Priora, por donde transitan a diario los cortesanos, hay apostados tiradores, al tiempo que una guarnición controla el paso de los mercaderes que hasta aquí se acercan para ofrecer su género para avituallamiento de la hueste del alcázar.

»Por su parte —continuó, confiado—, los custodios de doña Mariana doblarán la guardia en torno a la regente y al infante real, y al patio de armas del alcázar solo podrá acceder la propia guardia. Nadie podrá entrar ni salir del alcázar sin antes haber sido identificado —concluyó con un tono que pretendía ser de seguridad.

Los ilustres parecían reconfortados tras sus palabras.

De nuevo fue García de Haro Sotomayor el que tomó la palabra para dirigirse, respetuoso, al valido de la reina.

—Don Juan, vuestras palabras serenan nuestro ánimo y, sin duda, ayudarán a conciliar el sueño de nuestras familias —dijo adulador—, sin embargo...

—Hablad sin cuita —le espetó el jesuita.

—Sin embargo, hay algo que me preocupa —le contestó taimado, mientras se atusaba con calma la barba luenga y encanecida, que se precipitaba sobre su pecho, otorgándole un porte respetable.

Astuto, dejó pasar unos instantes con el ánimo de que sus palabras fueran calando entre los miembros de la Junta.

—Si el asesino ha conseguido huir, camuflado entre los centenares de tenderos, mercaderes o sirvientes que cruzan nuestras puertas y se adentran a diario en la ciudad, nada tendríamos ya que temer, puesto que la guardia, apostada sobre las puertas de acceso al alcázar, nos protegerán y garantizarán nuestra seguridad.

—Así es —convino Juan Nithard con sequedad.

El canciller del Consejo de Castilla dejó pasar nuevamente y de forma deliberada un tiempo prudente antes de seguir con su diatriba. Era su pretensión que los allí reunidos meditasen sobre las palabras que a continuación iba a pronunciar.

—Pero, en cambio —continuó—, si el asesino aún morase entre nuestros muros, el peligro no habrá cesado, pues bien pudiera permanecer oculto bajo la apariencia de cualquier inofensivo leñador, doctrino, cestero o, incluso, alguacil o cuartelero —concluyó con un tono de voz lánguido, que con sutileza se fue apagando a medida que terminaba de decir las últimas sílabas.

Aquellas palabras obraron entre los ilustres el efecto pretendido. Todos asumieron que el peligro podría no haber pasado y que cualquier oquedad de palacio podría ocultar la mano del asesino.

Tanto el valido de la regente como el principal de su Guardia Chamberga comprendieron lo manifestado por el canciller. No le faltaba razón, por mucho que les pesara reconocerlo.

—Mañana mismo —retomó Nithard la palabra—, en audiencia con doña Mariana, despacharé sobre este asunto. A buen seguro que se mostrará de acuerdo con que la seguridad de palacio debe ser redoblada para mayor protección del heredero al trono. Con todo, me aseguraré de que no trasciendan los detalles más escabrosos de lo sucedido.

—Bien obraréis en esa encomienda —espetó Pascual al pronto, quien hasta ese instante se había callado prudentemente, ante la mirada recriminatoria del propio Guillén, que se abstuvo de afearles delante de los demás el cambio de parecer sobre lo pactado con ambos en privado.

»Si han dado muerte a una de las dueñas más cercanas a la regente en su propia cámara, que os recuerdo que se halla en la mismísima galería de la reina, nada le hubiera impedido llegar hasta doña Mariana y atentar contra su persona —vaticinó, ante la cara de estupor de los congregados. Clavó los ojos en Guillén, a quien parecía reprochar el nulo éxito de sus pesquisas para averiguar y apresar al criminal que estaba llevando a cabo aquellas muertes de forma tan alarmante e impune.

Un sobrecogedor silencio sobrevoló la sala capitular de juntas.

—Nadie conseguirá llegar hasta la reina ni ante el infante real. Respondo con mi vida y con mi hacienda —aseguró Guillén de Moncada, obligado por la andanada que su comanditario acababa de lanzarle y rompiendo con ello el silencio, cada vez más incómodo.

»Ahora, id y retomad los asuntos que requieran de vuestra atención. Obrad como si nada hubieseis oído y permaneced atentos ante cualquier señal que pudiera darnos una pista sobre el paradero del hideputa que asesinó a la dueña.

»No sembréis la desconfianza entre los cortesanos, hablad con templanza y quitad cuidado a cuanto se diga por los correveidiles de palacio, pues a buen seguro puedan ser presas fáciles de supercherías y maledicencias —les advirtió, cauto.

Los demás lo observaban cariacontecidos, con el temor calándoles los huesos.

—No olvidéis que los mercados y las lonjas de la villa deben permanecer abiertos, en ello nos va el sostenimiento de la hacienda real y las vuestras —les recordó.

Algunos se revolvieron incómodos ante aquella alusión tan directa.

—Si los mercaderes huelen el miedo o la debilidad de la corte —prosiguió— huirán espantados, y eso ocasionaría revueltas entre los gremios y la desbandada de los banqueros genoveses y florentinos, lo cual supondría la ruina para una gran parte de las heredades que sostienen a la Corona.

»Nuestras rutas hacia el sur, por los caminos que nos guían hacia Córdoba y Sevilla y, desde ahí, al Nuevo Mundo, donde muchos de vosotros mantenéis haciendas que os generan contados beneficios, deben mantenerse abiertas y libres de cualquier sesgo de sospecha que pudiera interferir en las comunicaciones.

»Y, de igual modo, las que mantenemos abiertas por los caminos que transitan hacia las ciudades de la meseta y que nos permiten mantener acuerdos con el Consulado del Mar burgalés para que las mercaderías de nuestros reinos y señoríos tengan salida a través de los puertos del norte, por medio de Castro Urdiales y de Bilbao preferentemente, deben seguir despejadas al paso de las caravanas. Tened presente que el Cantábrico es la salida natural hacia Flandes.

Todos asintieron, convencidos del razonamiento.

—No suscitemos desconfianzas. Debemos actuar como si nada hubiera ocurrido y procurad que las embajadas extranjeras apostadas en la villa no se enteren de lo sucedido —manifestó, aparentemente sereno.

»Marchaos y no demostréis miedo ni desconfianzas en rededor vuestro. A buen seguro que todo se resolverá y el malnacido que ha cometido tan atroz crimen, más pronto que tarde, será llevado ante la picota y ajusticiado a la vista de todos.

»No podemos permitir que se ponga en jaque a la Corona, si fuera ese su propósito, ni que queden impunes tan execrables crímenes —terminó con aplomo.

En ese instante, Pascual de Aragón lanzó una mirada encendida a Juan Nithard, que este supo interpretar de inmediato. Aquellas últimas palabras podrían complicar su posición ante la corte, aunque ya no se podía poner remedio a lo dicho por boca de Guillén de Moncada.

—¿Crímenes? —preguntó al pronto García de Haro Sotomayor, enarcando una de sus pobladas cejas, para quien tampoco había pasado inadvertido lo dicho por el principal de la Guardia.

Guillén se percató de inmediato del desliz que acababa de cometer. Su conciencia lo traicionaba, aunque no dejaría que se viera descubierto.

—El mal es dañino por naturaleza y, si no obramos con prontitud, a buen seguro que volverá a atacar e intentar nuevos crímenes y fechorías... —resolvió al punto, ante la confirmación del jesuita Nithard, quien parecía apoyarle en su argumento, más por necesidad que por convicción.

Pascual de Aragón se mantuvo callado. Sintió alivio cuando, tras aquellas últimas palabras, los ilustres se levantaron, creídos unos, dubitativos y asustados otros. Fueron desalojando de forma ordenada la sala capitular. El valido de la reina despedía a los miembros de la Junta con una beatífica sonrisa perfilada en los labios.

—Seguidme —le susurró el conde de Peñaranda en un aparte a Pascual de Aragón, cuando se hubieron alejado lo suficiente. El prelado se mostró sorprendido ante dicho proceder—. Hemos de hablar...

Pascual le siguió con discreción hacia una cámara a la que se accedía a través de un largo pasillo cuyo artesonado de madera amortiguaba el ruido de sus pisadas sobre las viejas teselas de barro cocido.

Mientras avanzaban el conde meditaba que debería conocer todos los detalles, por muy escabrosos que estos fueran, de la muerte de Matilda de Arlon. Al tiempo barruntaba que aquel asunto, de complicarse, podría servirle en bandeja la petición ante la regente de la destitución de Guillén de Moncada como principal de la Guardia Chamberga, que tanto había deseado para sí mismo. Era el momento, pues, de que Pascual de Aragón lo ayudase por los muchos valimientos que a su favor se había ido granjeando.

Ya en la cámara, el prelado supuso, por el gesto taciturno de su acompañante, que la gravedad de lo ocurrido tal vez quisiera aprovecharla el conde para pedir la intervención del fiscal de la Real Audiencia y atacar a Guillén para procurar su caída. Permanecía callado, prudente, a la espera de que el noble le confiase sus cuitas, si bien, estaba seguro de saber cuáles eran, por conocerlo de hacía demasiado tiempo.

No obstante lo anterior, lo dejaría hablar, sabedor de su temperamento poco templado, y después, como lo había hecho en otros muchos lances, reconduciría sus ánimos hasta domarlos. No era cuestión de labrarse enemigos en la corte, y menos si se mostraban tan cercanos a la regente como lo eran sendos contendientes. Debería moverse con sutileza e inteligencia para sortear aquellas arenas movedizas que se abrían bajo sus pies, si quería seguir contando con el favor de ambos.

Entretanto, a poca distancia del alcázar y sin que ellos lo adivinasen, en la espadaña que coronaba la iglesia de San Nicolás de los Servitas volteaban con ahínco las campanas para llamar a la oración por el alma de dos de sus feligresas. Sus cuerpos habían sido descubiertos por el posadero y dueño de la casa donde se hospedaban. Escamado porque con el paso de los días ninguna de las muchachas le pagase lo convenido por la alcoba, entró en la misma para, de inmediato, contemplar horrorizado a las víctimas, impunemente asesinadas. Aún no había llegado a oídos de los ilustres la identidad de aquellas desdichadas ni el horror que habían sufrido en sus propias carnes, abiertas como reses.

La zarpa del asesino había vuelto a caer con inusitado ensañamiento sobre otra de las doncellas del alcázar sin que pudieran evitarlo y sin sospechar que todas las medidas propuestas para intentar detener al asesino no servirían de nada. Escurridizo como una anguila, este conseguía camuflarse por entre cualquiera de los muchos pasadizos de palacio sin que su presencia fuera advertida.

Mientras, en la plaza de la villa, ajenos a todo, un puñado de críos, alborotadores y ruidosos, perseguían con varas y palos a las lagartijas que hábilmente se escurrían entre las rocosas y húmedas oquedades del empedrado. Las hortelanas, con los cántaros de agua fresca en el cuadril y las banastas repletas de hortalizas y verduras sobre las cabezas, ya hacía rato que habían atravesado la Puerta de la Vega, vociferando el género al mejor postor.

Para entonces, horneros y tahoneros exhibían sus cestos ahítos de roscas y panes que harían las delicias de cualquier estómago hambriento que se lo pudiera permitir.

El gran mercado de la villa ubicado a rebufo de las arcadas de la plaza Mayor, con sus tenderetes, abastos y olores y sus mercaderes y arrieros del más variopinto pelaje, se desenvolvía desconocedor de los miedos de la corte.

Si no impedían que el asesino siguiera matando solo sería cuestión de tiempo que el terror sobrevolase la corte y ahuyentase a las embajadas europeas y, con ellos, a los banqueros y mercaderes. La ciudad se sumiría en el desabasto y la miseria, lo que podría provocar el inicio de graves revueltas del pueblo, hambriento y hastiado del desgaste al que le sometían las clases dirigentes, y hacer peligrar incluso la entronización del infante real.

Nubarrones oscuros amenazaban la estabilidad de la corte. La villa se había cubierto de una latente inquietud que el asesino no desaprovecharía.

13

Dispensario del Real Alcázar, Madrid
Entre pócimas

Mateo Puelles y Escobar caminaba de un lado a otro por el amplio salón reservado al aleccionamiento de sus pupilos, malhumorado. Incapaz de quedarse quieto, pero ajeno a lo que acababa de dilucidarse en la sala capitular de juntas.

Tan solo el ruido odioso de la carcoma, que se había hecho fuerte entre los reclinatorios avejentados de madera, parecía poder competir con los sonoros resoplidos que exhalaba a cada paso que daba.

En su cabeza bullían los acontecimientos acaecidos durante las últimas semanas. Pesaban como una losa sobre él y, no pudiendo hacer nada por quitárselos de encima, le martilleaban las sienes una y otra vez.

Por otro lado, se sentía vigilado por los custodios de la reina, la temida Guardia Chamberga. Dedujo que en adelante tendría que ser muy cuidadoso con su proceder, no solo dentro del alcázar, sino también en sus próximas salidas.

Detestaba la licenciosa vida de la mayoría de los cortesanos e, incluso, reprobaba en silencio el comportamiento de la reina, tanto que su mente albergó una fugaz idea para deshacerse de ella. Sin embargo, desechó de inmediato aquel pensamiento funesto y, como se tenía por buen cristiano, se santiguó al punto.

Arrepentido por sus intenciones pecaminosas, se postró de inmediato ante un san Francisco de Asís que, con una calavera entre las manos, se presentaba ante el Hacedor sin temor a la muerte para rogar por su alma y por la redención de sus culpas.

Intentó serenarse. Su misión en aquella corte así lo requería y nada ni nadie lo apartaría de ella.

Debía mostrarse lúcido y seguir siendo de utilidad a los ojos de la regente, mal que le pesare. Además, el difunto rey Felipe le encomendó, *in articulo mortis*, velar por la salud de Carlos, único hijo varón que le sobrevivía de su matrimonio con doña Mariana. Habría de sucederle en el trono, y el soberano era consciente de sus debilidades más que manifiestas. Por ello le pidió que no lo abandonase jamás y ordenó, antes de expirar, que el galeno real fuera quien velase por el bienestar del infante. Instantes después, en presencia de doña Mariana, en quien delegaba la gobernación de todos sus reinos, estados y señoríos hasta la mayoría de edad del heredero, el monarca recibía el sacramento de la unción de enfermos, siendo signado con el óleo sagrado para disponerlo a su encuentro con Dios.

Bien sabía Mateo que la regente accedió de mal grado a respetar la voluntad de su difunto esposo. Convino en hacerlo, no obstante, ya que él era el único médico de la corte que conocía en profundidad el secreto de los males que atormentaban al joven rey y, por tanto, los remedios más eficaces para tratarlos y apaciguarlos.

El penar del sajador real venía no tanto por el resquemor de la reina hacia su persona, sino por el odio que la soberana profesaba contra Su Serenidad, el príncipe Juan José de Austria. Mateo había sido su médico de cámara por disposición real de don Felipe y le apreciaba sobremanera, desde que siendo un niño quedó a su cuidado.

Muerto el monarca, la reina lo desposeyó de tal nombramiento y le prohibió expresamente que atendiera a su hijo, ni siquiera en la peor de las enfermedades. La soberana se granjeó así el odio del galeno.

Tal era el resentimiento de la regente hacia Su Serenidad que no solo le despojó de cualquier dignidad que pudiera mantener en la corte o en las embajadas ante los demás reinos europeos, sino que incentivó que las imprentas de la villa publicasen libelos donde se le achacaban los males que asolaban al Imperio, como la hambruna o la bancarrota del Estado o la pérdida de las posesiones flamencas. Intentaba de este modo soliviantar al pueblo en contra del príncipe y acallar a los partidarios de que don Juan José se postulase al trono. Lo cierto era que pocos apostaban por la supervivencia del infante al que apodaban el Hechizado.

Incluso el nuncio papal en la corte española había generado todo tipo de infundios contra el joven Carlos. Le tachaba de indolente, falto y sin voluntad propia, y manifestaba abiertamente que era un mero títere en manos de su madre, la reina regente, y de su confesor austriaco, el valido Juan Nithard.

Mateo se deshizo de aquellos pensamientos funestos que lo atormentaban y se dispuso a preparar el bebedizo para el infante real.

En la última audiencia mantenida con doña Mariana esta le había ordenado aumentar las dosis que le suministraba, sobre todo para aparentar una calma que le era huidiza a su hijo durante las audiencias con los embajadores europeos. Se hacía necesario encontrar alianzas, y nada mejor que comprometer al heredero con una princesa europea, a ser posible francesa, para salvaguardar las fronteras del Imperio, lo que al parecer iba por buen camino.

Carlos debería aparentar viveza e inteligencia ante las delegaciones extranjeras. De lo contrario, su destino y el de los Austrias tendría los días contados.

Hasta ese momento al maese le había bastado con su erudición para crear remedios que sanaran al infante, pero sabía que a medida que este fuera creciendo los síntomas se harían más evidentes y no estaba seguro de poder seguir ayudándolo.

Tampoco se fiaba de ninguno de los nuevos médicos de cámara que habían sido nombrados por la reina. Su designación obedecía más a su noble cuna que a su erudición. Tenía a Juan de Hoyos y a Andrés Ordóñez por meros advenedizos, faltos del entendimiento suficiente como para aliviar los males que aquejaban al heredero.

Tal vez, se dijo, fuera menester utilizar pequeñas dosis de la adormidera real que tan celosamente guardaba en su cámara, oculta a los ojos de sus doctrinos y de los demás galenos reales. Los efectos quizá fueran muy perniciosos para el cuerpo enfermizo del infante. Debería medir bien la cantidad y esparcirla en el tiempo, aunque eso, precisamente, era de lo que no disponía, tiempo para seguir experimentando.

Conteniendo sus emociones, Mateo depositó sobre la mesa todo aquello que iba a precisar: un matraz de ensayo con un embudo y varias cánulas, un mortero de porcelana, su valioso estilete del que nunca se separaba y que escondía celoso sus secretos, varios frascos de semillas de plantas curativas, una balanza, unas cuantas pesas de bronce y un acetre con agua hirviendo. Dispuso asimismo libros de recetas latinas contra los males que aquejaban a los hombres y un compendio de remedios prohibido por el Santo Oficio que le compró a un judío converso.

Cuando lo tuvo todo preparado, dirigió sus pasos hacia un arcón muy labrado, que pasaba desapercibido tras una escribanía de madera de cedro. Allí atesoraba la sustancia más mortífera que conocía, extraída de la amapola real que los moriscos granadinos cultivaban en las cuevas de la Alpujarra, donde moraban, ocultos y temerosos. Se la proveía un semita como pago por haberlo salvado de la hoguera y de las garras del Santo Tribunal, tanto a él como a su familia.

Le atormentaba recurrir a aquella droga, cuyos perniciosos efectos no le eran ajenos.

Si la débil salud del joven Carlos no mejoraba, ¿debería seguir aumentando las dosis suministradas? ¿Aguantaría su cuerpo debilitado cantidades más altas? Bien sabía que podían causarle la muerte.

Sea como fuere, se encontraba en un callejón sin salida, lo que agriaba aún más su ya de por sí carácter áspero.

El infante real era tan solo un niño que había sido privado de todos los afectos de sus progenitores. Se había criado en un ambiente frío y distante, lo que le abocaba a hundirse más si cabía en un abatimiento profundo que al maese le resultaba difícil de tratar.

Su cuerpo, contrahecho para muchos, mostraba sin pudor la debilidad tanto del futuro rey de las Españas como la de la propia Corona que sustentaba al Imperio.

Dejando de lado todas estas cavilaciones, el galeno se aprestó con ligereza sobre el arcón y, tras abrir el candado que lo custodiaba, sacó con sumo cuidado uno de los pequeños frascos donde reposaba aquel mortífero elixir.

«Bastaría con verterlo en la copa de la reina para que cayera fulminada a mis pies», se dijo, pero de hacerlo..., ¿quién ocuparía entonces la regencia?

Además, la muerte repentina de doña Mariana tal vez provocase una guerra feroz entre los partidarios y los detractores del príncipe Juan José y el infante Carlos, lo que atraería más calamidades y hambrunas sobre el pueblo, ya de por sí mermado y agotado.

Desistió nuevamente de aquella idea rogando al Misericordioso que lo apartara de todo mal. Sus desvaríos le atormentaban.

Entristecido por sus propias debilidades se concentró en extraer, con una diminuta cánula, unas cuantas gotas de aquel envase proveniente de la morería granadina. A continuación, las depositó en diferentes vasijas donde diluirlas con otros remedios medicinales.

Sabía que daría resultado. El problema se le planteaba a la hora de disponer de la dosis exacta para mantener al heredero con apariencia serena y adusta sin que pareciese ido o enajenado, cuestión más que espinosa por la fuerza de aquella droga.

No le tembló la mano. Los muchos años de experimentación le hacían valedor del sosiego y el entendimiento suficientes como para acometer aquella dificultosa tarea.

Tan enfrascado se encontraba en aquella tarea que no se percató de unos pasos que se acercaban con celeridad hacia el dispensario del alcázar en el que se hallaba.

Unos suaves golpes de bastón sobre la puerta lo alteraron. Desprevenido como estaba, derramó una solución a base de grasa de sardina, aceite de bacalao y tallos de ortiga para tratar el mal de huesos que, cada vez con mayor frecuencia, aquejaba al infante y agudizaba la curvatura de la espalda que tanto desagradaba a la regente.

El bastón golpeó nuevamente sobre la puerta, y esta vez con mayor brío.

Sorprendido, vio cómo el pomo giraba ligeramente sobre sí mismo. La puerta se entornó despacio hasta franquear el paso a aquel inesperado intruso.

Maldijo el olvido. No había tenido la precaución de cerrar por dentro con llave, como era su costumbre cuando se encontraba a solas preparando las fórmulas y soluciones que pretendía aplicar.

Las cuitas que lo habían asaltado momentos antes habían desviado su atención. No volvería a pasar, se juramentó.

La puerta al fin dejó entrever la identidad del visitante.

—Mi querido amigo, ¿no te habré sobresaltado?

—En absoluto, adelante —contestó Mateo, tragándose la rabia que le asaltaba por aquella intromisión inesperada.

Juan Hidalgo, el maestro de la capilla real, hizo un amago de reverencia ante el galeno a modo de saludo cerrando la pesada puerta tras de sí.

Se le consideraba uno de los prohombres más distinguidos de la corte. Siempre ataviado con elegancia, bien perfumado y con una faz perfectamente rasurada, dejaba entrever una mirada felina entre sus pestañas largas. Su atractivo era innegable.

De talla más alta que la media de los cortesanos, lucía con especial garbo una entallada levita color escarlata que atraía la mirada de las damas de la villa. Muchas suspiraban por sus favores, aunque él pareciese tener los ojos puestos solo en sus numerosas composiciones con las que pretendía complacer a la regente.

Un abundante cabello de color negro azabache, que empezaba a caerle descuidado sobre los hombros musculados, le otorgaba al mismo tiempo un cierto aire bravío que lo hacía parecer más atractivo y sugerente aún.

—Llamé en un par de ocasiones según lo convenido y, al no obtener respuesta, me permití empujar la puerta por si te encontrabas dentro —se excusó—, cuando me percaté del resplandor que se colaba por debajo de ella procedente del interior.

Mateo lo miraba sin dirigirle palabra alguna, como si fuera un niño al que le hubieran pillado en alguna travesura.

El compositor de la corte miró sin pudor los útiles desplegados sobre la mesa, y Mateo se sintió desnudo ante él, como si temiera que aquel hombre desvelara sus secretos más profundos. Sin embargo, se sobrepuso a aquella incómoda sensación que hacía mella en él y prefirió actuar con naturalidad, sin dar importancia a cuanto se disponía a realizar.

—Veo que te he sorprendido mientras trabajabas en alguna de tus fórmulas —indicó perspicaz el músico.

—Así es, ya conoces mi oficio —contestó despreocupado—. Nada importante que no pueda posponer a cualquier otro momento —mintió.

—Me alegra escucharlo, por un momento temí que te hubiera acaecido cualquier desventura —adujo, con cierto halo de condescendencia que no pasó inadvertido para Mateo, aunque prefirió no contestar.

—¿Y qué te trae por aquí a estas horas donde la oscuridad empieza a trepar por los tejados? —le preguntó.

Juan Hidalgo dejó caer sobre la mesa una carpeta envejecida de piel de cabra donde guardaba su última composición: un tedeum con el que quería conquistar a doña Mariana y afianzarse, no ya como maestro de la capilla real, sino como compositor de cámara. Con el tiempo, solicitaría su traslado al Reino de Nápoles, tales eran sus ínfulas. Conocía el afloramiento de las artes en la ciudad italiana, protegidas por la larga mano del papado, y allí deseaba recalar como maestro de cámara de San Pedro.

—¿Es esta una composición nueva? —le preguntó Mateo.

—Así es. Quiero que seas el primero en tener conocimiento de su existencia. En unas semanas la interpretaré ante la regente.

Mateo asintió complacido, pero seguía sin entender por qué el músico se había aventurado a entrar a aquellas horas tan intempestivas en el dispensario. Bien podía haber aguardado a cualquier otro momento para comunicarle la nueva.

—Los primeros acordes serán ensayados en la capilla real con la orquesta de cámara en tan solo unas jornadas. Es mi deseo que estés presente en agradecimiento a tus muchos y beneficiosos favores para mejorar mi salud —le propuso, ladino.

Mateo guardó silencio. El compositor volvió a tomar la palabra sin esperar respuesta.

—Vuelvo a disculparme si mi presencia aquí te ha incomodado, pero la desesperación hace presa en mí y necesito tu ayuda de inmediato —le confió.

—¿Qué ocurre? —preguntó Mateo, enarcando sus pobladas cejas y frunciendo el ceño.

—Mis manos tienden a agarrotarse, a entumecerse..., y con el frío lo noto todavía más. Eso me imposibilita, no ya para tocar cualquier instrumento que se encuentre en la capilla, sino, incluso, para seguir creando partituras como esta. Además, mi voz se encoge y sufro de afonías... —dijo con un halo de sincera pesadumbre.

—Ya hemos tratado estas dolencias que te aquejan. Si no recuerdo mal, hace tan solo unas semanas te proporcioné un tarro con una solución a base de romero, tomillo, hojas de eucalipto y cebolla para que la bebieras en pequeños sorbos varias veces al día o para que hicieras gárgaras con las que aclararte la voz. Además, te di una cataplasma de avena, manzanilla y miel con caléndula con la que vendarte las manos unos días antes de cada concierto y que deberías aplicarte con calor para procurar una mayor absorción. ¿No has encontrado alivio en mis remedios?

Juan Hidalgo no contestó.

Ninguno había tomado asiento y el maestro compositor se había dirigido hacia la chimenea con la excusa de sentir el calor de los leños ardiendo. Se frotaba las manos con fruición, como si quisiera poner en práctica los consejos recibidos.

A Mateo no se le escapó que se había situado muy próximo al arcón donde escondía los frascos del mortífero elixir de los moriscos granadinos. Se maldijo una vez más por su impericia, aunque intentó tranquilizarse diciéndose que nadie podría saber, ni siquiera imaginar, el contenido de aquellos frascos. Juzgó más sensato no ir a cerrar el portón, como había pensado un instante antes, y dejarlo abierto, como si no tuviese nada que ocultar a los ojos de los demás.

—Sí, Mateo, es cierto y te estoy reconocido, gracias a tu erudición puedo seguir sintiendo la música... Pero necesito algo más poderoso, más eficaz y duradero, que no solo me calme el dolor, sino que lo elimine por completo y me permita enderezar los dedos sin el temor a sentir temblores y perder la firmeza —confesó, echando una furtiva ojeada al interior del arcón.

—Precisamente en estos momentos estaba elaborando algunos remedios para el mal de huesos.... —El galeno intentó captar la atención de su interlocutor y atraer su mirada hacia él—. Permíteme que estudie el mal que te aflige con el sosiego que requiere esta encomienda y en unos días procuraré satisfacer tu necesidad —aventuró, fingiendo una media sonrisa que complació al músico—. Entretanto, ten paciencia y aplica los remedios que ya te he confiado.

—Te lo agradezco sinceramente, y ya sabes de mi cercanía con doña Mariana, si puedo ayudarte en algún asunto... —le correspondió audaz, al tanto como estaba de la enemistad que ambos se profesaban según los runrunes de los cortesanos, siempre tan ávidos de distracciones.

—No lo veo necesario. Doña Mariana es nuestra dueña y señora, le debemos sumisión y obediencia, y debemos mostrarnos agradecidos por permitir que la sirvamos —contestó Mateo, esquivo.

—En todo caso, puedes contar con mi ayuda si la necesitas. Ahora debo irme, no está en mi ánimo alejarte de tus quehaceres.

—Ve. Que Dios te acompañe —convino Mateo, dichoso al fin de quedar a solas con sus pócimas.

Tras su marcha, se apresuró hacia la puerta y echó la llave para no verse nuevamente sorprendido.

Tenía entre sus manos la posibilidad de poder sanar y hacer vivir, pero, también, como ya sabía, la de causar el mal y provocar la muerte.

14

En la hacienda de Leonarda, valle del Tajuña

Leonarda se desperezaba calmosa, bajo las gruesas mantas de lana que la cubrían, y al abrigo de los últimos y humeantes rescoldos de leña que habían ardido durante toda la madrugada.

Frente a ella, el postigo de la ventana anunciaba la claridad del día. La luz iba trepando, cautelosa, por las bóvedas de la cámara, venciendo a las sombras de la noche.

Alonso hacía rato que se había despertado. Se sentía aliviada porque aquellos malos sueños que tanto lo aquejaban parecían haberse disipado con la misma celeridad con la que le sobrevinieron. Había vuelto a descansar sereno durante las últimas noches, lo que se dejaba mostrar sobre su moreno rostro, que irradiaba placidez y contento.

Coba, la vieja aya, a la que rescató de morir en las calles de Gante durante su estancia en Flandes, no tardaría en ir a despertar a su pequeña, como lo venía haciendo día tras día desde que nació.

Lo haría abriendo de par en par los postigos y la besaría en la frente. Después vertería agua fresca sobre el aguamanil, añadiría unas matas de hierba luisa y romero, atusaría sus sedosos cabellos y la acompañaría hasta el vestidor, donde se encargaría de vestirla.

Abandonada en estos placenteros pensamientos oyó pasos provenientes de las escaleras. Las llaves, tintineantes sobre la cintura de Coba, dejaron de sonar al llegar a la altura de la alcoba.

Sin hacer ruido le salió al paso antes de que llegase al último peldaño. Le rogó que no la descubriese, pues ella también quería participar de la sorpresa que le darían a su pequeña en el día en que conmemoraban su quinto año de vida.

La puerta se abrió sigilosa. La pequeña Teresa, que aguardaba ovillada sobre sí misma bajo la frazada, pudo adivinar un par de sombras sobre la pared, tan juntas que la una parecía una calca de la otra. Cerró los ojos e intentó aparentar un sueño que, escurridizo, le había abandonado con los primeros destellos del alba.

Sintió que se cerraba la puerta, y, contrariamente a lo habitual, los pasos pesados de Coba no se dirigieron hacia la ventana tal como esperaba.

El solado de madera crujía bajo sus pies, por lo que la vieja aya y su ama procuraban deslizarse sobre el mismo sigilosamente. En un instante, en el que pudo escuchar las risas nerviosas de las dos mujeres, la niña descubrió que la acompañante de la preceptora no era otra que su propia madre.

La impaciencia consumía su ánimo.

Permanecía quieta, sin hacer el más mínimo movimiento que pudiera delatar su estado de consciencia. Enseguida comenzó a imaginar lo que podría depararle aquel murmullo proveniente del vestidor.

Poco después, la serenidad pareció adueñarse de la cámara. Coba se acercó a la ventana, parsimoniosa, con la misma rutina de cada día.

Aunque Teresa mantenía los ojos cerrados, apretados, pudo sentir sobre el rostro el impacto de los rayos de luz que, a raudales, se afanaban por invadir toda la estancia.

No hubo tiempo para más, ya que un beso sonoro le perló la frente.

—¡Mi querida niña, despierta!

—Un poco más… —refunfuñó melosa.

—Arriba, te lo ruego, el día despunta y la vida se abre ante nosotras.

La niña, con un mohín caprichoso perfilado en el rostro, abrió al fin los ojos. Se incorporó con disimulada calma, ocultando las ganas que en realidad sentía por saltar de la cama como un resorte.

—¡Teresa! —exclamó temperamental Leonarda.

—¡Madre! ¿Qué ocurre? —preguntó aparentando preocupación.

Leonarda abrazó a su hija tan fuerte que la niña pensó que se asfixiaría si aquel gesto maternal durase más tiempo.

—Al atardecer cumplirás cinco hermosos años, quiero ser la primera en abrazarte —le dijo con una emoción que contenía un mar de lágrimas a punto de desbordarse.

Cuando su madre la hubo soltado, la pequeña Teresa abrazó también a Coba con todas sus fuerzas, la oronda mujer de tez ambarina y ajada por los años a la que recordaba siempre a su lado.

El aya, emocionada, a punto estuvo de derrumbarse de no haber sido por la intervención de Leonarda, que, con una actitud fingidamente severa, le indicó con la mirada que procediese a adecentar a la pequeña.

—Tu padre nos espera, no le entretengamos más —le susurró Coba al oído.

Teresa asintió, sonriente.

—Ven, hija, tu padre y yo tenemos algo para ti...

Teresa, cogida de la mano de Coba, se dirigió cauta hacia el vestidor donde encontró un precioso vestido de damasco de Granada, cuyos finos hilos de seda realzaban aún más la filigrana bordada con puntadas de plata y oro.

Hacía semanas que aquel vestido aguardaba en el armario a ser entregado a su receptora. Leonarda lo había encargado de propósito meses atrás a las bordadoras de un taller de hilanderas que conocía de Gante y a las que seguía haciendo permanentes encargos.

—¡Ay, mi niña! —suspiró—. Lucirás preciosa durante la cena.

—Así será, mi señora —confirmó emocionada la vieja Coba, mientras Teresa miraba embobada la prenda que parecía resbalar entre sus dedos.

Leonarda volvió a besar y a abrazar a su hija antes de despedirse. Aquella mañana deseaba participar en el despacho de los negocios y tratos entre su esposo y Diego Dávila y Mesía, su amigo y valedor.

Últimamente había estado muy ocupada con los requerimientos del padre Beltrán y no deseaba dejar toda la carga del trabajo en la hacienda a Alonso, menos aún cuando debían atender asimismo el negocio de la compraventa de obras de arte, pinturas y grabados de las escuelas flamencas, que tan bien conocían.

—No te demores, hija mía, sobre la mesa habrá una humeante jícara esperándote —le dijo, al tiempo que le guiñó un ojo ante la cara resplandeciente de la pequeña.

La promesa de paladear una taza de chocolate hizo reaccionar a Teresa, quien, volviendo la mirada hacia su madre, asintió feliz con la cabeza.

—Id, mi señora, yo me encargo —la tranquilizó Coba.

Leonarda abandonó la alcoba no sin antes mostrar un gesto de complicidad con la vieja aya.

La estancia, arrollada por la luz, irradiaba dicha.

—No nos demoremos, Teresa, he de prepararte un trenzado que aguante hasta la noche.

—Me gusta mi cabello así, recogido tras la nuca.

—¿Así cómo? Pareces un vulgar ladronzuelo con el pelo tapado bajo la roída gorra que siempre llevas puesta.

—¿Por qué? A mí me gusta así —dijo la niña, inflando los mofletes—. Yo quiero salir al campo, montar a caballo, bañarme en el arroyo...

—Ya tendrás tiempo para eso. Hoy lucirás el cabello. Serás la princesa de esta casa.

—He dicho que no —se revolvió arisca.

La mujer, conocedora del carácter férreo de la niña, tan parecido al de su madre, no intentó discutir con ella.

—Hagamos un trato... —propuso con astucia.

Teresa miraba expectante, aunque aún mantenía el ceño fruncido.

—No te haré el trenzado si es lo que gustas, pero tras el almuerzo debemos hacer algo con tu cabello. Debe lucir conforme de nosotras se espera —le dijo confiada.

Teresa sonrió. Al menos hasta pasado el mediodía podría disfrutar de su deambular por las cuadras y cepillar a los caballos. En ocasiones su padre la espiaba, satisfecho por la destreza que mostraba.

Así habían ido pasando aquellos primeros años desde que se instalasen en aquella apartada hacienda del fértil valle del Tajuña, entre los mimos y regaños prodigados por su preceptora y por su madre a partes iguales y los velados deseos de Alonso de que creciese libre. No obstante, no podía evitar comenzar a preocuparse por su porvenir.

Teresa, lista al fin, abandonó la habitación con gran estruendo, se saltó los primeros peldaños y se dejó caer por el pasamanos de madera escaleras abajo, hacia la cocina, en busca de la prometida recompensa.

Coba intentaba seguirla remangándose torpemente las sayas para no caerse, para soliviantо de los gatos anaranjados que maullaban espantados al verla descender a toda prisa los peldaños.

De un instante a otro, la niña desapareció de su vista al igual que el sol se oculta tras el horizonte, dejando tras de sí una huella fulgurante.

Teresa devoraba con glotonería las perrunas recién horneadas por la guisandera, quien las iba colocando con esmero sobre una bandeja.

En un horno de piedra, incrustado entre los viejos muros de la cocina, un buen puñado de leños ardían silenciosos.

Una y otra vez la cocinera metía la gastada pala de madera en el fogón con una masa hecha de harina, huevos, levadura, almendras y una pizca de sal para, al poco, volver a sacarla convertida en calientes dulzainas, ya fuesen panes, bizcochos, alfajores o galletas.

Entregada a un inusitado apetito, tal vez por las emociones que le aguardaban con el desenvolvimiento del día, fue sorprendida por Alonso, quien para entonces ya llevaba esperándola un buen rato. Le acompañaba Diego, sentados alrededor del fuego.

—¡Hija...!

Teresa abandonó el desayuno suculento y corrió hacia su padre. Lo abrazó y le regaló un beso tan sonoro que retumbó entre las centenarias bóvedas de cañón de la casona.

—Madre me ha mostrado un vestido nuevo, el bizcocho está delicioso y...

—Está bien, hija, está bien, escucha... —interrumpió, sonriente, el atolondrado relato de la pequeña, que brincaba a su alrededor muy excitada—. Tienes visita —atajó sereno, intentando calmarla.

La muchacha calló al pronto.

No era frecuente que las visitas aparecieran en las primeras horas del día, cuando las faenas domésticas y las labores de los braceros estaban en pleno apogeo. Además, su madre, no la había prevenido, pensó intrigada.

—¡Padrino! —gritó Teresa al ver acercarse a Diego. Se abalanzó sobre él y perdió tras de sí el gorro con el que se recogía el cabello sedoso.

—Mi querida niña. ¡Cuánta alegría me produce tenerte de nuevo entre mis brazos!

La ahijada no pudo reprimir las lágrimas que se deslizaban, desbordadas, por las mejillas.

—No llores o de lo contrario harás sufrir a mi corazón —le dijo, meloso, Diego.

Teresa abrió los ojos y le regaló una sincera sonrisa que el noble agradeció.

—Acompáñame, tengo algo para ti.

La pequeña miró a su padre, quien le indicó con la cabeza que le siguiera.

Teresa y Diego se dirigieron hacia uno de los patios laterales. Un mozo los estaba esperando, pacientemente, asido al regalo que le aguardaba por su cumpleaños.

Leonarda los seguía a escasos pasos, caminando al lado de Alonso, con quien había entrelazado las manos.

Aún sobre el vano de la puerta, a Teresa se le aceleró el corazón cuando escuchó un endeble relincho procedente del corral que, sin pretenderlo, alborotó a las gallinas, que arrancaron a cacarear.

Nada más verlo, y ante la cara de satisfacción de su padrino, se quedó embobada observando en la distancia cómo el mozo de cuadras paseaba en pequeños círculos a un huidizo potrillo. Era de color negro atezado y de fuertes cuartos traseros, crines peinadas y lomo tembloroso, y la miraba asustadizo.

—Puedes llamarlo como gustes, es tuyo —le indicó Diego.

—¿Puedo montarlo ya? —preguntó inocente.

—Por supuesto que no —contestó Alonso.

A Leonarda se le escapó una amplia sonrisa que le iluminó el rostro. Recordó escenas similares de su niñez, cuando recorría a lomos de Telmo las dehesas que bañaban las tierras de su Zafra natal.

Todavía no había terminado Alonso de hablar cuando Teresa se adelantó hacia su preciado regalo.

Acariciando suavemente el lomo convulso del animal, le susurró unas dulces palabras al oído que los demás no pudieron oír, ante la aquiescencia del espantadizo potrillo, que parecía disfrutar con las caricias que le regalaban los suaves dedos de su pequeña dueña.

—Demos un paseo por el corral —propuso Diego a su ahijada para contento de esta—, seguro que le hará bien irse haciendo a su nueva casa.

Tras ellos, dejándolos a solas, Leonarda y Alonso se fundieron en un apasionado beso sin fin. Derrochaban felicidad.

Poco podían aventurar en esos momentos lo que, a poco más de unas cuantas leguas de distancia, se iba a dirimir y que les acabaría afectando de lleno.

15

Cuarto del Príncipe, Real Alcázar de Madrid
Necesitados de un pesquisidor

Pascual de Aragón aguardaba, impaciente, la llegada del principal de la Guardia Chamberga, quien lo había citado unos días después de la última junta celebrada.

Uno de los libreas al servicio de Guillén de Moncada le había pedido que lo esperase en la antecámara. El marqués aún no había regresado de la reunión con los mandos del alcázar para que redoblaran la guardia, habiéndose personado por sorpresa para asegurarse de su cumplimiento junto al justicia mayor de la villa.

Entretanto, el prelado contemplaba embelesado la pintura de la que tanto había oído hablar y que por expreso deseo de doña Mariana todavía no había sido trasladada al palacio nuevo del Buen Retiro. Se incumplía así otra de las últimas voluntades testadas de su difunto esposo, el rey Felipe, que deseaba convertirlo en una de las pinacotecas más importantes de Europa.

Se trataba de un magnífico lienzo del que se desprendían pinceladas sueltas y largas, con sutiles toques de luz que envolvían las primeras figuras y cautivaban su absorta mirada. La inmensidad de las dimensiones del cuadro, que calculó en unas cuatro o cinco varas de alto por unas tres y media de ancho, contrastaba con las obras de medidas más reducidas que él atesoraba en el palacio arzobispal de Toledo, donde regresaría una vez que concluyera el periodo de juntas.

De repente, le vino a la mente el pequeño óleo del *Agnus Dei* de Francisco de Zurbarán, el conocido maestro pintor que contaba con mucho predicamento en los dominios del ducado de Feria. Era asimismo elogiado por los hidalgos de aquellas tierras, donde regentaba talleres de pintura tanto en su pueblo natal, Fuente de Cantos, como en la cercana Llerena.

Precisamente influidas por el misticismo imperante que imponía el Tribunal del Santo Oficio radicado en esta última villa, las órdenes monásticas demandaban sus pinceles por encontrar en sus bellas Inmaculadas y sus reposados santos la propia encarnación del espíritu de la Contrarreforma. En sus cuadros el sosegado pintor representaba el martirio sin un solo rictus de dolor, sin el derramamiento de una sola gota de sangre, pero transmitía un abatimiento tan realista y envolvente que se le partía el alma con solo mirarlos, envueltos en una fuerza visual que los dotaba de profundo misticismo.

Comparado con aquel lienzo de dimensiones abismales, su *Agnus Dei* le parecía empequeñecido. Le reconfortaba, sin embargo, saber que personificaba al Cordero de Dios.

Guillén de Moncada lo miraba desde el fondo de la cámara, pues el prelado no se había percatado aún de su llegada.

—*La familia de Felipe IV* —aseveró con una voz meliflua, pues no pretendía sobresaltar al prelado.

Pascual se giró de inmediato. Confirmó las palabras de aquel con un ligero movimiento de cabeza.

—Su difunta majestad, el rey Felipe, al que el Hacedor acoja en su gloria, tenía mucho aprecio a su aposentador real, Diego de Velázquez y Silva, a quien, durante su estancia en la corte, como pintor de cámara, muchos de los cortesanos de entonces le eran adversos.

»Su Majestad nunca le retiró la confianza, sino que la mantuvo hasta el final de sus días, ni siquiera cuando los maledicentes comenzaron a llamar el lienzo con el sobrenombre de *Las Meninas*, título que se otorga en la corte portuguesa a sus jóvenes princesas. Era una clara alusión a la ascendencia materna del pintor, con la que perseguían desacreditarlo a ojos del monarca y de sus validos durante la nefasta guerra contra el Reino de Portugal.

Pascual lo miraba expectante, ya que no era esa la conversación que esperaba mantener.

—Sentémonos junto a la chimenea, he de proponerte la resolución de un asunto de la máxima urgencia y necesito tu avenimiento y discreción —anunció Guillén, alejado de cualquier boato, una vez que se supo a solas con el prelado.

Se acercaron a la chimenea que momentos antes había sido avivada por uno de los libreas de palacio. Los leños ardían sin mayor consuelo; de vez en cuando vomitaban un puñado de chispas que parecían gritarle al aire.

—Pascual, estoy muy preocupado por lo ocurrido en la galería de la reina —le confió.

Su interlocutor se mostró inexpresivo, ni siquiera parpadeaba de lo contraído del rostro.

—No es para menos. Ha muerto una de las damas de la reina y, según tú mismo nos anunciaste, el crimen se ha cometido de la forma más vil y salvaje posible, algo que jamás había ocurrido en palacio —manifestó quedo el religioso.

Guillén no quiso desvelarle entonces lo que ya sabía por boca del justicia mayor del Reino. No obstante, antes que después, no tendría más remedio que confiarle al prelado todo lo acontecido, ya que demandaría su ayuda. Continuó:

—Si llegase a oídos de la reina, mi nombramiento como principal de la guardia palaciega pendería de un fino hilo, y eso... no nos beneficia a ninguno de los dos —le expuso.

Moncada conocía la ascendencia que el primado de las Españas podía tener, llegado el caso, sobre los demás integrantes de la Junta de Regencia, entre los que se encontraba su mayor opositor, el conde de Peñaranda. Se le consideraba el representante de los Doce en la tierra y su poder venía dado directamente por la Santa Sede de Roma.

El otro asintió, pero se guardó para sí el parlamento mantenido con el sibilino conde. Había logrado domar las intenciones del noble de obrar, precisamente, de forma maniquea, con el firme propósito de hacerlo caer al frente de la Guardia Chamberga y procurarse el nombramiento para él mismo o para uno de sus afines.

—Por eso, de conformidad con el valido de la regente —proseguía Guillén, ajeno a los pensamientos de su interlocutor—, ocultaremos lo ocurrido no solo a la reina, sino también al fiscal de la Real Audiencia, al menos de momento, ya que nos tememos que este último iniciaría una causa de crimen que alertaría de tal modo a los cortesanos que podría dar al traste con la aprehensión del criminal, que podría darse a la fuga a la menor polvareda.

—Pero... el valido de Su Majestad afirmó en la última junta que cursaría conocimiento de lo sucedido a la regente —indicó Pascual, algo confundido por la revelación.

—No debemos preocuparnos por Nithard. Tras la junta me reuní con él a solas y le hice ver que debía evitar a toda costa la aflicción que dichas revelaciones ocasionaría a doña Mariana, de quien además es su confesor.

»Él, mejor que ningún otro, es conocedor de sus debilidades mundanas, y mucho nos tememos que la pesadumbre por lo acaecido podría afectar muy seriamente a la gobernanza de los reinos de este vasto Imperio, precisamente en estos tiempos tan delicados a los que nos vemos abocados.

—Entiendo... —fue cuanto se atrevió a conceder, suspicaz, el primado de las Españas.

Guillén de Moncada calló. Únicamente se oían los estertores de los leños ya vencidos, consumidos.

—Todo cuanto afirmé en la sala capitular es cierto —retomó—. A ambos nos preocupa que el asesino pueda llegar hasta la regente o hasta el mismo infante real, don Carlos.

»Si les ocurriese cualquier infortunio nos abocaría a un conflicto que daría al traste con la endeble estabilidad en los territorios del Imperio y, por tanto, con los intereses propios en todos sus reinos.

A Pascual de Aragón le vino a la mente que si falleciese el heredero de la Corona, al que despectivamente apodaban el Hechizado, su hermanastro, el príncipe Juan José de Austria, aspiraría al trono. De abrirse una confrontación entre los partidarios de unos y otros, el precio a pagar sería muy alto, quizá demasiado. No estando muy seguro de si estaría dispuesto a pagarlo, permanecía agazapado como el lebrel en su madriguera a la espera de acontecimientos venideros.

—Tengo entendido que años atrás, gracias a tu mediación, conseguiste desenmascarar a los asesinos de los regidores del Cabildo de la ciudad de Zafra, que tanto perturbaron a los duques de Feria y que amenazaban incluso con desequilibrar, no solo la hacienda del propio Cabildo, sino también la del ducado y, por ende, la de la Real Tesorería.

Al prelado le extrañó lo que Guillén de Moncada le acababa de referenciar. A este no le pasó inadvertido el ceño fruncido del arzobispo, aunque prefirió seguir calmo con su parlamento.

—Según pude saber os hicisteis valer de uno de los mejores pesquisidores de Castilla, un tal Juan Beltrán, quien ya hace muchos años tomó los hábitos jesuitas y ocupa la dignidad de abad del colegio imperial, de quien eres uno de sus benefactores más principales e influyentes.

—Eso fue hace años, como bien indicas. El jesuita se encuentra mayor y a buen seguro recordará a duras penas aquellos sucesos —mintió.

—Mi querido Pascual, si acudo a ti es porque necesito resolver el crimen antes de que llegue al conocimiento del fiscal de la Real Audiencia y, por ende, al de la propia reina.

»Ambos sabemos que no le temblaría el pulso para sustituirnos en la Junta de Regencia si pensare que ya no le somos de utilidad, y, entonces, todos nuestros negocios y planes futuros darán al traste. Quién sabe si no solicitaría incluso tu cese al propio nuncio papal...

La velada amenaza causó el efecto pretendido en Pascual. A pesar de haber sido destituido por la regente en el cargo de inquisidor general en favor de su confesor, su propio valido Juan Nithard, como arzobispo de Toledo y primado de las Españas seguía manteniendo una posición preeminente en la corte y en la Junta de Regencia, y no estaba dispuesto a ponerla en juego. Por ello se apresuró a manifestar su asentimiento.

—Estoy seguro de que el padre Beltrán se avendrá a colaborar si así se lo demando.

—Yo también estoy seguro —concedió visiblemente satisfecho su interlocutor.

—Sin embargo, no entiendo qué necesidad hay de alterar los días tediosos que el abad dedica a la meditación y a la alabanza del Santísimo por la muerte, por muy cruenta que esta haya sido, de una de las dueñas germanas de la regente —argumentó Pascual, que parecía franco en sus dudas.

—No se trata solo de una de las dueñas germanas de Su Majestad, también era su confidente más leal y principal, su máximo apoyo. Habían llegado a la par desde los territorios valones. Tan solo ella y la viuda de Poveda cuentan con el favor absoluto de la regente.

—Entiendo tu preocupación, Guillén —dijo saliendo de una momentánea abstracción provocada por las dudas—. Se trata de una dueña principal de la regente, de la más noble cuna, procedente de la casa de Limburgo, emparentados con el emperador del Sacro Imperio y ascendente sobre doña Mariana —argumentó con semblante serio—. Aun así... —Pascual de Aragón torció el gesto, como si le desagradase verse obligado a tener que recurrir de nuevo al padre Beltrán para resolver dicho crimen.

No le agradaba en absoluto que el jesuita, por muy fiel que siempre se hubiera mostrado con su causa, fuera conocedor de los secretos, y los tejemanejes, de la corte.

Guillén de Moncada guardó silencio. Pensó que había llegado el momento de confiar a su interlocutor toda la verdad de lo acaecido hasta ahora.

—Dilecto Pascual. Ahora más que nunca se hace preciso la asistencia del abad, de quien refieren que es uno de los mejores pesquisidores del reino. Le precede su carácter afamado de hombre audaz y diligente, a la par que fiel a cuanto tu purpurado representa —le confiaba, solemne.

Pascual lo dejó hablar.

—Además, en un asunto tan delicado como este, es necesario contar con los servicios no solo del más sagaz e inteligente de los pesquisidores que tengamos a nuestro alcance, sino, de igual modo, del más discreto y sigiloso, y en eso, tu jesuita es hombre de asentadas entendederas y probado juicio —le espetó, acentuando de propósito el posesivo que había utilizado.

—*Obedientia, paupertas, pudicitia...* —silabeó Pascual entre dientes.

Guillén no pasó por alto aquellos votos. Eran los votos que profesaban los seguidores de san Ignacio de Loyola, la orden a la que pertenecía el abad y con la que el arzobispo mantenía interesadas relaciones.

—No olvides, además, el voto mayor de todos: la obediencia al sumo pontífice, al que tú representas como prelado en las Españas. A buen seguro que cuando todo esto haya terminado, el nuncio papal, Federico Borromeo, podrá recabar informes acertados sobre tus servicios que reconfortarán al Santo Padre. No olvidemos que te sustenta en tu archidiócesis como uno de los más poderosos padres de la Iglesia —soltó, sin ningún atisbo de pudor por aquella velada amenaza que acababa de lanzarle.

Pascual, tensando todos los músculos de su, otrora, bigardo cuerpo, parecía no inmutarse ante aquella acometida. Sabía que debía colaborar, o de lo contrario correría el riesgo de perder su poderosa mitra.

Por otra parte, bien conocía él al padre Beltrán. No se haría necesario recordarle sus votos de obediencia, tampoco reclamarle su silencio. El abad era hombre prudente y temeroso de Dios y nunca traicionaría el secreto de lo participado ni el resultado de sus pesquisas, siendo él el único destinatario de las mismas.

—Pierde cuidado, Guillén, tanto la encomienda como el resultado de las averiguaciones quedarán a buen recaudo —le aseguró.

El principal de la Guardia, satisfecho, se propuso relatar todo lo ocurrido sin escatimar en detalles.

—Ha habido más crímenes —anunció a bocajarro.

Pascual de Aragón, hombre quedo y de pocos asombros, lo miró perplejo, ya que, a buen seguro, no hubiera imaginado esa respuesta.

—Ha habido más muertes —volvió a asegurar, como si temiera que su interlocutor no lo hubiese escuchado.

—¿En palacio? —balbució Pascual.

—Hace unos meses se encontró a otra doncella salvajemente asesinada dentro del alcázar —aseveró— y... —Guillén hizo una pausa, como si no estuviera muy convencido de lo que le iba a revelar a continuación—. El mal se ha extendido también fuera de los muros protectores del alcázar. Una de las doncellas al servicio de la parte noble de palacio ha sido hallada muerta, vilmente, al igual que la desgraciada dama valona.

El prelado permanecía callado. Parecía ausente, con los ojos muy abiertos, como si le costase dar pábulo a cuanto oía.

—Matilda de Arlon no ha sido la primera en hallar la muerte, me temo. Antes hubo una más en el propio alcázar y otra más fuera de sus muros. Al menos...

—¿Al menos? —repitió atónito Pascual, no saliendo de su estupor.

—Desconozco cuántas pobres infelices han podido caer en las garras del asesino, o de los asesinos...

»Mucho me temo que el mal ha arraigado en palacio, aunque a buen seguro que ya habría sembrado su simiente mucho antes —vaticinó, circunspecto.

Los chasquidos de los leños parecían amortiguar la tragedia de lo sucedido, al atraer su atención por unos instantes.

—Hace meses una planchadora se encontró el cuerpo mutilado de una de las camareras de palacio, una doncella de escaso linaje, pero que tenía como valedor a uno de los más importantes prestamistas de la corte, que le había conseguido el puesto.

»La infeliz fue encontrada desangrada, degollada y apuñalada. Era un amasijo de sangre y vísceras que ni los médicos de cámara pudieron soportar. El hedor les resultaba repugnante, nauseabundo, según ellos mismos me referenciaron, así como la visión de sus maltrechos miembros, como si de una ciénaga se tratase.

—¿Intervinieron los médicos de la regente en el descubrimiento del cuerpo?

—Así es, no pudieron hacer nada por la desdichada, salvo estudiar su mortificado cuerpo, abierto en canal como una res, y ordenar que dieran cristiana sepultura al cadáver y adecentasen la cámara del crimen.

»Las limpiadoras de palacio tardaron varios días en poder eliminar la sangre que había salpicado el moblaje y durante semanas el olor a muerte parecía haber quedado impregnado en la alcoba.

»Todavía permanece cerrada, ninguno de los libreas la pretende, a buen seguro prefieran dormitar en cualquiera de las caballerizas reales antes que pernoctar una sola noche en aquella alcoba del diablo.

Pascual se santiguó estremecido al oír estas palabras de boca de un soliviantado Guillén.

—La otra doncella de palacio de la que te referenciaba momentos antes y de quien he de hablarte es María de Díaz, la hija menor de unos infanzones asturianos que fue hallada muerta en la alcoba que compartía con otra muchacha en la posada de

San Nicolás, en la travesía del Biombo, muy cercana a la parroquia de los Servitas, de la que al parecer era muy devota.

»El dueño de la posada quedó impresionado al entrar en la cámara y encontrarse con el cuerpo desnudo y toda la cama cubierta de la sangre de la desgraciada. Salió despavorido en busca de los alguaciles apostados en la calle Mayor, sabedor como era de que la muchacha contaba con el favor de palacio, pues era camarera real, temeroso de poderse ver implicado en su muerte.

—¿Se le ha sometido a confesión? —indagó Pascual.

—El apesadumbrado posadero ha jurado y perjurado que no tuvo nada que ver. No creo que sea necesario someterlo a tormento para que declare, ni siquiera debía hallarse en el interior de la casa en el momento de cometerse el crimen, y resulta estar tan preocupado por la suerte de la infeliz como por el cierre de la posada, que refiere ser su único sustento y el de su familia —sentenció.

»Al parecer en la misma cámara se encontró el cadáver de la muchacha con la que compartía la alcoba.

—¿Otra servidora de palacio? —inquirió sorprendido el prelado.

—No. Compartían la alcoba, pero desconocemos su parentela —le confirmó—. Ya se ha dispuesto que interroguen a los dueños de la casa donde servía, unos comerciantes de abastos enriquecidos, pero me temo que poco podremos obtener de ahí. Nadie reclamará su cuerpo e irá a engrosar la pila de cadáveres de la morgue hasta que se deshagan del mismo. El fuego purificador les espera, pacientemente, a los cuerpos de todos los sin nombre —sentenció.

Guardaron silencio unos instantes, manteniéndose las miradas, hasta que el principal de la Guardia volvió a hablar.

—Lo más probable es que su aparición se debiera a una fatal casualidad, pues, a diferencia de las demás, su cuerpo no fue profanado ni amputado, habiéndosele dado muerte tras un golpe certero que machacó su cráneo.

Pascual de Aragón parecía querer cavilar qué mente diabólica habría podido cometer tales crímenes y por qué, precisamente, contra doncellas del alcázar.

—El justicia mayor del Reino —prosiguió Guillén, ajeno a los pensamientos de su interlocutor—, que fue avisado al pronto, apenas pudo contener los vómitos, según él mismo pudo relatarme una vez sobrepuesto del espanto.

»El ensañamiento habido con todas ellas debe ser obra del mismo perturbado, a no ser que sean varios los facinerosos que puedan estar implicados en tan abominables actos —dedujo como si hablase para sí.

Los hombres se mantuvieron nuevamente en silencio, como rumiando todo aquello que acababa de ser contado. Mientras, la chimenea parecía pedir nuevos leños que devorar.

—Y luego están esas extrañas marcas... —afirmó Guillén, con voz desvanecida, como si no quisiera ser escuchado.

—¿A qué te refieres? —preguntó raudo el prelado, saliendo de su abstracción.

—Los galenos reales me han hablado que todas esas desdichadas estaban sesgadas por incontables cortes repartidos por todo el cuerpo.

»El ensañamiento fue terrible, pero aun así había algo muy

extraño..., como si algunos de los tajos propiciados estuvieran entrelazados formando raras grafías, semejando a los dueños que marcan su ganado —le confirmó, turbado.

Pascual sopesaba cuanto se le estaba relatando. Despavorido e intrigado ante esta nueva revelación que le participaba, prefirió no indagar acerca de ello. Acaso fueran desvaríos de los galenos, tras el descubrimiento de los cuerpos ensangrentados con los que a buen seguro no se encontraban familiarizados dentro de los muros protectores del alcázar.

—¿Los médicos de cámara prestaron asistencia fuera de los muros del alcázar? ¿Con qué propósito? —preguntó, en cambio, un tanto incrédulo, pues por todos era conocido que eran poco dados a dejarse ver fuera de la corte.

—Fueron avisados de inmediato por el propio justicia mayor, que seguía mis órdenes, por lo que no les quedó más remedio que atender mi petición.

»No olvides que María de Díaz no era una pobre muchacha desolada de las muchas que acaban muertas en las laderas de la sierra de Guadarrama o en los márgenes del río Manzanares.

»Aunque el crimen se hubiera cometido fuera de la jurisdicción del Real Alcázar, la muchacha procedía de la más rancia nobleza de provincias y, por encima de todo, permanecía al servicio de la parte noble de palacio, siendo, por tanto, propiedad de la Corona.

»Quienesquiera que sean los criminales intuyo que es su siniestra intención la de echar un pulso a la misma, como si nos avisaran de que en cualquier momento puedan atentar contra la regente o contra el infante real y cambiar el rumbo de los acontecimientos, sin que nosotros podamos hacer nada por impedírselo.

»Debemos dar con los malhechores de estos horrendos crímenes antes de que sea demasiado tarde —concluyó inquieto.

Pascual de Aragón asintió circunspecto, visiblemente demudado por cuanto se le confiaba.

La premura de la situación hacía que tuviera que recurrir, otra vez, al padre Beltrán para que los ayudase a encontrar al culpable de tan atroces crímenes.

Volver a tratar con aquel jesuita, cuya inteligencia le era tan esquiva por mucho que el abad se esmerase en ocultarla de la vista de los demás, le hacía recelar. Aunque bien sabía que con sus sagaces pesquisas conseguirían apresar a aquel escurridizo asesino.

El Imperio se desbarataba. En lo más profundo de su ser la suerte que habían corrido aquellas pobres desdichadas poco o nada le importaba, pero lo que no podía consentir era que se atentara contra el trono, lo cual hundiría el legado de los Austrias, y, mucho menos, que peligrara su propia supervivencia.

16

Colegio imperial, calle Mayor, Madrid
Una visita inesperada...

Con el clarear del alba, Madrid se desperezaba envuelta en una tupida niebla. Los tejados, mojados y resbaladizos, parecían emitir destellos al contacto con los tempraneros haces de luz. Mientras, los primeros carromatos, tirados por bestias, atravesaban las calles hundiendo sus herrajes en el lodazal al tiempo que los trajineros maldecían en voz baja.

A pesar de ello, la lluvia caída días atrás, tan esperada durante semanas, fue festejada por el vulgo y bendecida por las parroquias. Al fin las calles se limpiaban de orines e inmundicias al paso de los regatos, que, caudalosos y pendiente abajo, arramblaban con todo cuanto encontraban en su atropellado camino.

A esas horas, en el interior del convento de la Compañía de Jesús, el padre Beltrán ya había sido avisado por uno de los hermanos. Le apremiaban a presentarse en la rectoría del cenobio, donde según le comunicaron lo aguardaban de inmediato. Le causó gran perplejidad tanto lo inesperado de la visita como la premura de la misma, ya que no esperaba a nadie.

—¿Ha ocurrido alguna desgracia entre los hermanos de la congregación? —fue lo primero que se le ocurrió preguntar.

El interpelado agachó la cabeza evitando encontrarse con los ojos escrutadores del abad, quien, intranquilo, parecía atravesarlo con la mirada.

—Ruego a su paternidad que sepa disculpar a este humilde pecador, mas... no me es permitido revelar la identidad de quien, pacientemente, aguarda a ser cumplimentado —fue cuanto obtuvo por respuesta.

Resignado, Beltrán se dirigió cariacontecido hacia la rectoría. A grandes zancadas atravesó la colosal galería porticada donde una fila larga de arcos puntiagudos descansaban sobre columnas dobles. Parecían querer confundirlo en su propio laberinto claustral.

Las lluvias de los últimos días habían hecho rebosar las tinas dispuestas bajo las canales y la noria no daba abasto con el agua manada, se desbordaba sin contención. Mientras, dos mansos pollinos, lustrosos y de panza abultada, seguían dando vueltas sobre sí mismos, como si el tiempo se detuviese a cada instante.

Sobre el alféizar de una ventana, ovillado mansamente, pudo ver de soslayo cómo Moisés se desperezaba, mimoso y despreocupado. Parecía ajeno al frío y a la lluvia caída. Uno de los jóvenes novicios había encontrado al gato anaranjado apresado en una de las numerosas trampas para cazar a los gorriones que atestaban las huertas y cuyas bandadas se comían los frutos antes incluso de estar maduros.

No pudo por menos que sonreír al recordar al hermano zaleado por el animal y la ternura que, a pesar de todo, infundía su cara.

A pesar de tan grata añoranza una premonición se posaba sobre él, como los nubarrones que cubrían el patio y amenazaban de nuevo con tormenta. Caminaba intranquilo.

Sus sospechas se verían confirmadas nada más entrar en el habitáculo donde era aguardado con una impaciencia mal disimulada.

—Disculpadme, eminencia —dijo inclinándose ante Pascual de Aragón, arzobispo de Toledo—, no había sido informado de vuestra presencia entre estos humildes muros que ahora nos acogen.

El primado de las Españas ni se inmutó.

—Padre Beltrán, cuán grato me resulta volver a veros —dijo mostrando una fingida sonrisa que pretendía ser acogedora.

—Es un honor, para este humilde siervo de Dios, recibir la visita de Su Eminencia —concedió el abad, un tanto desconcertado. Nervioso, entrelazó las manos sobre el regazo.

—Necesito de vuestro auxilio —le confió, beatífico—. Jurad ante este crucifijo que vuestra paternidad sabrá guardar silencio ante todo cuanto vengo a preveniros.

—Así se obrará, eminencia —respondió el abad, inquieto, al tiempo que con la mano le mostraba un sillón frailero donde el prelado pudiera acomodarse para parlamentar.

»Decidme, eminencia, qué procuráis de este que bien os sirve y al que visitáis en su humilde morada.

—Mi muy estimado Beltrán, convendréis conmigo en que

la Corona siempre parece estar en peligro, en estos tiempos tan difíciles en los que Nuestro Señor Jesucristo nos ha permitido vivir. Cualquier hecho, por insustancial o aislado que parezca, puede dar al traste con los planes de la corte y provocar la inestabilidad que sus enemigos procuran y tanto ansían.

»Madrid está cuajado de espías al servicio de otras potencias extranjeras que, al rebufo de las embajadas asentadas en la villa, pesquisan aquí y allá para encontrar una fisura por la que atacar al trono. El mismo embajador inglés, que presentó sus credenciales ante la regente deseándole todo tipo de parabienes, y a quien se le agasajó en palacio con una gran fiesta hace unos meses, a la que asistió lo más granado de la alta nobleza española, es uno de los mayores instigadores de conspiraciones contra la Corona.

Beltrán escuchaba con atención, sin ni siquiera atreverse a parpadear, por la solemnidad con la que el arzobispo de Toledo se dirigía a él. No obstante, no se olvidaba de que el prelado era uno de los mayores benefactores del colegio de huérfanos que se afanaba en mantener abierto. De modo que, diligente, tomó la palabra.

—Permitid, eminencia, que os ofrezca una reconfortante taza de hierbas de manzanilla y poleo, endulzada con una cucharada de miel de romero, que caldee vuestro espíritu y conforte el ánimo —sugirió.

Pascual de Aragón aceptó de buen grado. Esperó unos instantes hasta que Beltrán le hubo agasajado con una humeante taza que bebió a pequeños sorbos.

—Escuchadme —atajó el prelado circunspecto, tras haber paladeado gustoso la tisana—. Su Majestad, la reina, puede que se encuentre en peligro. La salvación del Imperio tal vez esté en nuestras manos.

—Oh Señor todopoderoso —exclamó Beltrán alarmado.

—Tranquilizaos, os lo ruego, y escuchadme con atención. Se han cometido crímenes horrendos en el interior del Real Alcázar —le soltó a bocajarro, bajando considerablemente su potente tono de voz, como si temiera no contar con más tiempo del necesario para hacérselo saber.

»Con la complicidad de los miembros de la Junta de Regencia, de la que yo mismo formo parte, mantenemos las muertes ocultas a los ojos de la corte, pero los rumores y las habladurías son muchos, y no sabemos por cuánto tiempo más podremos guardar el secreto de lo acontecido —confirmó angustiado ante un cada vez más perplejo Beltrán.

»El último de los crímenes se ha cometido en la propia galería de la reina, habiendo dado muerte a una de sus dueñas germanas, doña Matilda de Arlon, hija de los duques de Limburgo. La joven fue su confidente y principal sostén desde que, años atrás, se desposara con el rey y se convirtiera en reina consorte de las Españas.

»Debemos descubrir al asesino antes de que vuelva a atacar, o de lo contrario podría ser demasiado tarde. ¡Quién sabe si en la mente del criminal aparezca la propia doña Mariana como una de sus víctimas! —Se persignó con fruición, como si con aquel gesto quisiera espantar los malos augurios.

Beltrán, aturdido por cuanto se le confiaba, era incapaz de articular palabra alguna, por lo que Pascual de Aragón siguió con su plática.

—Cuando juzguemos llegado el momento, tendréis que

abandonar el colegio de la Compañía e instalaros en las dependencias que el valido de la regente, vuestro hermano en la fe, el padre Juan Nithard, os tendrá preparadas, y os haréis cargo de asistir a doña Mariana en asuntos espirituales y al infante real don Carlos en las materias de gramática y matemáticas, de quien seréis su mentor. De este modo os moveréis por la corte sin levantar sospechas —le confirmó.

»Además, así dejaréis de perder el talento que atesoráis tras los muchos años de estudio con esos andrajosos a los que protegéis y tendréis un doctrino digno de vuestra paternidad —le espetó, sin fingir desagrado.

Beltrán se incomodó al oír estas últimas palabras, si bien no protestó ni hizo ningún ademán que delatase su desavenencia con lo dicho. Juzgó más prudente mantenerse callado ante el prelado.

—Una vez allí, deberéis iniciar de inmediato las pesquisas que lleven al prendimiento del asesino que ha osado cometer tan atroces crímenes ante nuestras propias narices —dijo, visiblemente enojado—. Aguardaréis hasta recibir nuevas mías.

Beltrán, sosteniéndole a duras penas la mirada, movió ligeramente la cabeza en signo de afirmación.

—Entretanto —prosiguió Pascual—, y para no levantar suspicacias, predicaréis la Palabra en la capilla del alcázar y asistiréis también a los demás miembros de la corte. Aliviaréis sus culpas, que a buen seguro serán muchas, y aplaudirán vuestra llegada en detrimento de los dominicos del Santo Oficio que tan poco les agradan —rezongó.

»Valeos del confesionario y del sacramento de la penitencia, si preciso fuere, para interrogar a todo morador de palacio que os salga al paso —autorizó para mayor aprensión del jesuita, ya que el secreto de confesión era uno de los pilares de su ministerio.

El prelado era consciente de cuanto le encomendaba al padre Beltrán y de la inquietud que aquello generaba en el religioso. Asimismo sabía que lo que a continuación le iba a proponer le provocaría una alarma aún mayor. Pese a lo inusitado de su petición, intuía que no le sorprendería en absoluto.

—Contad, si preciso fuere, con la ayuda de Leonarda Guzmán, mujer talentosa y de fiar, muy apreciada por la duquesa viuda de Feria, doña Mariana de Córdoba, a quien ya sirvió en el pasado y de quien guarda un magnífico recuerdo, por resultarle una mujer sabia y juiciosa —referenció, cauteloso, ante la cara de incomodidad del jesuita—. Y, aprovechando que la duquesa permanecerá en la corte durante unas semanas más antes de regresar a sus posesiones en la Baja Extremadura, podría instalarse allí por el tiempo que fuera menester y hacerse pasar por su camarera mayor. De este modo, contaréis con más ojos y manos que os puedan ayudar en vuestra peligrosa encomienda —concedió.

»Aún recuerdo los valerosos servicios que nos prestó para resolver los crímenes de los regidores del Cabildo de Zafra, según vuestra misma paternidad me hizo saber, y la buena relación que mantenéis desde entonces con su familia.

»Contad con su astucia, de natural sabida, y no os aflijáis si teméis que su esposo pueda oponerse a tal fin. A buen seguro que el marqués de Leganés, Diego Dávila y Mesía, su valedor y comanditario, sabrá hacerlo entrar en razón. Yo mismo hablaré con el marqués, a quien mi diócesis le hará llegar un pedido de tablas y lienzos flamencos que no podrá rechazar —confió maniqueo.

Beltrán callaba. Recelaba mucho de lo dicho, ya que no estaba seguro de si se atrevería a exponer a Leonarda a los peligros que sin duda les acecharían, y menos aún si, llegado el caso, podría acallar sus remordimientos si ella sufriera cualquier cuita durante su estancia en el alcázar.

—A tan alta responsabilidad os enfrentáis —sentenció Pascual, ajeno a los sentimientos de su interlocutor—. Confiamos que sabréis llevar a cabo el propósito de esta visita.

Beltrán permanecía mudo, como si le costase asimilar todo cuanto sus oídos acababan de escuchar. Tras unos instantes en silencio, roto solo por el candor de la lumbre que, de manera machacona e insistente, devoraba los leños sin piedad, se atrevió finalmente a indagar sobre lo sucedido.

—¿Cómo han muerto esas pobres desdichadas? ¿De quiénes se trata? ¿Quién halló sus cuerpos? ¿Sabéis si…?

A Pascual de Aragón le agradó comprobar que el jesuita, fiel a su referenciada inteligencia, pretendiese iniciar allí mismo las pesquisas de lo encomendado. Sin embargo, prefería omitir los detalles de las muertes que le resultaban tan desalentadores.

—Acuchilladas, degolladas, ensangrentadas… —concedió, no obstante—. Así fue como las encontraron, sometidas al más cruento de los tormentos. Que Dios Padre, en su infinita misericordia, las acoja en su gloria —imploró.

Beltrán asintió, expectante por si el prelado le revelaba algún detalle más de las muertes, como le acababa de demandar unos instantes antes, aunque sabía que ya no obtendría mucho más de él.

—Interrogad a los galenos reales en cuantas ocasiones consideréis, a ellos fueron encomendados los estudios de los cadáveres. A buen seguro que os serán de mayor utilidad que yo —le confirmó.

Beltrán se limitó a asentir.

—Disponed de todo cuanto necesitéis, no escatiméis en demandar al valido real los medios que para ello preciséis. Contengamos a tiempo esta hemorragia que mana sin control y amenaza con salpicarnos.

—No comprendo, eminencia —dijo sincero, enarcando ambas cejas.

—Escuchadme bien —pareció ordenar el prelado—. Si cualquiera de los muchos enemigos de la Corona llegase a obtener información sobre los crímenes acaecidos y del peligro que pudieran llegar a correr tanto la reina regente como el propio infante real don Carlos, tened por seguro que se arrojarían sobre nosotros como una jauría hambrienta. Lo considerarían como un momento de debilidad, de flaqueza en la gobernanza de los distintos reinos del Imperio, lo que alentaría sus ánimos, siempre levantiscos y belicosos, para asestarnos la estocada definitiva y hacerse con nuestras más preciadas posesiones tanto en el Mediterráneo occidental como en el centro de Europa.

Beltrán movió la cabeza en señal de comprender lo argumentado. Bien sabía que tanto Flandes como Nápoles eran territorios objeto de deseo por las demás potencias europeas, sobre todo de Francia, que constantemente asediaban a los tercios, cada vez más debilitados y faltos de los pertrechos necesarios para defender las fronteras del Imperio.

—Por otra parte, mucho me temo que aprovecharían también para conspirar en la villa en favor de las aspiraciones al trono del príncipe Juan José de Austria y en contra del heredero, don Carlos, avivando viejas e incendiadas algaradas entre los partidarios y los detractores de uno y otro —dijo bajando de nuevo el tono de su voz, como si temiera poder ser descubierto, aun sabiendo que nadie más que ellos estaba en aquel salón.

Beltrán asentía con visible semblante de preocupación ante la encomienda que sobre sus espaldas depositaba el prelado.

—Y ahora volved a vuestros quehaceres, pronto habréis de despediros de los demás hermanos de la Compañía. Disponed todo cuanto sea preciso con premura —le ordenó, tajante.

—Que Dios nos asista —susurró cauteloso Beltrán, sobrecogido.

Poco después y en la soledad de su celda se encomendó ante el Altísimo, en actitud de sincero recogimiento, pío.

Mucha parecía ser la carga que recaería sobre sus hombros mermados. Dudaba sobre si podría soportarla.

«¡Oh Señor, ayúdame! ¡Cuán inescrutables se muestran tus caminos!», oró para sí, ferviente, con la mirada perdida entre las aristas de la cruz.

17

En la hacienda de Leonarda, valle del Tajuña
Una encomienda muy peligrosa...

—¡No, de ninguna manera! —afirmó Alonso con rotundidad—. ¡Me niego a que te expongas de ese modo!

Leonarda permanecía en silencio mientras Alonso iba de un lado a otro del salón, negando sin parar con la cabeza, como si con aquel gesto su negativa adquiriese una mayor consistencia.

Entretanto, en la cámara de al lado, Diego Dávila y Mesía trataba de entretener a su ahijada para que no oyese las voces de su padre.

Teresa cabalgaba feliz a lomos de un caballito de madera que su padrino le había regalado. Cuando este lo vio por primera vez en un mercado sevillano, a orillas del Guadalquivir, no pudo por menos que pensar en la pequeña, en lo dichosa que se mostraría cuando lo viese.

No se equivocó. Hacía tan solo unos días que habían regresado de Sevilla, donde por mediación del tío de Alonso, el canónigo de la colegiata de San Isidoro, habían logrado un importante encargo de los monjes cartujos y de los hermanos mercedarios para revestir las paredes de sus conventos y capillas. Desde entonces la niña solo quería encaramarse a su imaginado trotón día y noche. Todavía no la dejaban montar el potrillo que le regalase Diego con motivo de su pasado cumpleaños. Supuso que una vez transcurridos los primeros días, tal vez las primeras semanas, Teresa iría dejando a un lado su preciado caballito de madera y se decantaría por algún nuevo juguete, o por cualquier otro de los que inundaban aquel vasto salón de juegos.

Ajena a sus pensamientos, la pequeña emitía candorosas risas que contrastaban con la tensión que se vivía a tan solo unas cuantas varas de distancia de donde se encontraban.

—Alonso, te lo ruego, debes entrar en razón. El padre Beltrán me ha pedido auxilio y yo debo prestárselo —intentaba Leonarda convencer a su esposo, sin llegar a conseguirlo.

—Bastante hacemos ya con ser benefactores de su colegio para huérfanos. ¿O te olvidas de todos los puñados de reales e, incluso, de ducados, que aportamos para que cobije a cada vez más desharrapados? —escupió furioso, sin intentar disimular su enfado.

Leonarda no se inmutó ante las protestas airadas de Alonso. Lo conocía bien y sabía de su bondad y piadoso corazón para con los menesterosos, a pesar de haberle arrojado aquellas últimas palabras.

—Alonso, pierdes el juicio. Tú mismo me animas a seguir practicando obras de beneficencia y no solo con el colegio de la Compañía de Jesús. Muchas son las parroquias y no pocas las casas de misericordia a las que ayudamos —le dijo con un tono de voz que pretendía ser al mismo tiempo dulce y neutro, con el que esperaba poder calmar a su marido.

»Y no solo en Madrid. También ayudamos a conventos y hospicios en Extremadura, en cuya tierra nacimos, y mantenemos talleres donde recogemos a descarriadas para que tengan pan con el que alimentar a sus familias, como cuando morábamos en Flandes, acogidos por mi tío Miguel. También él nos sigue informando de la buena marcha de los talleres de hilanderas y de lo felices que esas desdichadas, a las que enseñamos un oficio y les dimos un hogar, se muestran hilando y ganándose su sustento.

Alonso parecía no reaccionar, por lo que Leonarda siguió, intentando ser conciliadora, pero ahondando en su argumento.

—¿Acaso has olvidado ya lo feliz que te hace cada vez que recibimos noticias de mi tío informándonos de lo mucho y bien que son empleados nuestros dineros?

»Incluso tú mismo me has dicho que durante los días que Diego y tú habéis permanecido en Sevilla has gastado parte de las ganancias obtenidas en ayudar en las obras pías que tu tío, el canónigo de San Isidoro, tiene emprendidas, y a buen seguro que no hubo necesidad de pedirte desembolso alguno para que tú mismo se lo ofrecieses.

Alonso parecía ahora haber templado el ánimo. Al menos su quietud frente a uno de los ventanucos de la estancia así lo presagiaba.

Se mantenía erguido, con la mirada perdida por el fértil valle del Tajuña. En verdad que la heredad adquirida por mediación de su noble amigo era muy hermosa. Siempre se había preguntado cómo era posible que Diego y él hubieran congeniado de tal modo. Con el andar del tiempo habían confraternizado como si de verdaderos hermanos se tratase.

Les unían mucho más que los negocios. La amistad de Leonarda y él con Diego era franca, limpia y fuera de cualquier atisbo de dudas.

—Es mucho a lo que te expones, Leonarda —le confió, mirándola a los ojos y mostrando un rictus de preocupación que no quiso ni pudo disimular.

Leonarda sabía que la negativa de Alonso se debía al terror que sentía de solo pensar que le pudiera ocurrir cualquier desventura. Era tanto lo que la amaba, se dijo para sí, que sufriría con solo imaginarlo.

A ella también se le hacía un nudo en la garganta cuando pensaba que tendría que separarse de él y de su hija al trasladarse durante un periodo de tiempo indeterminado al Real Alcázar. Con todo, firme en su decisión, intentando no flaquear, siguió adelante en su propósito.

—Estaré protegida. El padre Beltrán asistirá a los oficios que se celebren dentro del alcázar, sustituirá a los dominicos en la capilla real, según él mismo me ha expuesto —le informó, segura de sí misma—. Además, contaré con la merced de la duquesa viuda de Feria, doña Mariana de Córdoba, quien ya celebra tenerme a su lado, después de haber permanecido a su servicio en el alcázar de los duques en Zafra, años atrás.

Alonso parecía vacilar, aunque su ceño fruncido aludía a un enfado latente.

—No sé cómo el padre Beltrán ha podido, siquiera, pedirte que te embarques en este desatino —farfulló.

Leonarda consideró oportuno dejarle reposar durante unos instantes. Sabía que tras el enfado inicial poco a poco se iría calmando y entraría en razón.

Mientras, Coba, la vieja aya, que no era ajena a cuanto se estaba dirimiendo en el salón, trasteaba furiosa en las cocinas, de donde provenía un olor a pan recién horneado que parecía templar los ánimos, aliándose con Leonarda. Ella también era de la opinión de que dejarla marchar a la corte era una majadería. No se lo diría a su señora, pero con sus gestos enfurruñados se lo haría saber, aunque conociendo su determinación poco o nada podría hacer ella por impedirlo.

¿Qué sería de Alonso si a Leonarda le ocurriese algo? Y peor aún, pensó, ¿qué sería de la pequeña Teresa?

No pudo evitar estremecerse y en un gesto no medido arrimó las manos doloridas a las ascuas de la lumbre, en busca de un calor que le era esquivo.

—Alonso, sé que te preocupas por mí —argumentó Leonarda conciliadora—. Pero en el fondo sabes que debo prestarle mi ayuda. Conozco los peligros de la encomienda y, a pesar de contar con el favor de la duquesa y con la protección de los custodios del alcázar, me andaré con sumo cuidado.

—De bien poco les sirvió a esas desdichadas la protección de la guardia real… —espetó, visiblemente enojado.

Leonarda no quiso contestar, aunque sabía que no estaba falto de razón.

—Debo prestarle la ayuda que de mí demanda —fue cuanto atinó a decirle, muy a su pesar.

Durante unos instantes ambos se sostuvieron la mirada sin pronunciar palabra alguna, como si se hablasen con los ojos.

Al cabo, Alonso, que permanecía en el extremo opuesto del salón, se dirigió hacia Leonarda y la abrazó apasionadamente, con tanto brío que esta pensó que se quedaría sin aire con el que poder respirar.

Por la mente de Alonso pasaban, acelerados, los recuerdos del sueño que tuvo semanas atrás, como si fuesen premonitorios de que algún suceso terrible se cernía sobre todos ellos, aunque no quiso decir nada.

—Sentémonos —le pidió Leonarda, asiéndolo de su brazo.

Alonso accedió de buena gana.

—Debo ayudar a esclarecer las muertes de esas pobres infelices, asesinadas de la forma más vil y cruel que nosotros podamos llegar a imaginar.

A Alonso se le erizó el vello nada más escuchar aquellas palabras.

—Debemos detener al malhechor que está sembrando la corte de cadáveres. El padre Beltrán confía en mí para hacerlo. Ya lo ayudé en una ocasión, ¿lo recuerdas? —preguntó, con aparente inocencia.

—Sí, lo recuerdo muy bien…, durante tu estancia en Zafra años atrás —dijo con cierto resquemor—, cuando aparecieron muertos varios de los corregidores del Cabildo, inocentes que no merecían aquel final tan cruento.

—Así fue, Alonso, así fue —confirmó Leonarda.

—Y también recuerdo lo cerca que estuviste de caer en las garras del asesino y cuánto sufrí por tal motivo... —dijo, abatido.

Leonarda lo besó dulcemente en los labios, como si con ello quisiera reconfortar su ánimo y acallar su culpa.

—Entonces recordarás también que tras aquello, y como agradecimiento, fue precisamente el padre Beltrán quien favoreció nuestra venida a España para que nos pudiéramos reencontrar con nuestras familias. Dejamos atrás los años vividos en Flandes, que tan lejana y extraña nos resultaba como fría y peligrosa.

Alonso no pudo por menos que sonreír al recordar las gélidas noches de los territorios flamencos, cuando dormían acurrucados el uno junto al otro bajo las tupidas frazadas de lana merina con las que se cubrían.

—No quiero que nos separemos, Leonarda... —balbució entrelazándose las manos.

Nada más pudieron decirse. Teresa los interrumpió dirigiéndose hacia ellos con saltitos y unos gritos ensordecedores que los colmaron de felicidad.

Detrás apareció Diego esbozando una sincera sonrisa llena de complicidad con la pequeña.

Por el rostro de Alonso supo que Leonarda ya le había hecho saber su propósito. Ahora sería él quien tuviera que contarles la entrevista mantenida con el consejero real, Pascual de Aragón, quien le había pedido su intercesión para que Alonso consintiera en la partida de su esposa hacia el alcázar. Una encomienda que quiso posponer hasta hablar serenamente con ambos, ya que no pretendía influir en su decisión.

No había mercado ni negocio, por mucho que el prelado les hubiera colmado de pedidos, que pudiera enturbiar la sincera amistad y el profundo amor que sentía por aquella familia que consideraba suya también.

Leonarda, entretanto, se abrazaba a su hija, que se había lanzado a sus brazos nada más verla. Le atusó el cabello revoltoso, ambarino como el trigo tostado, y la colmó de besos. Aquel espontáneo y maternal acto la hizo pensar en Juana, su madre. En ese instante decidió que le escribiría de nuevo, la echaba tanto en falta. ¡Cómo le gustaría volver a verla y visitarla en su hacienda de Zafra!

Teresa no paraba de reír reclamando su atención y atrayéndola hacia sí. Alonso festejaba sus chillidos regalándole a la pequeña una mueca cada vez más estridente, lo que provocaba un torrente de carcajadas arrebatadoras llenas de luminosidad que contagiaban a todos los presentes.

Leonarda los miró y supo que Alonso llevaba razón.

La encomienda propuesta por el padre Beltrán era extremadamente peligrosa, y ella tendría mucho que perder si algo se torciera.

18

Capilla del Real Alcázar de Madrid
Sospechas. La huella del crimen

Beltrán permanecía agazapado dentro del confesionario. Momentos antes había presenciado los ensayos de la escolanía que el maestro compositor, Juan Hidalgo, estaba preparando para doña Mariana. Se mostró muy estricto tanto con sus propios doctrinos como con cualquiera que osara interrumpir los ensayos.

Las voces sonaron angelicales y el órgano, que el músico de cámara tocaba con maestría, hacía estremecer la gran bóveda de crucería que soportaba la vieja techumbre.

En un principio pensó en ausentarse, pero, ante la tentación de escuchar aquella polifonía, optó por aguardar a que los discípulos del maestro terminasen el ensayo y disfrutar de aquellas notas que tanto debían de complacer al Padre.

Aquello le provocó cierto cargo de conciencia. Quiso la Providencia hacer coincidir aquella hora del día, la nona, en la que se celebraban los ensayos en la capilla real, con la oración del oficio divino, cuando los hermanos del convento estarían cantando y conmemorando el momento en el que Jesús murió en la cruz. Le pesaba no acompañarlos y guiarlos en la oración.

Al poco, cuando estuvo seguro de que todos los músicos se habían marchado, abandonó la celosía que lo protegía. Se sentó en uno de los bancos en penumbra, con actitud penitente.

La oración diaria era un alivio para su alma. Sin embargo, y a pesar de sus esfuerzos por centrarse en el rezo, su mente, distraída por la difícil encomienda que debía acometer, lo martilleaba sin descanso día y noche.

Algo en su interior le decía que el asesino pronto volvería a atacar, pero ¿cuándo?, ¿dónde?, ¿contra quién? ¿Y qué podía hacer él para prevenirlo?

No podía responder a aquellos interrogantes hasta que no se entrevistase con los galenos reales que estudiaron los cuerpos de las infelices que aparecieron asesinadas. Tampoco quería hacer caso de las muchas habladurías que abundaban como la mala hierba, abonadas con el estiércol de la mentira y las invenciones más desatadas y perniciosas, más provistas de supercherías que de sensatez.

Aguardaba con impaciencia la llegada de Leonarda, quien, para no levantar sospechas y siguiendo el plan previsto inicialmente, había aceptado instalarse en el alcázar como parte del séquito de la duquesa viuda de Feria. La había citado en el interior de la capilla.

Había supuesto con buen tino que, tras el almuerzo del mediodía, la regente estaría descansando en su cámara, junto a sus dueñas, mientras que el ejército de fámulas, camareras y libreas a su servicio harían lo propio en las cocinas o en las plantas inferiores del alcázar. Tan solo unos cuantos lanzas harían guardia en las galerías de palacio. Leonarda podría desplazarse sin temor a que le echasen el alto.

Así lo había dispuesto Guillén de Moncada, el principal de la Guardia Chamberga, a petición de Pascual de Aragón, quien seguía convencido de que la presencia de Leonarda en el alcázar sería de gran ayuda para el abad.

Beltrán, en cambio, no estaba tan seguro de ello. Se enfrentaban a un ser despreciable, sanguinario, con el alma emponzoñada, que había dado buenas muestras de poseer una gran inteligencia y que se escurría como una sierpe por entre los recovecos de palacio. Nadie había visto ni oído nada, lo que sin duda lo hacía extremadamente peligroso. No sabía a quién se enfrentaba, en realidad, y le parecía tan atroz y diabólico como el propio Satán.

Un escalofrío le cruzó la espalda tras este último pensamiento. Se persignó al punto, contrito, buscando confort en la plegaria.

Un ruido tras de sí lo sobresaltó. Una de las puertas laterales de la capilla se abrió sigilosamente, como si escondiera la identidad de quien se hallaba tras ella.

Beltrán abrió mucho los ojos, expectante por descubrir su rostro.

Oculta bajo una esclavina abotonada hasta el cuello, cuya capucha vedaba su rostro a miradas no deseadas, Leonarda esbozó una sonrisa franca que tranquilizó al jesuita. La saludó prudente, con un ligero movimiento de cabeza que mostraba su asentimiento.

Sin mediar palabra, como ya lo habían hecho en otras ocasiones, se dirigieron hacia el confesionario, donde podrían hablar sin levantar sospechas en el caso de que fueran sorprendidos juntos en la capilla.

—Leonarda, cuán dichoso soy por tenerte en el alcázar —le confió sincero— y qué hondo penar siento en mi pecho, como si de una pesada losa se tratase, por separarte de tu familia y enfrentarte a este peligro que nos acecha. ¡Que Dios nos asista! —terminó el jesuita con profundo pesar.

—Beltrán, no te castigues con ese peso —le contestó con honestidad—. Agradezco las esperanzas que depositas en mí y no sé si soy digna de tanto aprecio.

Hacía mucho tiempo que ambos se tuteaban cuando se encontraban a solas, alejados de cualquier formalidad. Mantenían un trato cercano, sincero e íntimo.

—Soy yo quien debe estarte agradecido, por todo cuanto Alonso y tú hacéis por los más desprotegidos sin esperar nada a cambio, por vuestro auxilio permanente, por socorrer a quien más lo necesita como buenos samaritanos.

»Y, ahora, heme aquí, comprometiéndote de nuevo, como aquella vez en Zafra...

Leonarda lo recordaba muy bien. En la discusión que mantuvo con Alonso habían salido a relucir aquellos sucesos y los riesgos a los que se expusieron, aunque prefería no remover asuntos del pasado que tanto les hicieron sufrir.

—Beltrán, gustosa acudo a tu llamada. Es de buen cristiano atenerse a su deber, y es nuestro cometido desenmascarar al asesino para que no profane ningún otro cuerpo. Quiera el Altísimo que lleguemos a tiempo de evitar un nuevo crimen.

—Lo dudo, Leonarda, tengo el convencimiento de que no será así...

Leonarda vio la cara circunspecta del jesuita a través de la celosía del confesionario. En realidad, lo encontraba muy preocupado.

—¿Por qué dices eso? No es propio de ti dejarse vencer por el abatimiento —intentó disuadirlo, aunque no estaba segura de salir airosa de tal empeño.

—Nos enfrentamos a un asesino muy peligroso...

—Todos lo son —sentenció Leonarda con firmeza.

—Este lo es aún más. Ha dado muerte a tres dueñas del alcázar donde nos encontramos. Y, a pesar de las medidas tomadas por el principal de la Guardia, no han podido evitarse. Además, nadie parece haber visto ni oído nada.

Leonarda asentía, aunque el gesto pasó inadvertido para su confesor, concentrado como estaba en sus propias palabras.

—Esto nos indica que el criminal no levanta sospechas entre los miembros de la corte, que se mueve libremente por las galerías de palacio sin que nadie le salga al paso —prosiguió.

—Acaso insinúas...

—Si mis sospechas son ciertas, podría tratarse de un cortesano, y no de uno cualquiera —confirmó Beltrán.

El silencio se hizo entre ambos.

Frente a ellos una Piedad de alabastro los contemplaba angustiada, como si quisiera hacerles partícipes de un peligro acechante.

—¿Un miembro principal de la corte? —Fue Leonarda quien rompió la quietud.

—Mucho me temo que así sea. No es posible que sea un cortesano de los muchos que, como moscas a la miel, deambulan a diario por los jardines, que se hacen los encontradizos con los ilustres en busca de una recomendación para sus familiares o un puesto de alcurnia para ellos mismos.

Leonarda asintió de nuevo, asimilando cuanto se le confiaba.

—No podría acceder a las plantas más nobles de palacio, a las galerías de la reina o de sus dueñas desde luego que no, que les están vedadas —confirmó.

—¿Y si...? —Leonarda dejó suspendida la pregunta en el aire.

Beltrán levantó los párpados, que permanecían cerrados por el peso de las sospechas, para mirarla fijamente.

—¿Y si en vez de uno de los cortesanos fuese algún miembro del servicio? —atinó finalmente a preguntar.

—Menos aún —atajó convencido el jesuita—. ¿Planchadoras, cocineras, lavanderas, deshollinadores, cesteros...? —preguntó como si con ello pretendiese hacer ver a Leonarda lo erróneo de la suposición.

—No, Beltrán, no me refiero a ellos. Sé que nunca se acercarían a las galerías más nobles del alcázar —le contestó, pausada.

»Me refería a los libreas y las camareras de los ilustres, incluso a los corchetes o lanzas. La mayoría de ellos descienden de familias de realengo, hidalgos e infanzones de escasa fortuna que encuentran en palacio la forma de labrarse un porvenir, aunque sea sirviendo a otros ilustres, y con la esperanza, tal vez, de ver recompensados sus servicios con algún título o cargo con el que establecerse en cualquiera de los muchos reinos del Imperio.

Beltrán parecía sopesar lo dicho por Leonarda. A esta le pareció ver un brillo especial en sus ojos.

—¿Y por qué habrían de hacerlo? —le preguntó.

Leonarda se tomó un tiempo antes de contestar, lo que le sirvió al religioso para reflexionar sobre lo que acababa de argumentar.

—Por despecho al sentirse humillados, por venganza ante porfías pasadas, por medrar en la corte aun a costa de esas pobres infelices, creyendo acaso poder ocupar sus puestos...

El jesuita no parecía muy convencido. Se le antojaba muy poco probable que aquellas desdichadas pudieran suponer un estorbo si alguno de los cortesanos pretendía con ello medrar en la administración palaciega.

—Incluso por amor —afirmó Leonarda para sorpresa del abad.

Beltrán la contemplaba ahora confuso a través de las rejillas en forma de panal de miel del confesionario.

—Recuerda los crímenes cometidos años atrás en el Cabildo de Zafra —mencionó—. Creímos que la vida de los duques estaba en peligro y nos equivocamos. No erremos de nuevo.

»En aquella ocasión se trataba de la venganza de una enajenada, con un corazón tan negro como emponzoñado, que se hacía valer de un hombre que, habiendo perdido el juicio por satisfacer los deseos de quien amaba de forma enfermiza, actuó como brazo ejecutor en la comisión de aquellos horrendos crímenes —le aclaró.

Beltrán supo que tenía razón. Aun así, pensaba que en esta ocasión los motivos debían ser otros muy distintos a los esgrimidos por Leonarda.

—Creo que nos equivocamos si pensamos que son los camareros reales o los libreas de palacio quienes pueden tener algo que ver con el asesino —afirmó convencido—. Tengo el presentimiento de que debe ser un miembro principal de la corte, como tú misma consideraste hace un momento.

—¿Un ilustre cercano a la regente?

Beltrán no contestó, sopesando la respuesta.

—¿Un miembro de la propia Junta de Regencia, tal vez? —insistió Leonarda.

El abad no pudo por menos que pensar en su comendador, Pascual de Aragón, miembro de esa misma Junta, a quien debería rendir cuenta de las pesquisas que llevase a cabo.

Convino que se mostraría perplejo si le confiaba sus sospechas. Lo trataría de majadero. La Junta la integraban algunos de los ilustres más importantes de todos los reinos, incluido el propio confesor de la reina, el valido Juan Nithard. Juzgó más prudente, por tanto, no hacerle partícipe de esas sospechas por considerarlas, tal vez, demasiado prematuras y endebles. No obstante, no las descartaría de lleno.

—Leonarda —volvió Beltrán a decirle—. Si mis suposiciones se confirman, el asesino, además de ser extremadamente inteligente y hábil, es tan despiadado como peligroso, y cualquier paso en falso puede dar con nuestros huesos en la cárcel, si no en el cadalso, si erramos el tiro y no pudiésemos probar nuestras acusaciones.

»Mantengamos los ojos bien abiertos y los oídos prestos a cualquier rumor, por nimio que este nos pudiera parecer. Son esos detalles pequeños, que pasan desapercibidos a los ojos del más perspicaz de los censores, los que nos pueden aportar luz a este mundo de tinieblas —dijo, circunspecto.

—Pierde cuidado, Beltrán, actuaré con suma prudencia.

El jesuita, en la privacidad del confesionario, la contemplaba emocionado. Leonarda siempre se mostraba valerosa. La admiraba por su fortaleza y sus asentadas entendederas, y además era pía y audaz, y sus gestos de gran nobleza.

—Dentro de unos días asistiré —prosiguió, ajena al afecto sincero que le profesaba el religioso—, acompañando a doña Mariana de Córdoba, a un ágape en su honor junto con otras damas principales de la corte que le rinden pleitesía. Me mantendré alerta ante las confidencias que allí se hagan.

Beltrán asintió de buen grado.

—Además, indagaré con sutileza en cobertizos y en cocinas. Puede que alguien haya visto u oído más de lo que suponemos y sus gargantas permanezcan atenazadas por el miedo.

—Sé precavida, Leonarda —le rogó.

—Lo seré, siempre lo soy —dijo, segura, intentando apaciguar la desazón que percibía en su interlocutor.

Beltrán asintió, convencido de que actuaría con prudencia, aunque le intranquilizaba el indómito carácter de la mujer, tan bien como la conocía. No obstante, prefirió no volver a apercibirla del peligro que corrían, y pasó sin más añadidos a confiarle los pasos que pretendía seguir de inmediato.

—Por mediación del principal de la Guardia, al atardecer, visitaré a los médicos de palacio en sus cámaras, para que me cuenten los pormenores de las muertes de esas pobres desgraciadas y a buen seguro que mis oídos escucharán con profundo desagrado cuanto hayan de confiarme.

A Leonarda no le cabía duda de que cuanto le fuera referido a Beltrán le resultaría del todo desazonador. Pero era menester conocer los detalles de las muertes si pretendían saber qué había pasado realmente y llegar a descubrir quién podría haber cometido aquellos crímenes terribles.

—Nos encontraremos aquí mismo pasadas unas jornadas y ataremos cabos según nos provean nuestras pesquisas. Me encargaré de hacerte llegar recado para la cita —le confió.

—Sea —confirmó Leonarda.

Tras lo cual no volvieron a pronunciar palabra. Quedó suspendida en el aire una absolución no pedida cuando Leonarda ya se alejaba de la capilla.

Beltrán la vio marchar, tan sigilosa como había entrado.

No pudo por más que emocionarse al pensar en Alonso, quien no era ajeno al peligro que los acechaba, y también en la pequeña Teresa.

Si algo le sucediera a Leonarda...

Salió del confesionario mucho más preocupado de lo que había entrado. Depositó la estola morada sobre la banqueta en la que estuvo sentado. Fue hacia el ábside de la capilla donde, fervoroso, se arrodilló ante una Dolorosa que parecía, en su inmenso dolor, menos afligida de lo que él mismo se encontraba. Hacía bien en encomendarse a ella.

19

En las cocinas del Real Alcázar, Madrid
Habladurías

Leonarda se dirigía a la parte noble del alcázar cuando, por medio de una de las camareras, tuvo conocimiento de la indisposición de la duquesa de Feria. Al parecer, su confesor habitual había enfermado y debía confesarse ante uno de los dominicos del Santo Oficio que asistían en el sacramento de la penitencia. Aunque los capellanes de la capilla real ya le habían manifestado en diversas ocasiones que nada tenía que temer al poner su alma en paz con el Hacedor, aquel acto de expiación siempre le provocaba terribles jaquecas. La duquesa, devota y temerosa de la ira de Dios, se tenía por una gran pecadora y ni siquiera en sus pías obras lograba encontrar consuelo.

Sin dudarlo, Leonarda le dijo a la fámula que aguardase junto a su señora y le dijese que ella misma se encargaría de dar las órdenes para que le subieran una tisana de romero y eucalipto, regada con unas gotas de aguardiente. Le levantaría el ánimo y ahuyentaría aquel temor que tanto la afligía.

Desde que entrase al servicio de la duquesa, años atrás, en el alcázar de los Feria, conocía de la profunda religiosidad de la dama y de su gusto por la liturgia de lo sacramental. En cuanto le llevara la tisana a su cámara, pensaba aliviarla con la lectura de un buen puñado de preces que le sosegaría el ánima.

Con ese propósito, Leonarda bajó hasta las cocinas. Justo cuando se encontraba en el vano de la puerta, le pareció percibir que dos sirvientas susurraban mientras desollaban unas piezas de caza.

Se ocultó y permaneció quieta. Desde su escondite observó cómo, con total desparpajo, mientras una se aprestaba con maestría a sajar la piel de unos conejos, la otra se afanaba en destriparlos y enjuagarlos en un caldero de agua caliente. Después los colgó por las patas de una de las muchas alcayatas que sobresalían, oxidadas, del vasar de la chimenea.

Rodeadas de viscosos manojos de vísceras y sangre procedentes de los gazapos desollados las mujeres hablaban sin recato creyéndose a salvo de cualquier indiscreción. Así y todo, se esmeraban en bajar el tono de sus voces y sus expresiones, malsonantes, como si temiesen ser reprendidas en cualquier instante.

—Cada vez que me lo imagino tiemblo como un flan, no puedo evitarlo. No dejo de pensar en esas pobres desgraciadas, qué muertes tan horribles... —se lamentaba una de ellas, cuchillo en mano.

—No le demos más vueltas. Y baja la voz, ya sabes que hasta los muros de este viejo alcázar tienen ojos y oídos —le reprendía la otra mientras con una mano agarraba a una liebre por las orejas y con la otra le sacaba la piel a jirones.

—Nos podía haber pasado a nosotras.

—A nosotras nunca nos pasará.

—¿Y eso por qué? —preguntó enfurruñada la más joven.

—Mira, Martina, nosotras no somos más que unas pobres desgraciadas que tenemos la suerte de quitarle la mierda a los ilustres. Sus miserias son nuestro sustento, y obtenemos a cambio una cama, comida y la protección de estos muros —afirmó rotunda.

»No como las otras, que ni tan siquiera se dignaban a cruzarse con nosotras, por tan hidalgas se tenían.

—Y lo eran, Micaela, recuerda que ellas eran camareras reales y servían en la planta noble del alcázar por provenir de familias de infanzones —razonó, sin dejar de descarnar con maestría las piezas.

—Piénsalo un poco, Martina, afloja esas entendederas que Dios te dio —le dijo la mayor con los brazos puestos en jarras y el mandil lleno de sangre, por donde apuntaba una barriga respingona.

—¿A dónde quieres ir a parar? —preguntó la interpelada.

—Pues que precisamente por eso que tú misma dices a nosotras no nos pasará. A las que les han dado matarile eran doncellas, todas jóvenes, bellas, elegantes, descendientes de familias de hidalgos... ¿Quién se iba a fijar en unas pobres desgraciadas como nosotras? —rezongó.

Tal vez Micaela tuviese razón, pensó la joven. Sin embargo, seguía sintiendo un profundo estremecimiento cada vez que pensaba en aquellas infortunadas mujeres, por muy hidalgas que fuesen.

—No sé, Micaela, no sé. Puede que a tus palabras no les

falten razones —le concedió—. Con todo, me estremezco con solo pensar lo que esas pobres desgraciadas debieron sufrir. ¡Por los clavos de Cristo! Qué padecimiento tan cruel… —se lamentó, pareciendo sincera.

Leonarda permanecía oculta en la semioscuridad del pequeño zaguán por el que se accedía a las cocinas, agazapada como un felino que espera su presa, solo que en este caso la pieza a cobrarse no era otra que la información que pudiera obtener por medio de aquellas deslenguadas.

Pensó en intervenir, ya que no sería la primera vez que se encontrase con ellas y siempre procuró tener unas palabras de amabilidad con ambas. Aunque estaba segura de que de hacerlo se guardarían mucho de contarle lo que estuvieran a punto de decirse cuando se creían a solas.

No erraría en su suposición.

—¿A cuántas le dieron el matarile?

—Por Dios bendito, Micaela, hablas de ellas como si fueran ganado llevado al matadero —replicó visiblemente enojada Martina—. Muestra siquiera un poco de compasión por sus almas.

—Vamos, mujer, no te enfurruñes conmigo, ya sabes lo bruta que soy, no me sé hablar de otra manera —intentó disculparse.

Tras ello, Martina se dirigió a por un acetre que descansaba sobre una tina, descascarillado, y lo acercó a la lumbre sin comentar nada más. Se diría que le había molestado la brusca forma de hablar de su amiga.

—Échale el agua de los cántaros —le dijo Micaela, indicándole con un leve ladeamiento de cabeza el lugar que buscaba—. Hay que llenarlo con tino, sin que llegue a rebosar, y cuando esté hirviendo meteremos los pollos para desplumarlos mejor.

Martina miró con horror una jaula trampera donde varios gallos alborotaban ruidosos en un rincón de la inmensa cocina.

—Pero si están vivos, Micaela. ¿Cómo pretendes que...?

—No seas burra, muchacha —rezongó la mayor—. No los vamos a echar vivos en el agua hirviendo, antes de todo hay que retorcerles el pescuezo como Dios manda.

—¡Ay Señor!

—Yo lo haré, muchacha, ya lo haré yo. Siempre lo acabo haciendo yo todo, no sé para qué sirves tú.

Martina ni se inmutó. Si ya le daba repelo destripar y desollar las piezas cobradas en las cacerías, no soportaba ser ella quien tuviese que despacharlos estando vivos y aleteando.

—¿Me vas a decir cuántas de esas almas caritativas fueron dadas por muertas? —rezongó Micaela volviendo a interesarse por ello, aunque en esta ocasión lo preguntó de la forma menos bruta de la que fue capaz.

—Según he oído acá y allá, una gran dama, principal de la propia regente, doña Matilda de Arlon, de la casa de Limburgo. Por lo visto tardaron días en recoger toda la sangre de la habitación. El colchón y las mudas de cama, así como su vestido y refajos, tuvieron que ser quemados, inservibles.

»Es más, dicen los correveidiles que sigue oliendo a muerto en la cámara de la doña. Todavía está sin ocuparse, y eso que se encuentra en la misma galería que las dependencias privadas de la reina.

—¡Qué espanto! —atinó a decir Micaela, aunque a Martina le dio la sensación de que lo decía más por decir que por sentirlo de veras.

—Al parecer y a decir de los galenos reales, nunca habían visto un crimen tan sanguinario...

—¿Qué van a ver esos? —despotricó Micaela.

A Martina aquella reacción le extrañó, pues tenía a los médicos de cámara en una peana.

Leonarda, oculta entre las sombras, rogaba porque ninguno de los mozos de cocinas apareciese por allí en ese preciso instante.

—Esos galenos no habrán visto un muerto en su vida, tan ridículos con sus almidonadas casacas y sus antiparras —rio complacida por su propia ocurrencia.

»Ya los quisiera haber visto yo por el camino del arroyo de Leganitos o por el barrio de Lavapiés. Allí los muertos se cuentan a puñados, con los gaznates rebanados, apuñalados hasta que les cuelgan las tripas, o con los sesos desparramados por los adoquines. Ahí los quisiera yo ver —repetía con rabia mientras Martina se tapaba instintivamente la boca, como si pudiera oler el hedor de la muerte.

A Leonarda también le incomodó aquel comentario, aunque sabía que a la bruta de Micaela no le faltaba razón: había barrios de la villa donde era mejor no acercarse ni siquiera a plena luz del día.

—¿Alguna desafortunada más? —preguntó mientras se remangaba los puños sucios de su camisola de camino a la jaula de los gallos.

Martina, en un acto no medido, se puso de espaldas, no queriendo ver lo que se temía.

—Se oyen muchas cosas…

—¿Qué cosas? —preguntó Micaela, que parecía deleitarse al elegir quién sería el primero que dejase de cacarear.

—Muchas… Hay quien dice que hace mucho tiempo apareció otra infanzona violentada y muerta en condiciones similares en sus aposentos, cerca de las caballerizas reales.

—Una buscona, lo tuvo bien empleado.

—¡Micaela, por los clavos de Nuestro Señor Jesucristo!

—¿Qué diantres hacía una dueña de su alcurnia aposentándose cerca de las caballerizas? A buen seguro que un amante despechado le dio matarile —juzgó desabrida mientras le retorcía el pescuezo a un gallo, que siguió aleteando ya sin vida. Sin menor asomo de indisposición, como si lo hubiera estado haciendo durante toda su vida, echó el gallo al caldero, donde el agua ya empezaba a burbujear rebosante—. Vamos, muchacha, espabila, que nos toca desplumar a todos estos —le dijo, y volvió a por otro.

Leonarda se desesperaba en su escondrijo. Temía que al final aquella conversación no le llevase a ninguna pista, al contrario de lo que supuso en un principio.

Se equivocaba.

—Lo peor de todo, y por quien más siento esta congoja que me aflige, es por la buena de María… —Se persignó Martina nada más recordarla.

Micaela, con otro gallo bajo el brazo, prisionero contra su cuadril para que no aletease, se dirigió hacia ella con cara escrutadora.

—¿A qué María te refieres? —En el rostro ajado asomó una preocupación sincera.

—A María de Díaz. Siempre fue muy buena con nosotras, piadosa, acuérdate...

—¿La hidalga asturiana? —mascullo Micaela, como si tuviese miedo de la respuesta que iba a recibir.

—Sí —confirmó cabizbaja Martina—. La misma que te regaló unas sayas nuevas de su propio ajuar cuando un día vio que las que llevabas puestas estaban hechas jirones. La misma que intermedió para que me sacasen de las cochineras y zahúrdas, apiadándose de lo muy niña que era yo entonces, y me trajesen para servir en las cocinas... —recordó con sentido pésame, tremendamente afligida por la pérdida de la que consideraba su valedora.

—¿Qué malnacido pudo atentar contra esa alma cándida? ¡Rediós! —bufó Micaela enfurecida.

Durante poco más que el tiempo de un credo se posó sobre ambas un silencio denso que Martina se esmeraba en desvanecer recogiendo los aperos y Micaela en ir desplumando los gallos que ya habían hervido lo suficiente como para facilitarle esa labor.

—No te fíes de los galenos reales —susurró Martina, como sin querer.

—¿Por qué no habría de fiarme? —preguntó Micaela, extrañada por lo que le acababa de confiar su compañera.

Martina parecía dudar si seguir adelante con la conversación o mantenerse prudente y no hacerlo.

Leonarda aguzó el oído. Algo en su interior le decía que la más joven de las fámulas estaba a punto de revelar un gran secreto.

—He oído decir que el día que encontraron en los aposentos de las caballerizas el cuerpo destripado de la desgraciada vieron a un caballero envuelto en una pañosa negra hasta el suelo.

La otra la miraba desconcertada.

—Iba tocado con sombrero —prosiguió— y guantes de piel de cabra, con unas botas tan pesadas que hacía crujir las maderas por las que pisaba y con la cara cubierta por una máscara picuda en forma de...

—Eso solo son habladurías —la despachó la otra, desdeñosa.

Leonarda, sin embargo, se quedó pensativa. La descripción que la muchacha acababa de hacer sobre el atuendo del posible asesino era característica de un sanador.

—Además, también dicen que el día de la muerte de María, que Dios la tenga en su bendita gloria —manifestó encogida sobre sí misma, como si sintiera arrecirse su cuerpo, y se santiguó al punto—, vieron al mismo caballero salir tras ella de esa guisa.

—¿Y también iba con una máscara? —preguntó Micaela recelosa, no sabiendo muy bien si creer lo que su aprensiva amiga le estaba contando o reírse de su candidez.

—No, el embozo de la capa le tapaba el rostro —explicó, como si pretendiese justificarse.

Micaela la seguía mirando con desconfianza.

—Y eso no es todo... —le confió, bajando aún más la voz, tanto que Leonarda temió no oír lo que le fuese a contar.

—Muchacha, desembucha de una vez, que me tienes en ascuas —le espetó Micaela.

—Dicen haber visto a ese mismo caballero pasar por la

galería de la reina al anochecer del día en el que debió ser asesinada la germana —concluyó, temerosa.

—¿Consiguieron ver su rostro en esa ocasión?

Martina ladeó ligeramente la cabeza, negando que alguien lo hubiese llegado a ver.

—¿Y cómo saben si se trata del mismo hombre, si nadie le pudo ver la cara? —le preguntó con astucia.

—Cuentan que siempre desprendía el mismo olor...

—¿El mismo olor? —le inquirió Micaela, esta vez con asombro.

—A cera...

—¿A cera? —interrumpió, con los ojos muy abiertos, como si de un mochuelo deslumbrado por una fogata se tratase.

—A cera perfumada con sándalo y almizcle —concluyó, rotunda.

Micaela meneaba la cabeza de un lado a otro, como si con este gesto quisiera mostrar su contrariedad ante todo aquello que su amiga le contaba.

A Leonarda, en cambio, le pareció un dato muy revelador.

—Lo dicho, tú no quieras cuentas con los galenos reales. Siempre me dieron muy mala espina, con esas capas tan negras en las que suelen envolverse, tan de la guisa de ese misterioso caballero...

Hizo una pausa, como si estuviera sopesando la acusación que a continuación pretendía lanzar.

—¿Y si fuera uno de ellos quien...?

—¡Calla, insensata! —le afeó Micaela mirando a todos lados, como si temiese que alguien se pudiera esconder para sorprenderlas entre las ollas y los peroles de la cocina—. ¿Acaso quieres que nos lleven presas y nos ahorquen de inmediato?

El cuerpo de Martina se tensó de los pies a la cabeza, como una soga estirada por braceros.

—No se te ocurra volver a insinuar lo que pretendías. Nos puede ir la vida en ello. No es asunto nuestro —atajó.

»No somos nada más que un par de sirvientas. ¿Quién piensas que te creería si se llega a saber lo que andas suponiendo? No creas nada de lo que esas holgazanas de lavanderas y planchadoras cacareen. Menos aún hagas suposiciones. Aunque pudiera ser como tú insinúas, son poderosos, no solo por ser los médicos de cámara nombrados por Su Majestad la reina, sino por ser tan ilustres como los demás cortesanos. Podrían considerar cualquier suposición en su contra como un atentado a su buen nombre y familia, y ajusticiarte ellos mismos si así se lo propusieran.

»Nadie nos defendería. No contamos con ningún valedor entre ellos. ¿Acaso eso es lo que pretendes? —le reprochó, encorajinada.

Martina, apesadumbrada, asentía, aunque había algo más que le quemaba por dentro. Menos animosa que al principio, se debatía entre si debía desvelarlo o no.

—Una fíbula de oro —dijo, entre susurros, confiando en su amiga.

—¿Una qué?

—Una fíbula de oro con el escudo de armas del difunto rey Felipe.

Micaela la contemplaba con los brazos en jarras, contrariada. No acertaba a saber a qué diantres se refería ahora aquella muchacha rechoncha y de orondas caderas.

—Me preguntaste antes si sería el mismo caballero al que se le había visto en todas esas ocasiones y por qué hablan del mismo con tanta seguridad...

Micaela no replicó, solo la encaró.

Leonarda aguardaba expectante con el miedo de que oyeran el latido de su corazón, que estaba a punto de desbocarse del pecho.

—Lucía la fíbula a modo de broche. Relucía sobre la pañosa negra, a nadie le resultó indiferente.

Micaela se acercó a tan solo un palmo del rostro de Martina, tan cerca que pudo oler su aliento a aguardiente, que le desagradó.

—No vuelvas a contarme nada más. No quiero saber nada, y tú bien que harías en no poner oídos a todo cuanto se diga si no quieres terminar como esas desgraciadas...

En ese instante oyeron un ruido que las sobresaltó. Provenía del zaguán que daba paso a las cocinas.

Leonarda se había recostado sobre un poyo y, sin ella pretenderlo, tiró un perol al suelo, que la delató. Supo que debía salir al encuentro de ambas mujeres de inmediato.

—Ah, ¿estáis aquí? —Intentó parecer despreocupada, avanzando con seguridad hacia ellas—. A ver si recogéis mejor la loza, que al entrar me he trabado con algo y a punto he estado de rasgarme el vestido —atinó a decir, a modo de razonable excusa mientras las sirvientas la observaban suspicaces.

»Mi señora, la duquesa viuda de Feria, doña Mariana de Córdoba, dice sufrir de horribles jaquecas. Debéis dar órdenes de inmediato para que le suban una tisana de romero y eucalipto. Y ponedle unas gotas de aguardiente, a buen seguro que le levantará el ánimo.

—Así se hará —contestó Micaela.

—Ah, hacedla acompañar también de algunos bizcochos de canela y de unos cuantos hojaldres de almendras para sus dueñas, y no os demoréis en la encomienda que os confío —concluyó, imperiosa.

Leonarda pretendía resultar desenvuelta y ajena al parloteo de las cocineras, como si se hubiera presentado de improviso sin haber oído nada de cuanto compartían.

—Sí, señora, se hará como vuestra merced guste, perded cuidado —le contestó ahora Micaela con una torpe reverencia, ante el mutismo de Martina, que aparentaba indolencia durante el transcurso de la escena.

Leonarda asintió, satisfecha. Retornó sobre sus pasos y abandonó apresuradamente las cocinas con paso firme. El filo de sus botines resonaba sobre las teselas maltrechas que pisaba.

Las guisanderas, con el ceño fruncido, la vieron desaparecer en un silencio sepulcral. Un gesto mal contenido de desconfianza se dibujó en sus caras, sucias y rugosas.

Ajena a todo ello, a Leonarda le desagradaba enormemente simular una altivez que no era propia de ella. Sintió una punzada en el corazón, pero se convenció para sus adentros de que la encomienda que tenía entre manos bien lo requería en ese momento.

—¿Tú crees que nos habrá escuchado? —preguntó Martina, una vez que se encontraron a solas de nuevo, con un halo de preocupación en su endeble tono de voz.

—¡Ca! Qué va a oír esa..., solo tiene ojos y oídos para su señora, nosotras pasamos inadvertidas a su presencia, como para los demás cortesanos —sentenció Micaela, para tranquilidad de su compañera.

Leonarda subía ligera las escaleras por las que se accedía a las plantas nobles del alcázar. Intentaba recordar todos los detalles de la conversación entre las dos criadas, convencida de que lo que había escuchado les sería de gran utilidad para sus pesquisas.

Se hacía necesario forzar el encuentro con el jesuita antes de lo previsto. Tal vez pudiera ingeniárselas para ir hasta la capilla del alcázar y comprobar por sí misma si se encontraba allí, durante la celebración de la eucaristía para las damas de la corte.

«Mejor esperar a que el jesuita me haga llegar recado», se dijo. Acaso él también tuviera nuevas que contar, pensó, dubitativa.

La llamada no se haría de rogar, y ella lo presentía.

20

Capilla del Real Alcázar, Madrid
Revelaciones en el confesionario. Tras las pistas del asesino

—Hay algo que no encaja, Leonarda —le confió Beltrán entre susurros, parapetado tras la celosía del confesionario.

Solía mostrarse inexpresivo ante los demás, pero ahora la miraba con los ojos muy abiertos. Con los níveos dedos entrelazados, parecía sostenerse, como si buscara una quietud que se le escapaba.

Leonarda, impaciente por contar al jesuita las revelaciones de las guisanderas, se las compuso, días después, para convencer a la duquesa de Feria para que solicitase auxilio espiritual al que había sido su antiguo confesor, el padre Beltrán, y fuese asistida por él en el sacramento de la penitencia. Se aseguraría de ser ella misma quien diera el aviso al religioso.

Con la excusa de que así se libraría de los capellanes dominicos del Santo Oficio, que tanto la inquietaban, logró persuadir de inmediato a la ilustre, tan deseosa como se encontraba de ponerse a bien con Dios por medio de un religioso de su total confianza.

Mariana de Córdoba, tocada por un velo negro cuyas hebras de oro relucían a la luz de los velones, se hallaba postrada sobre un repujado relicario en un aparte de la capilla, ajena a lo ideado por Leonarda, lo suficientemente alejada como para no oír nada de cuanto allí hablasen. En compañía de una de sus muchas damas de compañía, la duquesa, fervorosa, oraba ante el Altísimo.

El jesuita la había absuelto con el rezo de tres rosarios a la Santísima Trinidad, además de tres avemarías y dos salves a la Divina Pastora. Estas preces habían levantado las protestas de la duquesa, aunque, devota como era, se arrodilló en el reclinatorio nada más obtener el perdón por sus pecados. Fue una sentida acción de gracias ante el Hacedor, con el remordimiento de haber dudado de la penitencia impuesta por un padre de la Iglesia.

Era tiempo más que suficiente para que el sagaz jesuita pudiera hablar con Leonarda a resguardo en el confesionario. Allí se sentían protegidos. Si se los viese juntos en cualesquiera otra de las dependencias del alcázar podrían levantar suspicacias.

—Hay algo que no encaja en todo cuanto me has contado. ¿Por qué iba el asesino a dejarse ver de esa forma?

Leonarda, manteniendo un prudente silencio, cavilaba una respuesta que pudiera resultar convincente.

—Cuanto me has contado parece indicar que quien se oculta bajo esa pañera es un gentilhombre de la corte. La descripción que hacen del misterioso personaje así lo permite deducir. Las botas de caña larga, la capa negra hasta los pies, estar tocado por un sombrero y la cara oculta con una máscara...

—Uno de los médicos de cámara —se adelantó Leonarda, con expresión triunfante.

—Cierto, no me cabe duda de que pudiera serlo, ya que es el atuendo propio de cirujanos y sajadores, para protegerse cuando atienden a los apestados, pero resulta demasiado evidente —comentó, pensativo—. Y, si así fuese, ¿por qué iba a arriesgarse a ser reconocido? No sé, Leonarda, no sé... A no ser...

—A no ser que fuese un impostor —completó ella la frase con alborozo contenido para no ser escuchada más allá del confesionario.

—O a no ser que quien se cubre con la pañera sea una persona muy próxima a los galenos de la corte.

—¿Tal vez alguno de sus pupilos? ¿Un aprendiz? —preguntó Leonarda con recelo mal disimulado.

—Puede ser... —susurró el jesuita.

—¿Quizá alguien que actúa por venganza o llevado por la envidia...? —aventuró suspicaz Leonarda.

—Si así fuera, debe ser muy reconocido e importante entre los miembros de la corte, ya que solo a los que son muy principales y destacados se les tiene envidia... —razonó Beltrán, como si lo dijese para sí.

De soslayo Leonarda pudo ver cómo la duquesa le lanzaba una mirada furtiva que no supo muy bien cómo interpretar. Supuso que le extrañaría el tiempo que llevaba postrada en aparente confesión. Por la tardanza, mucho habría de confesar para ponerse a bien con el Piadoso, debió de pensar la duquesa.

Leonarda, que llevaba el sedoso cabello recogido en sendas ruedas a ambos lados de la cabeza y se cubría con un velo tejido de hilos de plata con encaje, procedente de un taller de hilanderas de Flandes al que confiaba su atuendo desde hacía años, posó las manos sobre el pecho. Quiso fingir así un sentimiento de culpa. La de Feria retornó a sus rezos.

—Por otro lado —avanzó Beltrán—, no sería descabellado pensar que el asesino tuviese conocimientos de medicina, por cómo ha elegido la forma de infligir sufrimiento a sus víctimas, pues, a tenor de lo que se cuenta, los cuerpos aparecieron salvajemente mutilados, aunque resulta muy extraño el hecho de que nadie escuchara sus gritos, a no ser...

Leonarda escuchaba expectante al jesuita. En esta ocasión no pudo terminar la frase por él.

—A no ser que estos fueran ahogados bajo alguna pócima o droga... —meditó el abad, inseguro de cuanto refería.

—Eso explicaría que nadie haya escuchado nunca nada —dijo ahora Leonarda, convencida.

—Sin embargo, no podemos creer todas las habladurías, no al menos hasta que no me entreviste con Juan de Hoyos y Andrés Ordóñez, los nuevos médicos de cámara nombrados por la regente tras la muerte de su augusto esposo, y me cuenten en primera persona qué es lo que hallaron exactamente en los cuerpos de las víctimas —argumentó Beltrán.

—No podemos levantar sospechas. Si realmente es alguno de los médicos de cámara o cualquiera de sus discípulos o ayudantes debemos actuar con cautela —precisó Leonarda.

»No sabemos a qué nos enfrentamos, solo sabemos que el asesino es sanguinario, cruel con sus víctimas, con las que no tiene piedad alguna, tal como si fuera el mismo diablo.

Y en diciendo esto, consciente de haber nombrado al mal en la casa de Cristo, se persignó con fruición, mostrando arrepentimiento ante la mirada recriminadora del jesuita.

Leonarda dejó pasar, prudentemente, unos momentos antes de volver a inquirir acerca de otro detalle que había compartido Beltrán.

—¿Por qué alguien luciría sobre su pañera una fíbula con el escudo de armas del difunto rey Felipe?

Beltrán la contemplaba ahora con sumo interés.

—¿Por qué habría de exponerse de esa manera? Es una joya que llamaría la atención de cualquiera que lo sorprendiese o con quien se hubiese topado —argumentó Leonarda.

El confesor mantenía silencio, dejando que fuese ella la que facilitase la respuesta.

—¿Acaso se siente tan a salvo del justicia mayor del Reino que no teme ser apresado si lo encuentran? Se muestra soberbio, desafiante...

—Ciertamente, Leonarda. Una joya tan significada no la puede poseer cualquier cortesano. Debe ser alguien muy poderoso o que fuese muy cercano al rey para que el monarca le concediese esa gracia...

»Tal vez un ilustre del mismísimo Consejo del Reino, un embajador o, incluso, un miembro de la Junta de Regencia... —dijo Beltrán, alarmado ante su propia revelación. Pensó en su valedor, el arzobispo de Toledo, quien le había encomendado el esclarecimiento de los crímenes.

—Si así fuese —prosiguió Leonarda— sería muy difícil acabar con él, incluso llegar a probar sus felonías.

—Si así fuere nadie está a salvo, ni siquiera nosotros, Leonarda, tenlo muy presente... Con todo, no me encaja cuanto me has contado. ¿Y si no se tratase de ningún gentilhombre de la corte ni de ninguno de los más altos ilustres? ¿Y si lo que pretendiese es, precisamente, llamar la atención con esa fíbula tan comprometedora?

—¿Con qué fin?

—Con el afán de equivocarnos, Leonarda. Ha podido robarla para andar con ella por las galerías del alcázar con la única intención de que alguien la reconozca y devolverla después con el propósito encubierto de comprometer a su dueño por alguna razón que no alcanzamos a concebir en estos momentos.

Leonarda, cariacontecida, pensaba en cuanto el jesuita le participaba. No estaba exento de razón.

—¿Y si fuese un demente que se hace pasar por quien no es para confundirnos? —preguntó.

—¿Qué motivos albergaría su emponzoñada alma para cometer esas atrocidades? —le quiso responder Beltrán, sorprendido ante esa posibilidad en la que no había pensado.

—Una mente ida e insana puede albergar cualquier motivo para hacer el mal e infligir tormento en la carne de sus desdichadas víctimas.

—Mi pueblo es necio, torpe, astutos para hacer el mal... —masculló Beltrán, recordando los versículos del profeta Jeremías—. No te falta razón, Leonarda. Nadie está a salvo del maligno, que envenena la mente y perturba el corazón de los hombres.

»Sea como fuere, de lo que sí estoy totalmente seguro es que noble o siervo, el asesino se encuentra entre los muros de este viejo alcázar, agazapado como un lobo que busca a una nueva oveja del redil sobre la que lanzar su mortífera dentellada, no por hambre, sino por el placer que el olor de la sangre le provoca, y a buen seguro que, si nosotros no se lo impedimos, volverá a atacar. Estoy convencido de que ya estará vigilando a su presa nueva, acechándola sigiloso... —vaticinó.

Tras ellos se escuchó el crujido brusco y seco del reclinatorio sobre el que oraba la duquesa, aliviado al fin de no soportar el cuerpo orondo de la noble dama.

Poco tiempo les quedaba ya para confidencias, si no querían levantar suspicacias en la ilustre, quien parecía desesperarse por el tiempo que Leonarda llevaba arrodillada ante el confesor.

—Debemos permanecer alerta ante cualquier pista que nos pudiera llevar a dar con el paradero del criminal, por muy nimias que estas puedan resultar a primera vista —le manifestó circunspecto.

Leonarda asintió, cautelosa.

—En unos días mantendré un parlamento con los galenos de cámara Juan de Hoyos y Andrés Ordóñez. Según ha llegado a mis oídos, se negaron en un principio, pero como el encuentro cuenta con el beneplácito del valido de la reina, mi hermano en la fe, el padre reverendo Juan Nithard, no les ha quedado más remedio que transigir y aceptarlo para no indisponerse con el confesor de la reina —le confió a Leonarda, si bien omitió los tejemanejes previos del prelado toledano.

Calló unos instantes, antes de retomar la palabra.

—Creo saber cuál será el lugar donde se producirá ese encuentro, y a buen seguro que no les será de su agrado… —dijo con una sutil sonrisa, conteniendo sus intenciones.

Leonarda lo miraba sin parpadear siquiera. No entendía muy bien estas últimas palabras, aunque no preguntó al respecto, a la espera de una nueva cita con Beltrán.

—Para entonces —prosiguió—, espero poder tener más razones que compartir contigo. Volveremos a encontrarnos, aunque no me puedo aventurar a poner una fecha, pues desconozco el tiempo que me habrá de llevar.

»Entretanto, mándame aviso si descubres algo nuevo que consideres urgente de participarme. Y ahora regresa presurosa junto a la duquesa y acompáñala en la oración —le ordenó, desviando la mirada hacia la noble, que ya no disimulaba su impaciencia.

Leonarda asintió, sin más.

—*Ego te absolvo a peccatis tuis in nomine Patris et Filii et Spiritus…*

21

En la cámara de la reina, Real Alcázar, Madrid
Amenazas...

Una impaciente Águeda de Poveda aguardaba en su cámara la contestación de la regente, presa de la inquietud. Por medio de una de las camareras reales había solicitado venia para obtener una audiencia privada con doña Mariana.

Esperaba la respuesta con verdadera ansiedad, por lo que durante unos días solo se permitió asistir a la celebración del oficio de laudes en la capilla real. Allí coincidía a diario con la duquesa de Feria y las demás nobles damas del alcázar. Las asistía el capellán de la misma, uno de los dominicos del Santo Oficio que tanto le desagradaban.

Se impuso a sí misma no atender a mayores distracciones por temor a perder la venia, pues conocía el carácter impetuoso de la regente y la inmediatez de sus decisiones.

Desde su cámara podía otear el recién fundado monasterio de la Encarnación y disfrutar de las refrescantes vistas de la hondonada del Manzanares, que le aliviaban el nerviosismo.

Tras enviudar creyó que sus días en la corte habrían terminado, relegada a vivir fuera de los muros protectores de palacio o incluso regresar a la Baja Extremadura, de donde era oriunda. Sería acogida en el mayorazgo de su única sobrina, Isabel Ramírez de La Torre, propiedad de su familia desde hacía décadas. Se dedicaría a las obras de beneficencia o, en el peor de los casos, se vería obligada a profesar en el convento de Santa María del Valle de las madres clarisas de Zafra.

Con solo pensarlo el cuerpo se le descomponía.

Sin embargo, la alianza matrimonial entre Isabel y el sobrino del arzobispo de Toledo y secretario de los duques de Feria, Nuño del Moral, cambió su suerte. Nada de lo que barruntaba se cumplió, y permaneció en palacio gracias a las rentas que le proporcionaba el mayorazgo y a la buena consideración que le tenía la regente.

La vida en la corte era todo cuanto necesitaba, sintiéndose dichosa por ello. No obstante, desde hacía unos días, albergaba un mal presentimiento. Se encontraba insegura entre aquellos muros, y la sensación se acrecentaba tras los insistentes rumores que hablaban de macabros asesinatos que le provocaban un hondo temor.

Además, para mayor desazón, en el interior de un pequeño cofre dispuesto sobre la cómoda, regalo de su sobrina Isabel durante su última visita al mayorazgo, reposaba una nota, anónima, sin lacrar, que había encontrado sobre su almohada. Se estremecía en cuanto recordaba lo que dicha nota decía.

Bien sabía ella que su difunto esposo se había granjeado muchas enemistades con el devenir de los años por ser uno de los consejeros más leales y valerosos del rey Felipe. Tras la muerte del soberano, esos mismos enemigos confabularon en su contra al contar con el beneplácito de la regente.

Así y todo, no pensaba que los ilustres de la corte pudieran tenerla por un rival que pusiera en peligro sus aspiraciones en palacio, ya que ella nunca mostró tal ambición, que por otra parte su condición de mujer le impedía satisfacer. Era consciente, no obstante, de que miraban con recelo su cercanía a doña Mariana, creyéndola con una mayor capacidad de influencia sobre la regente de la que en verdad disponía.

Se acercó a la cómoda y, no sin cierto resquemor, abrió el cofre amarfilado y tallado con escenas del Antiguo Testamento y extrajo la nota que tanto la perturbaba. No pudo evitar que un temblor súbito le recorriese todo el cuerpo.

Con cautela, como si fuese la primera vez que la sujetaba entre sus finos dedos, se dispuso a leerla en voz baja. Hizo acopio de un temple que hacía tiempo que la había abandonado.

> Mirad que subimos a Jerusalén, y el Hijo del hombre será entregado a los sumos sacerdotes y a los escribas: le condenarán a muerte y le entregarán a los gentiles, y se burlarán de él, le escupirán, le azotarán y le matarán, y a los tres días resucitará.

Le tembló el labio inferior al reconocer los salmos bíblicos del Evangelio de san Marcos, que hablaban de los gentiles y de cómo azotaron y crucificaron al Cordero, del dolor de la Pasión y su muerte.

Pero... ¿qué querrían decir aquellos salmos? ¿Pretenderían advertirla? Pero, de ser así, ¿qué peligro corría? ¿Y cómo llegó la nota hasta su cámara? ¿Quién osaría adentrarse por las plantas nobles del alcázar sin el temor a ser descubierto y apresado?

Las preguntas se agolpaban unas tras otras al tiempo que un dolor le iba pinchando las sienes, como si de un aguijón se tratara.

Un pálpito la hizo temblar de terror. De súbito le vino a la mente el secreto que su familia había guardado con celo desde que abandonasen la encomienda de Magacela, la tierra de su abuela paterna, hija de cristianos nuevos descendientes de moriscos. Ese pasado la había perseguido desde su niñez, y desde entonces la atormentaba.

¿Sería ella tomada por gentil? ¿Pero quién podría conocer aquel secreto? Unas furtivas lágrimas acudieron prestas a sus ojos angustiados y los inundaron al instante.

En esos pensamientos se hallaba cuando un golpe seco sobre la puerta la sobresaltó. Se recompuso al pronto y autorizó la entrada a la cámara.

Un joven librea, de maneras refinadas y rezumando un agradable olor a lavanda, le indicó que lo acompañase. Sería recibida por la reina.

A pesar de la ansiedad que le devoraba el cuerpo, Águeda de Poveda se mostró firme y distante, exhibiendo una sutil indiferencia ante lo anunciado.

Durante el pequeño tramo que separaba las dependencias de los ilustres de la galería de la reina, fue ordenando sus ideas. Cavilaba sobre la mejor manera de pedir a la soberana su autorización para ausentarse de la corte durante unas cuantas semanas, tal vez meses, hasta que prendieran y ajusticiaran a los responsables de aquellos atroces crímenes de los que los correveidiles de la corte hablaban.

Su intuición le decía que la nota amenazadora que había recibido estaba relacionada con tan terribles sucesos, lo que atenazaba sus movimientos.

Tal vez, pensó, aquellas desgraciadas habrían sido objeto de algún chantaje sobre su pasado y, al no acceder a las peticiones del facineroso que conociera su secreto, acabó con su vida de la forma más vil.

Quizá lo ocurrido serviría de advertencia a otros cortesanos. A buen seguro que todos tendrían secretos que acallar...

Su mente no dejaba de barruntar sobre lo que pudiera ocurrirle a ella misma hasta que, sorteando un buen puñado de ayudas reales, llegó a la cámara privada de doña Mariana. Dos imponentes lanzas la custodiaban, ataviados con el penacho real.

Al entrar en la cámara, la regente la agasajó con una amplia sonrisa, llena de complicidad, que templó su ánimo.

Tras humillarse ante doña Mariana, y a una indicación suya, tomó asiento frente a ella, quien para entonces ya había ordenado a sus dueñas que se ausentasen.

—Sabéis que me agradan vuestras visitas —inició la reina la conversación, como establecía el protocolo palaciego—, aunque debo deciros que me ha alarmado la premura con la que deseabais ser recibida.

—Perdonadme, majestad —se excusó la de Poveda, quien, entonces, ya pudo elevar la mirada y encontrarse con la de la regente—, he recibido noticias de mi única sobrina que me han sobresaltado —mintió.

—Contadme...

Águeda insufló todo el aire del que fue capaz y lo exhaló con lentitud, con gesto cariacontecido, que sobrecogió a la reina.

—Como sabéis, mi familia posee un mayorazgo en La Torre —confirmó a modo de introducción.

—Proseguid —le pidió doña Mariana.

—Mi única sobrina, Isabel Rodríguez de La Torre, se encuentra enferma —mintió de nuevo— y su marido, Nuño del Moral, secretario de los duques de Feria, demanda mi presencia en el mayorazgo para la gobernanza del mismo, dadas sus muchas ocupaciones en los asuntos del ducado y en los del Cabildo de la ciudad de Zafra, que tanto y tan bien contribuyen al mantenimiento de la hacienda real —le confió, ladina.

—¿Y no habría otra solución a cuanto planteáis? —preguntó la reina, con cierto deje de suspicacia en la voz, pesarosa por perder a una de las pocas damas de la corte con la que realmente se divertía en los escasos ratos que la gobernanza se lo permitía.

Se produjo un incómodo silencio. Águeda de Poveda parecía medir las palabras con las que pretendía obtener el convencimiento de su valedora.

—Mi señora, se hace necesaria mi presencia para la gobernanza de la hacienda y la crianza de sus hijos, legítimos herederos del mayorazgo, que tanto y tan bien contribuye a las arcas de los recaudadores reales —insistió—, y para poner orden entre los sirvientes y los aparceros, que se revuelven y se tuercen como el árbol falto de guía.

»Además, majestad, tan solo serían unas pocas semanas, tal vez cinco o seis, ya que a buen seguro que una vez que me halle en los dominios del mayorazgo pueda solventar la situación y regresar con prontitud a palacio, donde os podré servir gustosa, como es de costumbre —confió zalamera, suavizando la forzada sonrisa que esgrimía para congraciarse con la regente.

—Comprendo.

Doña Mariana no dijo nada más, pareciendo sopesar la situación.

Mientras, al fondo, las campanas del convento de las descalzas, que proveían a las cocinas de palacio de un buen número de banastas repletas de panecillos rellenos de cabello de ángel y de pastelillos de gloria, volteaban con desatado frenesí. El ruido ensordecedor agitaba a las bandadas de palomas. Provocaba asimismo una visible y alarmante irritabilidad en la regente. A pesar de los muchos años que llevaba en la corte de los Austrias, no acababa de acostumbrarse a las alborotadoras costumbres españolas; prefería el silencio y la sobriedad de la añorada corte de su padre, el emperador Fernando.

—Majestad, ruego licencia para ausentarme y ponerme rápidamente en camino hacia La Torre —insistió la de Poveda—. Regresaré en cuanto mi presencia allí imponga orden y cordura en estos tiempos, ya de por sí tan revueltos. —Quiso así atraer de nuevo la atención de la reina, que, por momentos, parecía volar como las bandadas de palomas, espantadas tras el volteo de las campanas.

—No os apuréis, ya sabéis que contáis con mi merced —concedió al fin la regente—. Aunque he de deciros que echaré en falta vuestra presencia, siempre tan complaciente y cabal como acostumbráis. Más aún tras el trágico accidente sufrido por mi muy leal y querida Matilda de Arlon, que en la gloria del Altísimo se halle, y del que he tenido conocimiento por el justicia mayor del Reino hace tan solo unos días —confesó con sincero penar.

—Os agradezco el buen juicio que sobre mí expresáis. —La dama sonó satisfecha y se humilló ante ella, aunque forzó un gesto contrito y pasó por alto lo que en la corte se decía sobre la causa verdadera de la muerte de la dama valona.

—Perded cuidado, sé que vuestro difunto esposo sirvió siempre a los intereses de la Corona con nobleza y lealtad, siendo uno de los consejeros más apreciados por su juicioso parecer.

Águeda de Poveda aguardaba expectante la decisión de la reina, que parecía estar ya madurada, como lo está una breva que cuelga de la higuera.

—Sea. Os concedo licencia para ausentaros durante dos semanas. Cursaré aviso al fiscal de la Real Audiencia para que establezca una partida de escopeteros que os acompañen en el viaje a ese extremo tan occidental de mis reinos. No opondrá objeción alguna, el fiscal es leal a mi causa desde un principio y desea servirme en todo cuanto se le encomiende —concluyó, confiada.

Águeda sonrió beatífica y mostró su agradecimiento con una ligera inclinación de cabeza. El plazo concedido se le antojaba escaso, pero obró con prudencia, pues ya sabría ella ganarse el favor de la regente y conseguir su propósito.

—Y ahora, acompañadme hasta el salón de juegos, dispongamos de una plácida tarde alejada de las cuitas de la gobernanza —le ordenó risueña doña Mariana.

—Como mejor gustéis, majestad —convino aduladora la cortesana.

—Disfrutemos de un noble enfrentamiento sobre el tablero de ajedrez, así esquivaremos la tediosa tarde con la que el mal tiempo parece querer castigarnos, privándonos de un delicioso paseo por los jardines de palacio.

»Y, doña Águeda, quedáis advertida: tratadme como a una contrincante más sobre el tablero, sin dejarme ganar, de lo contrario perderéis mi favor.

—Perded cuidado, majestad. Os prometo no tener piedad con vuestras piezas nada más estén situadas sobre los escaques —le aseguró la dama, cómplice.

La regente la miró retadora. Sabía que su dama no le daría tregua, y eso la satisfacía enormemente. Durante el tiempo que durase la partida serían solo dos mujeres por igual, sin beneplácitos, sintiéndose libres de actuar como les viniese en gana, sin adornos ni artificios.

Ajeno a los pensamientos de ambas damas aguardaba un tablero de ajedrez de madera de Flandes. Sobre él los dos ejércitos de piezas esperaban las órdenes para afrontar los movimientos que habrían de venir.

Águeda de Poveda se fajaría a fondo con el propósito de

volver a vencer a doña Mariana, provocándole una gran satisfacción para fastidio de la regente, que terminaría por felicitarla e invitarla a merendar los bollos de las descalzas que tanto le gustaban, entre confidencias y parabienes.

Al fondo del salón donde se reunirían con las demás dueñas, corretearían unos licenciosos bufones, revoltosos y dicharacheros. Se encargarían de amenizar la tarde entre veladas risas y abiertas carcajadas.

Entretanto, y a no mucha distancia de donde ellas se encontraban, una despiadada mano también había iniciado su partida sin ellas saberlo y con un propósito semejante: darles jaque.

Unas fechas más tarde, el zureo de unas palomas sobre el alféizar de la ventana atrajo su atención. Hacía días que había dejado de echarles migas de pan, por lo que, revoltosas y ruidosas, parecían demandar su alimento.

Águeda de Poveda no se inmutó. Un severo rictus de preocupación le cruzaba el rostro. Daba gracias a Dios al no haber sido requerida a presencia de la regente durante aquellas interminables jornadas, tan ocupada como se encontraba doña Mariana con los asuntos de la gobernanza de sus reinos y estados.

Apoyada sobre el vasar de la chimenea observaba, a la luz de unos quejumbrosos leños que ardían sin resistencia alguna, una nota que días antes había encontrado en su cámara. La habían introducido por debajo de la pesada puerta de madera de roble que protegía su intimidad.

Era la segunda que recibía, y aquello la hundió en una profunda congoja.

Nada más descubrirla se sobresaltó pensando que, como hizo con la anterior, podría estar relacionada con el secreto que su familia venía escondiendo desde hacía mucho tiempo. Visiblemente turbada y con manos temblorosas, la leyó. Unas lágrimas gruesas le rodaron por el rostro, arrastrando a su paso todo rastro de los muchos afeites con los que las damas de alcurnia se perfumaban.

Quiso leerla una vez más antes de entregar aquella vil nota a la voracidad de las llamas. Aquello solo serviría para deshacerse de una evidencia que la delataba, si bien no terminaría con el problema: su remitente parecía conocer su secreto.

Dispuesta a desenmascararlo, esperaba con ansiedad a que la convocase a un parlamento dentro de unas jornadas, pues carecería de sentido si así no actuase.

Decidida, la acercó a un candelero para leerla una vez más, por mucho que a cada palabra sintiese como si un puñal se clavase en su pecho:

> Los apóstoles y los hermanos que había por Judea oyeron que también los gentiles habían aceptado la Palabra de Dios. Al oír esto se tranquilizaron y glorificaron a Dios diciendo: «Así pues, también a los gentiles les ha dado Dios la conversión que lleva a la vida». Como ellos se opusiesen y profiriesen blasfemias, sacudió sus vestidos y les dijo: «Vuestra sangre recaiga sobre vuestra cabeza».

Estos versículos del libro sagrado de los Hechos de los Apóstoles se clavaron en su pensamiento como lo hacen las finas agujas que se clavetean en el acerico de una costurera. La asaeteaban sin compasión y pesaban como una sentencia.

Se sentía presa de sí misma. Con amargura se decía que los denodados esfuerzos que, durante decenas de años, su familia había llevado a cabo por mantener oculto aquel infame secreto que les perseguía no habían servido de nada.

Un golpe sobre la puerta la sobresaltó al pronto, distraída como se encontraba.

Tardó en reaccionar al observar cómo una carta se colaba por entre la hendidura de la puerta. El corazón le palpitaba de forma acelerada, como si quisiera salirse de su convulso pecho.

Se sintió azorada, le faltaba la respiración. Se maldijo a sí misma por aquel sobrevenido temor que la atenazaba, y no parecía que le permitieran zafarse de él tan fácilmente.

Rebelándose contra sus propios miedos se apresuró hacia la puerta, aflojó el tirador y la abrió de par en par, como si con ese gesto pretendiese enfrentarse a su captor.

Nada. Nadie.

Tan solo una brisa gélida, que se adentraba despreocupada por entre la doble columnata del patio, cual testigo mudo de aquella inesperada intromisión.

Volviendo sobre sus pasos, cerró la pesada puerta tras de sí y recogió aquella misiva, temida y esperada al mismo tiempo.

Para su sorpresa, su remitente la citaba en una de las cámaras de palacio que se encontraban en obras, muy cercana al

Salón de Máscaras. La regente pretendía ampliar aquellas galerías para celebrar allí banquetes y representar los autos sacramentales que tanto le complacían.

Aquello no la incomodó, conocía muy bien esas dependencias. Poco a poco el corazón fue tornando a una calma forzada, escurridiza. No se le escapaba que debía presentarse al anochecer de la víspera de San Lucas, autor del tercer Evangelio y de los Hechos de los Apóstoles, nacido en Antioquía de Siria y que, antes de convertirse en uno de los cuatro evangelistas, fue un médico gentil...

¿Sería aquello una señal? ¿Un apuntamiento? De pronto se le pasó una idea por la cabeza....

¿Y si se tratase de uno de los médicos de cámara? Pero de ser así, ¿cuál de ellos? Eso podría explicar que conociese la historia del médico evangelista de los textos sagrados.

«¿Cómo habrá llegado a conocer la vergüenza que mi familia se ha encargado de ocultar con tanto esmero durante decenas de años?», se preguntaba. Alguien había descubierto el estigma familiar que tanto la atormentaba.

En cualquier caso, si así fuera, ¿qué pretendería obtener con ello, tal vez un buen puñado de monedas? ¿Sería solo eso? ¿Bastaría con unas cuantas sacas de reales o de ducados? ¿Tal vez de centenes? De ansiar esto último le sobrevendría su propia ruina, ya que no disponía de tal fortuna. Las dudas la acongojaban.

Intentando serenarse tomó asiento en un desgastado sillón frailero, frente a la chimenea. Decidió no tirar la nota. La guardaría en una pequeña arca esmaltada que reposaba, olvidada, sobre un mueble aparador.

San Lucas, pensó de nuevo para sí, fue un médico gentil. Se convirtió al cristianismo para acercar el mensaje de la salvación de Jesucristo a los idólatras.

Trató de atar cabos.

Se convenció de que todo aquello no podría ser una coincidencia: los salmos bíblicos sobre los idólatras, la citación en la víspera de la celebración de San Lucas, quien pasaba por ser un médico gentil…

Acaso fuese uno de los galenos de la corte que conociese el secreto de su familia, pensó. Se serenó momentáneamente, pues siempre los consideró unos advenedizos que solo pretendían medrar en la administración de los Austrias.

¿Y si solo se tratase de aprovechar su cercanía con la regente para garantizarle una más alta posición entre los miembros de la corte?

De ser así, con la promesa de recompensas futuras quizá pudiera atajar el problema. Más adelante, cuando supiera la identidad de quien la amenazaba, ya tendría tiempo de deshacerse de él. «En la villa nunca faltarán esbirros a quienes encargarles este tipo de encomiendas, por muy deleznables y ruines que resulten», se dijo, confabuladora.

Intentando recobrar la cordura, pensó que nada habría que temer, ya que contaba con la protección de los lanzas de la Guardia Chamberga, que solían situarse muy próximos a las dependencias donde se encontrarían. Eso la tranquilizaba.

Erraba, aunque ella no lo supiera.

22

En la casa de misericordia del Real Alcázar, Madrid
Indagaciones

Andrés Ordóñez, visiblemente nervioso y malhumorado, daba grandes zancadas de un lado a otro de la sala.

La casa de misericordia aneja al alcázar era un emplazamiento discreto donde mantener aquella cita, alejada de las miradas ávidas de los ilustres, pendientes siempre de cualquier trajín que los apartase del tedio de la vida cortesana.

La idea se la había transmitido Beltrán a Pascual de Aragón, durante una postrera visita al colegio imperial, conocedor de los hábitos sibaritas de los notables del reino. Estos nunca alcanzarían a pensar que los médicos de cámara de Su Majestad, los mismos que los asistían en las dependencias palaciegas, fueran citados en aquel lugar.

La casa de misericordia era tenida por un nido de miserables e infecciosos, que se mantenía abierta, única y exclusivamente, por la gracia y caridad de la regente, como acto de contrición. Pretendía congraciarse así con el Salvador y redimirse por las muchas sentencias, dictámenes y arbitrajes que la gobernanza de sus reinos le obligaba a adoptar, no siempre con la justicia debida, y sin que le temblase el pulso por ello.

El edificio contaba con una gran bóveda de cañón y se sustentaba sobre unos sólidos contrafuertes en sus esquinas. Se asemejaba más a un viejo polvorín porteño, de paredes desconchadas por las que trepaban las humedades, que a un lugar destinado a la sanación.

Las botas de Ordóñez sonaban con estrépito sobre las ajadas baldosas de barro cocido. Su compañero, Juan de Hoyos, nada hacía por calmarlo.

Parecía un animal enjaulado entre aquellos apestosos muros, alejado de las lujosas cámaras del alcázar que frecuentaba, donde, debidamente acomodado, recibía los parabienes de la corte.

Podía olfatear el olor a mugre de todos aquellos piojosos, la fetidez de sus pústulas o el sudor rancio que emanaban. Eso le estomagaba.

Sin embargo, lejos de apiadarse del sufrimiento que le era ajeno, aquello lo exacerbaba todavía más. Con buen tino, su igual prefería no interferir en su furioso deambular, juzgando que era recomendable que calmase su ardor antes de la cita acordada.

Desde que Guillén de Moncada, el principal de la Guardia, les ordenase cumplimentar al padre Beltrán en todo cuanto se les demandase, se habían mostrado contrariados, pues no comprendían qué tenía que ver aquel entrometido jesuita con los crímenes cometidos. No obstante, cautos y sutiles, conocedores de que dicho parlamento contaba con la venia del propio valido de la regente, Juan Nithard, accedieron farisaicos a contestar todo cuanto tuviese a bien en requerirles.

Detestaban a aquel jesuita metomentodo. Le consideraban indigno de la gracia de palacio, al andar sus sayas siempre revueltas entre menesterosos y desharrapados, alejado del boato cortesano. No era de su agrado, pero debían cumplimentarlo. Y valoraban como una impertinencia del profeso que los hubiese citado en aquella madriguera de menesterosos. Los humillaba a los ojos de los demás.

Ambos vestían con sendas pañeras de buen género y botas de caña alta, enceradas y relucientes, a pesar de la tenue luz que emanaban las hachas. Lucían orgullosos sobre el pecho la divisa real que la reina regente, doña Mariana, les había concedido como gracia, al designarlos médicos de cámara de la corte.

A buen seguro que, nada más verlos, el jesuita comprendería que no era otra su pretensión que la de alzarse altivos ante él. No se equivocarían.

Al cabo de un rato, uno de los libreas de palacio les anunció la llegada del abad.

Escoltado por dos lanzas, el padre Beltrán entró en el dispensario. Esgrimía una sonrisa beatífica que no agradó a los sanadores reales, aunque se abstuvieron de decir nada. Muy al contrario, se mostraron falsamente sumisos ante él, que los bendijo con la diestra nada más hicieron amago de postrarse.

Tras unas breves palabras de cortesía fue Juan de Hoyos quien tomó la iniciativa, por tener mayores dotes para la diplomacia y la elocuencia, ya que había estudiado en la cercana ciudad sobre la cuenca del río Henares. Así lo habían acordado previamente entre ambos.

—Decidnos. ¿En qué podemos auxiliar a vuestra paternidad?

Beltrán, con una mirada escrutadora que no les pasó inadvertida, se dispuso a hallar razón de cuanto había ido a indagar.

—Me han informado de que fueron vuestras mercedes quienes atendieron a Matilda de Arlon en su lecho de muerte, tras la voz de alarma que dio una de sus camareras al descubrir el cuerpo ensangrentado...

—Así es —atajó Andrés Ordóñez, quien desde el mismo instante que vio aparecer al jesuita por la puerta permaneció frío y distante como la ajada tesela que pisaba, con aparente rigidez.

—Y también atendisteis a María de Díaz...

—También —confirmó.

—¿Tal vez estuvisteis presentes en un crimen cometido, mucho antes al parecer, en las dependencias próximas a las caballerizas?

Los médicos se miraron, aunque no mostraban mayor signo que el de sincera extrañeza.

—Me quiero referir —adujo Beltrán con templanza— a una joven servidora de palacio que encontraron en una de las cámaras que están junto a las caballerizas, que meses atrás...

—No —cortó el de Ordóñez, impetuoso y seguro de sí mismo—, esa desdichada no mostraba la hidalguía que...

—¿Y por eso no era merecedora de vuestra atención? Os recuerdo que el crimen, en cualquier caso, fue perpetrado en las dependencias próximas a las caballerizas y, por tanto, dentro del alcázar —le espetó, con un tono de voz endurecido, tanto que hasta él mismo se sorprendió.

»Era una servidora de Su Majestad y, en consecuencia, de su propiedad... Además, y en cualquier caso, atenta contra el quinto mandamiento de la ley de Dios: no matarás.

—En realidad —terció Juan de Hoyos, más sereno que su compañero y temiendo que la discusión se deslizase por otros derroteros más espinosos que pudieran comprometer seriamente su posición y privilegios—, no tuvimos la oportunidad de asistir a ninguna de las infortunadas.

Ahora era Beltrán quien los miraba con una mezcla de estupor y desconfianza mal disimulados.

—No pudimos hacer nada por esas desgraciadas, pues cuando llegamos poco más que certificar su muerte pudimos hacer —aclaró.

—Entiendo... ¿Tendrían la bondad de explicarme todo cuanto hallaran en sus cuerpos?

—A buen seguro que el principal de la Guardia ya le habrá informado a su paternidad detenidamente, pues hemos cursado informes tanto al justicia mayor del Reino como a él mismo.

—Sin duda, sin duda..., pero me gustaría oírlo de vuestros propios labios. Guillén de Moncada es un hombre muy ocupado, tan cercano a la propia regente y al valido de Su Majestad, el inquisidor general, mi hermano en la fe, Juan Nithard, que no cuenta con demasiado tiempo para atender a este insignificante siervo, temeroso de Dios —apuntilló Beltrán, con intención.

Ambos volvieron a mirarse, dubitativos.

—Además, no quisiera que descuidasen sus muchos quehaceres, tantos como sus cuitas les demandan. A buen seguro que vuestra gracia podría proporcionarme cuanto necesito saber.

—Sentémonos —propuso Juan de Hoyos, dispuesto a colaborar con el jesuita, más por terminar de una vez con aquel parlamento que por tener verdaderas ganas de compartir con él los detalles de lo descubierto.

Durante unas cuantas horas, tantas que el alba amenazaba con clarear, sendos médicos de cámara narraron, entre numerosos mohínes de desagrado que no pasaron inadvertidos para Beltrán, pero sin escatimar en detalles, por muy escabrosos que fueran, todo cuanto sus ojos vieron.

Aquel festival de sangre y vísceras resultaba vomitivo para el jesuita. A duras penas conseguía mantener la quietud, si bien hacía gala de una fingida imperturbabilidad ante los sanadores. Se diría, incluso, que llegó a pensar que los galenos disfrutaban con aquello, en un vil intento de atormentarlo.

—Y a pesar de toda la sangría, hubo algo que atrajo mi atención... —convino Juan de Hoyos, quien había permanecido sereno durante la exposición de los hechos, a diferencia de Andrés Ordóñez, mucho más inquieto e irritable, como era de esperar dado su envalentonado carácter.

—Decidme, no os andéis con rodeos —le pidió Beltrán, visiblemente cansado.

—La faz de esas pobres desgraciadas…

El jesuita lo miró con inusitado interés y extrañeza.

—¿A qué os referís?

El médico permaneció callado, como si no fuese capaz de encontrar las palabras adecuadas para pronunciarlas.

—Sus caras parecían imperturbables, como si no hubieran sufrido ninguna laceración, ningún daño, como si permaneciesen ajenas al horror que arrojaban sus carnes abiertas, seccionadas…

Beltrán clavó los ojos en los del médico. Trataba de averiguar, en vano, si le estaba mintiendo o le contaba la verdad, por muy sorprendente y macabra que la misma pudiera llegar a ser.

—Como si estuviesen dormidas —corroboró Andrés Ordóñez, en un intento burdo de hacer comprender al jesuita.

—Así es —terció de nuevo el de Hoyos—, como si ya hubieran muerto antes de morir…

Beltrán, pensativo, asintió. Con un ligero movimiento de cabeza le indicó a su interlocutor que siguiera hablando.

—Como si todo el dolor que les fue infligido hubiera sido solo sobre sus cuerpos, no sobre sus mentes, ni sobre sus almas… —explicó con torpeza manifiesta—, pero estaban vivas cuando las mataron, de eso estoy más que seguro.

—¿Cómo podéis estarlo? —lo puso Beltrán a prueba.

—Sus cuerpos aún seguían calientes, como la sangre derramada. Las heridas estaban frescas, latentes, palpitantes…

»Sus caras no habían tornado todavía del color violáceo de los muertos y aún se distinguían los diferentes perfumes y afeites rociados por la piel, en viva competencia con el olor a la mucha sangre vertida.

—Comprendo...

—Hay algo más —apuntilló Juan de Hoyos—. Se podía apreciar un olor agradable que procedía de las bocas abiertas...

El jesuita lo miró estupefacto.

—¿A qué os referís? —preguntó, removiéndose inquieto sobre la incómoda dormilona, repujada de piel de cabra, sobre la que asentaba su cuerpo achacoso.

El médico de la reina pareció titubear durante unos segundos antes de responder.

—¿Olía dulce como el anís? —se adelantó el jesuita.

—No.

—¿Quizá fuese un intenso olor a especias como la albahaca, la canela o el clavo?

—No.

—¿Tal vez a lavanda o a jazmín? ¿O a cualquier otra planta o flor de las que enardecen las cámaras de las damas de palacio?

—No exactamente —volvió a repetir el médico.

Beltrán lo pensó durante unos segundos.

—¿Olor a leche de parturienta?

—No.

—¿A madera o a resina?

—No, no... Era un olor penetrante, como un suave aroma a campo, a monte o a sierra, como un olor a todo y a nada en concreto. Agradable, embaucador...

Aquello no tenía sentido alguno. Beltrán dudaba si le estaban contando la verdad, aunque, por su forma de hablar y de transmitir cuanto argumentaban, todo apuntaba a que era cierto. Parecían sinceros.

—Juan, di a su paternidad lo de las grafías... —Ahora fue Andrés Ordóñez quien rompió el mutismo con aquella otra revelación.

—¿A qué grafías os referís? —preguntó Beltrán abriendo mucho los ojos.

El interpelado hizo un signo de asentimiento al tiempo que le invitaba a que fuese él mismo quien se lo contase.

—Todas las víctimas tenían marcada la piel con unas extrañas grafías... —le confió bajando el tono de la voz, como si temiera que alguien escuchase lo que tenía que contar.

—¿Todas? —preguntó Beltrán.

—Sí —contestó lacónico el interpelado.

—¿También el cadáver encontrado hace meses en las cercanías de las caballerizas?

—Todas —se reafirmó impetuoso y un tanto azorado, al saberse descubierto, pues antes había negado que hubiera presenciado el cuerpo sin vida de aquella joven.

El padre Beltrán, prudente, no le amonestó, pues su verdadero interés no era otro que el de sonsacar cuanta mayor información pudiera para encauzar sus pesquisas.

—Junto al cuerpo inerte de María de Díaz se encontró el de otra pobre muchacha, de quien todavía no me habéis hablado. ¿Ella también presentaba tales grafías? —prosiguió el jesuita.

—No. Poco o nada habría de decirse de la infeliz —terció Juan de Hoyos, serio y con el gesto contraído, recordando—. Cuando la encontramos yacía tras la puerta, desnucada y desangrada. El asesinó no abrió sus carnes ni atormentó su cuerpo, como si no le interesara aquella muchacha, una sin nombre, como si su muerte se debiera a haber aparecido en la escena del crimen en el peor de los momentos.

Beltrán no dijo nada, aunque lo relatado coincidía con sus propias suposiciones.

—El posadero nos indicó que no había tocado nada, horrorizado al encontrar a las yacientes de aquella guisa, una degollada y acuchillada, con las carnes abiertas como si de un cerdo desollado se tratase, según él mismo manifestó a los corchetes a los que avisó de inmediato, la otra desnucada, ambas desangradas...

—Aterrador. Inquietante —rezongaba el jesuita entre dientes.

—¿Decía vuestra paternidad...? —le inquirió Andrés Ordóñez.

—No, nada en absoluto, disculpadme, os lo ruego. Seguid, seguid, me hablabais de unas extrañas grafías. ¿A qué os referís exactamente?

—No sabría explicarlo con precisión, pues nunca las había visto hasta ahora...

»Todas las víctimas aparecieron marcadas con ellas, como si su propia piel fuera un lienzo sobre el cual escribir un mensaje o, mejor, como si se tratase de una lámina de un libro, o un pergamino —explicó, algo aturdido—, con la salvedad de la desnucada, aunque no hemos conseguido descifrar su significado.

—¿Cómo eran esas grafías? Decidme —volvió a preguntar Beltrán, verdaderamente intrigado.

—No sabría deciros, paternidad. Las tenían bajo los senos y sobre los costados, como si fuesen unos trazos sin sentido, unos rasgos más propios del zagal que está garabateando sus primeras letras.

»Eran heridas abiertas en la propia carne, latentes a nuestros ojos, frescas aún. Palpitantes...

Beltrán pensó con rapidez. Podría tratarse del alfabeto hebreo. A buen seguro que aquellos tarugos, creyéndose tan importantes y privilegiados, no conocían las lenguas antiguas.

—¿Conocéis las lenguas antiguas?

—No, nunca me atrevería a hablar la lengua de los judíos —bramó Andrés Ordóñez, pretendiendo mostrar una dignidad que se le escapaba.

Beltrán se percató de que Juan de Hoyos permanecía callado, sin atreverse a hablar, contenido ante la proximidad de su par.

—No mentirás....

—¿Cómo decís? —preguntó extrañado el altivo Ordóñez.

—Es el séptimo mandamiento, no os debería resultar tan esquivo —rezongó el jesuita, con intención.

—Las grafías mencionaban a los levitas —pronunció al fin Juan de Hoyos, como quitándose un peso de encima, ante la perplejidad de su igual, quien nunca hubiera creído que conociese los alfabetos prohibidos de arameos y hebreos.

Beltrán, satisfecho por cuanto revelaba el giro provocado, parecía aunar las muchas ideas que le bullían incontroladas en la cabeza.

—No os hagáis mala sangre. El Levítico es uno de los libros bíblicos del Antiguo Testamento —les dijo, intentando tranquilizarlos—, es juicioso que hombres de vuestra posición lo puedan llegar a conocer.

Sin embargo, en su interior, esta última revelación le generaba mayores dudas...

—¿Qué decían esas grafías? —quiso saber.

El galeno, con gesto circunspecto, parecía repasar mentalmente lo que iba a revelar antes de responder.

—Hacían mención a sacrificios e impurezas, al derramamiento de sangre... Disculpadme, paternidad, no conozco la lengua hebraica en profundidad, no os puedo ser de mayor ayuda.

Beltrán enmudeció durante unos instantes, como rumiando estas últimas revelaciones del galeno. ¿Quién osaría cometer aquellos execrables crímenes en el interior del alcázar? ¿Por qué? ¿Qué pretendía decirles? ¿Conseguirían descifrar el sentido de aquellas grafías?

Además, ¿quién tendría un conocimiento tan vasto como para conocer la lengua hebraica, denostada hacía decenas de años de los territorios del Imperio?

—Es suficiente, mi cabeza bulle con todo cuanto me habéis referido. Elevaré plegarias y oraciones por el alma de estas pobres muchachas y rogaré al Altísimo para que la justicia detenga pronto al asesino.

Los otros dos asintieron, satisfechos.

—Al fin y al cabo, yo solo soy un humilde siervo de Dios, nada más que eso —dijo contrito, cabizbajo; debía disimular.

Por un momento, los médicos de cámara consideraron que habían perdido el tiempo con aquel religioso enjuto que nada o muy poco podría resolver.

Se equivocaban.

La inteligencia y astucia de Beltrán lo hacían, muy a su pesar, ser considerado uno de los mejores pesquisidores de toda Castilla, como muy bien sabía su comendador, el arzobispo de Toledo, Pascual de Aragón.

—Si son vuestras gracias tan gentiles…

—Decidnos, paternidad —contestaron casi al unísono, cuando habían creído que todo había terminado.

—Veo que ambos lucís en el pecho una fíbula engarzada con el escudo de armas de la regente, doña Mariana de Austria.

—Así es. Fue Su Majestad quien nos concedió el honor de nombrarnos médicos de su cámara —respondió, sereno, Juan de Hoyos.

—Eso tengo entendido —confirmó Beltrán, aparentando indolencia—. ¿Los demás galenos de la corte también lucen dicho honor?

—Oh no, paternidad, solo nosotros dos —contestó al pronto, enorgullecido, Andrés Ordóñez—. Sus señorías Antonio Doré y Mateo Puelles y Escobar lucen una gracia distinta, propia de su tiempo… —arguyó malsano.

—No os entiendo. ¿A qué os queréis referir? —le preguntó Beltrán, haciéndose el desentendido.

—Maese Antonio, aunque graciado *ad honorem*, es el más viejo de todos los galenos, y hace ya mucho tiempo que no atiende a paciente alguno, dado su quebradizo estado de salud, según refieren sus propios sirvientes. Pasa desapercibido por cualquier galería de palacio, habiendo dejado de tener la prestancia de antaño —otorgó, maniqueo.

Beltrán comprendió de inmediato que los actuales médicos de cámara, jóvenes y pretenciosos, no guardaban relación alguna con el aludido, aunque se contuvo de manifestarlo.

—Y maese Mateo —prosiguió— apenas tiene pacientes, pues se teme que pueda ser un conjurador contra el trono por su comunión con ese bastardo, hijo de una vulgar actriz, a quien en las corralas de la villa todos la apodaban con el sobrenombre de la Calderona. Hablo del príncipe Juan José de Austria, a quien la regente hace bien en mantenerlo tan alejado de la corte como pueda y en no otorgarle asiento en ninguno de los consejos del reino —concluyó, malcarado.

El jesuita sintió cómo una punzada atravesaba su corazón al oír aquellas últimas palabras, hirientes y malhechoras, contra el que había sido su antiguo doctrino y a quien había guiado desde niño, por orden expresa de su padre, el difunto rey Felipe, quien le encomendó su formación. Se mantuvo prudente, no obstante, y calló, pues pretendía granjearse el favor del galeno real y ser partícipe de sus confidencias.

—No os comprendo —dijo, con semblante beatífico—. ¿Dónde queréis ir a parar?

—Antaño, maese Mateo fue nombrado médico de cámara del príncipe Juan José —aclaró—, a quien la regente detesta, por ese motivo le detesta a él también, aunque le permite alojarse en las galerías más profundas y distantes del alcázar. Lo ha relegado de cualquier trato con los miembros de la corte, habiéndonos confirmado a nosotros como sus reales galenos en detrimento del antiguo sajador real —contestó orgulloso, triunfante.

«¡Cuán engañados están!», se dijo para sí Beltrán, sabedor de que Mateo Puelles y Escobar, aunque no hubiera sido confirmado en su cargo, seguía siendo cirujano y sangrador real, y atendía en la privacidad de su alcoba al propio infante real Carlos por orden expresa de la reina.

Fue en ese mismo instante cuando a Beltrán se le pasó por la cabeza una idea que consideró descabellada y la desechó de inmediato.

Sin embargo, no pudo evitar preguntarse si la droga que usaba aquel huraño galeno, a quien todos señalaban como frío y distante, calculador, según los correveidiles de la corte, y cuya composición tan celosamente guardaba, no la estaría usando contra aquellas pobres desgraciadas. Aquellos cruentos crímenes causarían inestabilidad en la corte y favorecería así los intereses de los partidarios del príncipe Juan José en detrimento del heredero.

Siempre lo había tenido por un leal servidor de Su Majestad. De modo que descartó al punto que pudiera andar metido en líos de conjuras y traiciones contra el trono, al que venía prestando todo su saber desde muchos lustros atrás, sin haber levantado ningún tipo de suspicacias ni sospechas.

—Con todo, solo nosotros lucimos tan meritoria distinción —pronunció grandilocuente Andrés Ordóñez, sacando de su abstracción al jesuita.

»A ellos apenas les queda el dudoso honor de poder lucir el emblema con el escudo de armas del anterior rey, que en gloria del Altísimo esté, no participan de ninguno de los consejos de la corte, ni han sido reconocidos por la regente —concluyó malicioso, creyéndose triunfador.

Un escalofrío atravesó la espalda del religioso tras lo escuchado. Sentía una presión en la cabeza, como si bullera lo mismo que un caldero puesto sobre la lumbre, con ideas que iban y venían y suposiciones que cada vez se le antojaban más certeras.

Aquel soberbio y engreído médico le acababa de proporcionar, sin él pretenderlo, la respuesta a sus muchas preguntas. Había unido todos los cabos en una misma madeja.

23

Capilla del Real Alcázar, Madrid
La Biblia encarnada

Leonarda meditaba acerca de lo que Beltrán le acababa de contar tras su entrevista con los galenos de la reina unos días antes.

Se habían vuelto a encontrar en la capilla del alcázar. El jesuita la había avisado a través de un monago barbilampiño, de aire distraído. Esta vez se habían parapetado tras las sólidas puertas de haya que daban acceso a la sacristía.

Una gran bóveda de crucería cuya base descansaba sobre un conjunto de cabezas de ángeles alados parecía quererlos salvaguardar de cualquier riesgo que pudieran correr.

—Por lo que me dices solo podría ser maese Mateo —dijo con aplomo al cabo.

Beltrán, que permanecía callado, a la espera de las deducciones de Leonarda, parecía dudar.

—¿Por qué estás tan segura? ¿Acaso te dejas inclinar llevada por el peso de la edad? Recuerda que fueron los galenos de la regente los que me refirieron que el emblema real con el escudo de armas del anterior soberano era una distinción que no solo recibió Mateo Puelles y Escobar, sino también el decano de todos los médicos de cámara, que no es otro que Antonio Doré, y otros que bien hubieran podido ejercer su ciencia durante el reinado del difunto rey Felipe.

—No es solo por el peso de la edad, aunque entre ambos hay una diferencia más que notable, pues maese Mateo es un hombre mucho más joven, dentro de su más que apreciable madurez —adujo convencida.

Beltrán esperaba paciente lo que tuviese que decirle.

—Sino también porque hace meses que el médico *ad honorem* Antonio Doré se encuentra encamado. No puede dar ni un solo paso y tiene unos terribles dolores en todo el cuerpo que no le permiten, siquiera, incorporarse ni para sujetar la escudilla de gachas que, al parecer, ha pasado a ser su único sustento, según he podido saber por boca de las mismas guisanderas de palacio. Apenas sí puede llegar a alimentarse.

Beltrán la miraba expectante. Escuchaba con atención sus recelos y más que acertados argumentos, en tan alta estima la tenía.

—Y respecto a otros galenos que pudieran haber prestado sus servicios en el alcázar durante el reinado de nuestro difunto rey, es harto probable que no tengan acceso a las galerías nobles de palacio. Unos porque ya habrán perecido, dado el tiempo transcurrido, otros porque ya estarán viejos y achacosos, sin la prestancia suficiente como para solicitar venia en la corte y menos aún para que se les abran las puertas de par en par y los atiendan en sus peticiones. Bien sabemos que los cortesanos son dados al olvido cuando sus criados y servidores, por muy leales que hayan podido llegar a ser, ya no les pueden prestar los servicios que demanden —explicó juiciosa.

Estaba claro, pensó el jesuita, que, de ser así, era imposible que fuera maese Antonio quien hubiera perpetrado esos horribles crímenes, ya que se hallaba muy próximo al encuentro con el Creador.

Así y todo, se resistía a condenar a maese Mateo. Siempre le consideró un hombre ecuánime y cabal, de mayor inteligencia que los demás galenos de la corte. Por muchas vueltas que le daba a la cabeza, no conseguía desentrañar un solo motivo que le hubiera llevado a actuar de forma tan vil, aunque las pesquisas por ahora apuntasen en su contra.

—Es el cirujano y sangrador real —adujo Leonarda, sacando de sus pensamientos al religioso— quien se encarga, con inusitado ahínco, de mantener al decano de los galenos reales apegado a este mundo.

Beltrán frunció el ceño, disgustado. Su interlocutora no apercibió el gesto.

—He oído murmurar a las planchadoras —prosiguió—, cuando creían que nadie las oía, que le hace tomar un bebedizo que él mismo le introduce en la boca con la ayuda de un cáñamo.

»Según refieren, debe tener efectos milagrosos puesto que, al poco de ingerirlo, el achacoso médico retorna a una paz inaudita y descansa plácidamente, como si una magia desconocida pudiera alejar todos sus males, sin sentir dolor alguno, para mayor desconcierto de las fámulas que lo adecentan.

»Dicen que, incluso, en ocasiones les llega a pedir un cuenco de leche de cabra con el que refrescarse el paladar. —Leonarda se hacía eco de las palabras de incredulidad del servicio.

—Eso lo señala todavía más... —comentó Beltrán.

—¿Por qué?

—Porque, muy extrañado, el galeno de Su Majestad, Juan de Hoyos, me contó lo mucho que le llamó la atención que ninguna de las víctimas tuviera un rictus de dolor en el rostro, ni una sola muestra de padecimiento, a pesar de lo mucho que se habían afanado con sus cuerpos, que habían desgarrado y profanado con vileza —le anticipó, si bien le ahorró los detalles que le confiaron los médicos de cámara de la regente.

»Me habló, como tú misma me estás hablando ahora, de unos rostros serenos, calmos, sin dolor aparente, en paz... —explicó ante la atenta mirada de Leonarda.

»Y desde hace muchos años Mateo Puelles y Escobar está señalado por mantener relaciones con moriscos granadinos de quienes se dice que obtiene una poderosa droga... Quizá sea la misma que esté usando para evitar el padecimiento de su igual —dedujo.

—¿Por qué habría de hacerlo? —quiso saber Leonarda.

Beltrán no supo qué contestar.

—¿Por qué no dejarlo morir o, mejor, ayudarlo a ponerse en paz con el Misericordioso y evitarle tantos padecimientos? —volvió a inquirir.

El jesuita, incómodo con aquellas preguntas lanzadas por Leonarda, no respondió. Quedaron suspendidas en el aire, como si fueran losas que pesaran sobre su conciencia, ya que jamás aprobaría dicho proceder.

Tras unos instantes, le confesó la sospecha que, muy a su pesar, estaba calando hondo en su cabeza.

—Quizá sea la misma droga que utiliza para cometer los crímenes. Eso explicaría que el terrible dolor infligido en el cuerpo de las víctimas no se reflejase en sus rostros, ajenas al padecimiento que estaban sufriendo, y que nadie hubiera oído gritos ni llantos, que de producirse hubieran sido desgarradores.

—¿Y por qué no ha sido aprehendido? —preguntó Leonarda al pronto, impetuosa, tal era su naturaleza.

—Siempre contó con el favor del monarca, a quien servía bien, y de su hijo bastardo, el príncipe Juan José de Austria, a quien en edad temprana reconoció como legítimo, para desolación de doña Mariana, que no pudo sino tragar a regañadientes con lo dispuesto por su augusto esposo. El príncipe, por aquellos entonces, pasaba por ser uno de los capitanes más poderosos y laureados de las huestes del Imperio, embajador de Su Majestad en los diferentes reinos sometidos a la Corona. Llegó incluso a ser virrey de Nápoles y del principado de Cataluña, lo que le acarreó la definitiva enemistad de la ahora regente, que se juramentó en su contra —dijo, apesadumbrado.

—Pero ninguno de los dos puede ahora protegerlo, uno muerto, y el otro defenestrado de la corte —argumentó Leonarda, convincente—. Las riendas de la gobernanza están ahora en manos de la reina.

—Es complicado, Leonarda —concedió Beltrán—. Aunque a los ojos de la corte Mateo Puelles y Escobar haya dejado de contar con el favor de la Corona, no estoy tan seguro de que así sea, pues no seguiría a resguardo de estos muros. Además, según mis propias pesquisas, es la propia doña Mariana quien, a escondidas de la corte, demanda de sus servicios...

La cara de asombro de Leonarda fue tan visible que el jesuita se vio obligado a seguir hablándole sobre un asunto que preferiría haber callado.

—El infante don Carlos muestra debilidad no exenta de algún desvarío. Es la comidilla entre los propios cortesanos y también el hazmerreír entre las diferentes cortes europeas, lo que nos debilita considerablemente a los ojos de las demás potencias.

»El peso del Imperio no puede soportarse sobre un heredero tan debilitado. Esa es la encomienda de maese Mateo, hacerle aparentar con una fortaleza de la cual carece, gallardo, al menos durante el tiempo de audiencias que se concede a las embajadas europeas.

Leonarda sabía muy bien a qué se refería el jesuita. Durante los años de estancia en Flandes, vivieron sobrecogidos por las muchas escaramuzas y asedios a los que los ejércitos franceses, mejor pertrechados, sometían a los mermados tercios españoles, que a duras penas podían asegurar las fronteras, faltos de libras de pólvora con las que repeler las agresiones francas y de víveres con los que poder mantenerse.

—Y si así fuese..., siendo maese Mateo sobre quien recayera dicha encomienda, ¿qué pretensión podría tener con dichos crímenes? —preguntó, juiciosa.

—Podría intentar desestabilizar el gobierno de la regente en favor del príncipe Juan José, de quien fue médico de cámara y servidor. Es el único motivo que me hace dudar, aunque hasta ahora siempre lo he desechado, dado el compromiso y lealtad que siempre ha mostrado para con la Corona, incluso en los peores momentos —respondió, sin verdadero convencimiento, según se dejaba entrever por el tono proferido a sus palabras.

Leonarda no parecía convencida con ese razonamiento. Estaba claro, dedujo, que Beltrán tampoco lo estaba, aunque tal vez se pudiera deber a la estima que sentía por su antiguo pupilo, se dijo para sí, aunque se abstuvo de manifestarlo.

—¿Y por qué derramar la sangre de inocentes? ¿Por qué en vez de atentar contra esas desdichadas no lo hace contra el propio infante real? Si se deshiciera del heredero la regente no podría mantener por mucho tiempo más su trono y los partidarios de su oponente lo aclamarían como nuevo rey.

—Resultaría demasiado evidente, Leonarda. La política, además de emponzoñada, requiere de otros tipos de juegos, más sutiles.

Leonarda no encontraba ninguna sutileza en aquellos crímenes, cometidos de forma tan atroz, pero en esta ocasión se abstuvo de contestar.

—Cursaré aviso con nuestras pesquisas. Tal vez sea necesario su apresamiento y que sea él mismo quien conteste a todos los interrogantes que ahora nos asaltan...

—Debe haber algo más —interrumpió Leonarda.

—Yo también lo creo —corroboró Beltrán—. Hay algo que no vemos y pienso que lo tenemos delante de nuestras narices.

—¿Y si le hubiesen tendido una trampa? ¿Y si alguien usó su pañera y su fíbula con el propósito de que lo viesen y lo identificaran con él?

»Eso podría explicar que el supuesto médico de cámara se pasease por las galerías de palacio. La intención es que lo reconocieran como tal o, mejor dicho, que quienes lo viesen creyeran reconocerlo. No tendría sentido que fuese él mismo el que se delatase de esa manera tan pueril.

—También lo había pensado, Leonarda, pero no nos podemos arriesgar a que, si erramos, siga matando. Todos los indicios apuntan en su contra, deben detenerlo y encarcelarlo.

—¿Lo someterán a tormento?

—Deseo que no sea necesario.

—Si así fuese, incluso los más fuertes de ánimo doblan su voluntad y acaban confesando crímenes que no han cometido. En ese caso, habremos condenado a un inocente a una muerte segura y despiadada —auguró Leonarda.

—No tenemos otra opción. Si finalmente confiesa, o los crímenes cesan cuando sea prendido, sabremos que hemos obrado en la dirección correcta —verbalizó.

Leonarda no parecía quedar conforme. Eran muchas las dudas que flotaban en el aire, aunque supuso que, con su detención, acaso se esclareciesen de una vez por todas.

—¡Que Dios nos asista! —exclamó Beltrán, levantando una mirada rogadora hacia el consagrado techo que los cobijaba.

—Que así sea —se limitó a responder Leonarda.

La reunión se había demorado más de lo pensado. Beltrán hubo de colocarse rápido el alba sacerdotal. Quería llegar a tiempo para asistir en el sacramento de la confesión a las dueñas que así se lo requiriesen, como era de costumbre desde su llegada al alcázar.

Mantenía la firme intención de, una vez concluida su pastoral, dirigirse al monasterio de la Encarnación para informar a su valedor, el arzobispo de Toledo, Pascual de Aragón, acerca de las averiguaciones hechas.

Solo pedía al Hacedor que sus pesquisas hubieran sido las correctas y no acusaran a un inocente.

—No entiendo lo de las grafías en la piel —le espetó Leonarda, antes de abandonar la sacristía.

Bajo el pesado dintel, el jesuita pareció dudar de si dar una respuesta o seguir con sus pasos. Antes de girar el picaporte de la puerta, cuando se disponía a acceder a la capilla, se giró sobre sí mismo.

Leonarda le contemplaba dubitativa.

—¿No encuentras extrañas esas marcas? Deben tener algún significado, ya que fueron hechas de propósito.

El jesuita juzgó que Leonarda hablaba con buen tino. También él lo había pensado, no dejaba de darle vueltas.

En realidad, solo se lo había comentado de pasada, sin profundizar en el asunto, pues lo único que pretendía era protegerla. Creía conveniente que no supiera demasiado. Podría ser muy peligroso para ella y él no se lo perdonaría nunca.

Sin embargo, también conocía de su astucia e inteligencia, y de su indómito carácter. Sopesando las consecuencias de que indagase por su cuenta, siendo aún más peligroso que lo andado hasta ese momento, prefirió afrontar sus dudas, pues bastante se habían expuesto ya.

—Sí, Leonarda. Desde el mismo día que supe a qué hacían

referencia no he dejado de pensar en ello. Esas grafías remiten a un libro histórico para los cristianos, sagrado para todos nosotros: el Levítico —le confió.

—Uno de los libros del Antiguo Testamento.

—Así es. Pero no solo del Antiguo Testamento, también del Tanaj judaico, de ahí que quien grabase a sangre esas marcas sobre los cuerpos de las desdichadas lo hiciese en hebreo. Quienquiera que sea conoce las lenguas antiguas.

—Maese Mateo pudo haberlas aprendido en su juventud, durante alguno de sus muchos viajes a los puertos más orientales del Imperio como médico de los tercios. Además, los correveidiles de la corte le acusan de mantener permanentes tratos con moriscos y judaizantes.

—Es posible que así fuere, Leonarda. Maese Mateo también deberá responder de ello. De todos es conocido que durante años combatió, como médico de las huestes imperiales, en el norte de África, en los territorios de la Berbería y en las ciudades de Acre y de Jerusalén. Allí pudo aprender la lengua de los hebreos, proscrita en los reinos occidentales del Imperio —convino Beltrán, franco.

—¿Qué significado entraña dicho libro bíblico? —le preguntó, muy interesada ante lo revelado por su interlocutor.

—El Levítico forma parte del Pentateuco de la Biblia y también de la Torá de los judíos. En ambos libros sagrados es el tercero de ellos, entre los de Éxodo y Números.

Leonarda seguía con atención las explicaciones.

—La mayoría de sus capítulos consisten en los discursos de Yahvé a Moisés para que este se los repita a los israelitas y a sus sacerdotes, a los levitas. Ciertamente, se podría decir que son prácticas rituales y normas legales y morales que deben seguir. En realidad —prosiguió—, son más unas normas que deben ser cumplidas que unas creencias religiosas a seguir.

Aquello pareció atrapar la atención de Leonarda.

—¿A qué normas se refieren? —le preguntó, mostrándose verdaderamente interesada en esta última parte de la explicación.

—Son leyes referidas a los sacrificios y a la consagración de los sacerdotes, pero también a la pureza, a la santidad... Los capítulos del 17 al 26 del libro son conocidos por los católicos como el Código de Santidad —aclaró, solemne.

Leonarda le miraba expectante.

—Se castiga la blasfemia —afirmó Beltrán—, el yacer con otra mujer fuera del sacramento del matrimonio, el culto a médiums o magos, e incluso se castiga la veneración a otros dioses que los aparten de la verdadera fe en Cristo.

Cuando terminó de enumerar los pecados de los levitas se hizo un silencio profundo, meditabundo, entre ambos. Lo rompió Leonarda.

—Una Biblia encarnada.

—¿Cómo has dicho? —le preguntó el jesuita perplejo.

—¿Aún no lo ves? —pareció reprenderlo—. El asesino, con esas grafías hebreas, ha escrito sobre la piel de las condenadas su propio código de normas, su propio ritual, su propia Biblia... Semeja, en su desvarío, a un libro sagrado esculpido no sobre papiro, sino sobre la carne de las sentenciadas, escrito sobre sus cuerpos abiertos, con su propia sangre. Las heridas palpitantes son el rostro de su piel lacerada, mancillada.

»Al igual que Moisés esculpió sobre las tablas los dictados de Yahvé, el asesino obra a su imagen y semejanza. Las ha sacrificado por considerarlas impías, impuras, alejadas de las normas cristianas, de la moralidad católica, apartadas del Código de Santidad que acabas de referir. Y sigue su propio ritual de sangre, con el que pretende purificar sus almas mediante el tormento de sus cuerpos, que los considera corrompidos.

Beltrán la miraba aturdido. No se le había ocurrido tal razonamiento y sentía que el miedo le trepaba por el pecho. Se encontraban ante un macabro asesino que erraba en la utilización de la Palabra dada, lo que le hacía muy peligroso, pues en su fuero interno creía obrar conforme a la justicia divina.

—Esas muertes cobran ahora un sentido diferente para nosotros, que nos ayuda a entender la mente del criminal —adujo, muy excitada.

»El primer crimen fue el de una muchacha que servía en las labores más bajas del alcázar. He oído hablar de ella y su reputación era la de poco menos que la de una barragana de las muchas que, extramuros, aguardan la paga de las huestes para agenciarse las soldadas de los más incautos.

»Si creemos a las maledicentes lenguas del servicio, parece que ella misma solicitó alojarse en una de las cámaras más alejadas del alcázar, precisamente muy cercana a las caballerizas, sin otro propósito que el de conseguir ganarse unos cuantos puñados de reales gracias a los favores realizados a los guardias y mozos de cuadras, como si de una vulgar ramera se tratase.

»Fue allí mismo donde la encontraron, acuchillada de la

forma más salvaje, abierta como una res, desangrada, y su cuerpo lleno de heridas y llagas..., semejando el calvario sufrido en la cruz por el Cordero.

»El asesino, en su demencia, la castigó por su impureza, por yacer con hombres en relaciones ilícitas, por impía —afirmó convencida.

—Pudiera ser ese el motivo, Leonarda —concedió el religioso, que intentaba aparentar una calma que se le escapaba por momentos.

»Aceptar pagos a cambio de yacer con otros hombres queda prohibido en el libro sagrado del Levítico, pudiendo la ramera ser quemada, incluso junto a sus hijas, si las tuviera, para limpiar su vergüenza.

»Es posible que cuanto argumentas sea cierto. Pero, aunque así fuere..., ¿cómo explicar el crimen de María de Díaz? —preguntó, pareciendo contrariado.

Leonarda no se amilanó, creyendo estar en posesión de la respuesta a esa pregunta.

—He sabido que la hidalga pretendía ganarse el favor de un ilustre de la corte. Deseaba labrarse un futuro que la alejase de su empleo de camarera de palacio, ya que se tenía muy por igual a las nobles damas a las que debía servir, por mucho que esto último la desagradara.

»Según he podido averiguar, mantenía relaciones con un apuesto noble con el que planeaba desposarse a su vuelta de la campaña en el Mediterráneo, en el Reino de Nápoles.

—Ese podría ser el motivo —rezongó Beltrán—. Los versículos 7 al 14 del capítulo 21 prohíben mantener relaciones antes del matrimonio, aunque, a diferencia del anterior caso, no mediase pago de por medio. Pero ¿cómo explicar el asesinato de la dama principal de la reina, Matilda de Arlon?

—Era luterana —sentenció Leonarda, con aplomo.

—Una apóstata... ¿Estás segura de lo que dices? —dijo Beltrán abriendo mucho sus cansados ojos.

—Lo estoy. La propia duquesa viuda de Feria, doña Mariana de Córdoba, me referenció en una ocasión, en la intimidad de su cámara, que se le revolvían las tripas cada vez que coincidía con la germana en el Salón de Máscaras durante la representación de un auto sacramental.

»Se dice que la propia reina se lo permitía desde que ambas llegaran a la corte procedentes de tierras valonas, siempre que fuese en el secreto de su alcoba y no la comprometiera ante los ojos de los cortesanos. De haber sido así, hubiera tenido muy difícil defenderla de las garras del Santo Oficio.

Beltrán asentía, sopesando todo lo dicho hasta ese instante.

—Esos debieron de ser sus pecados, los de todas las desgraciadas pasadas a cuchillo, heridas y sometidas a suplicio, como a los mártires cristinos, a juicio de su asesino. Les labró la piel para escarnio de sus personas y las castigó con una muerte atroz para redimirlas, con el tormento aplicado y sin compasión alguna, de sus pecados y purificar sus cuerpos.

—¡Dios nos asista! —atinó a decir Beltrán, aterrado ante aquellas revelaciones.

Todas las pesquisas parecían apuntar hacia Mateo Puelles y Escobar, por mucho que este hecho lo desagradase. Determinó que daría conocimiento de las mismas a Pascual de Aragón de forma inmediata.

No le cabía ninguna duda de que, tras aquellas revelaciones, el justicia mayor del Reino ordenaría su apresamiento. Solo esperaba no errar y que el galeno, ante el peso de las pruebas en su contra, terminase por confesar la autoría de los crímenes.

24

Dispensario del Real Alcázar, Madrid
Apresamiento del sospechoso

Mateo Puelles y Escobar terminaba de guardar, en un pequeño arcón forjado, oculto tras una tupida celosía, los últimos frascos de adormidera que acababa de preparar. Su ánimo no era otro que el de dejar reposar el jugo extraído de la amapola real durante unas jornadas antes de manipularlo nuevamente. Se mostraba convencido de lo necesario que resultaba que todas sus pócimas tuvieran un tiempo mínimo de maceración, que oscilaba entre dos y cinco días. De esta forma alcanzaban todo su poder y, con ello, multiplicaban sus consabidos efectos.

En el exterior del alcázar, el viento aullaba feroz, como el lobo que en la noche atrae el miedo y los malos augurios sobre los pastores, temerosos de un ataque inminente sobre sus rebaños, manteniéndoles en tensión y preparados para defenderse de un asalto mortífero.

Además, las galerías del alcázar hacían las veces de improvisado embudo a través del cual el sonido del viento retumbaba con fuerza, de tal forma que parecía martillear con insistencia los oídos de sus moradores.

Entretenido como se encontraba, Mateo ni siquiera había reparado en la escasa visión que le proporcionaban sus quevedos empañados. La última cocción había envuelto la cámara de un denso vaho difícil de disipar. Parecía ajeno a todo cuanto le rodeaba.

Tanto era así que no se percató del ruido que las botas de los lanzas proyectaban al golpear sus recias suelas sobre las teselas humedecidas. Marchaban con una sonoridad marcial que estremecería a cualquier miembro del servicio.

El galeno, sin embargo, concentrado en recoger cánulas, tijeras y alambiques, mantenía todos sus sentidos puestos en la tarea que se traía entre manos. Se diría que él mismo se sintiera embriagado tras la manipulación de las drogas que preparaba.

Un inesperado golpe sobre la puerta lo despertó de su ensimismamiento. Se quedó paralizado, no sabiendo si habían llamado a su puerta o tan solo se trataba del ruido del viento revolviendo los tejados.

Con la respiración contenida se mantuvo quieto durante unos instantes, como si esperase a que el ruido volviera a reproducirse y así poderlo identificar. Algo en su interior parecía advertirlo de que un peligro inminente se cernía sobre él.

—¡Abrid la puerta!

Mateo dio un respingo al reconocer la imperiosa voz del principal de la Guardia. Se sobrecogió. Desconocía a qué podría deberse aquella intromisión. Nunca antes había tenido el honor de que Guillén de Moncada lo visitase, aunque intuía, por el aguerrido tono de su voz, que no se trataba de una visita de cortesía.

—¡Mateo Puelles y Escobar, abrid la puerta de inmediato o voto al cielo que yo mismo habré de tirarla!

El sangrador real, viéndose acosado por aquella estruendosa voz, pensó en escapar de la cámara. Miró a su alrededor.

La única posibilidad que tenía era la de escabullirse por un ventanuco que iba a parar a las caballerizas reales, aunque sería presa fácil para los corchetes del alcázar, conocedor de que estos montaban guardia día y noche para proteger de los facinerosos a la yeguada de palacio, envidia de muchos de los mercaderes de bestias.

No le quedaba más remedio que abrir y permitirle el paso al que era tenido por el verdadero guardián del Real Alcázar. Sus impetuosas demandas no tenían visos de sofocarse.

—¡Abrid de una vez o no dudaré en prender fuego a esta guarida donde os ocultáis con vos dentro, si fuera necesario, con tal de haceros salir de vuestra madriguera!

Mateo, intentando serenarse tras los últimos golpes descerrajados sobre la puerta, que amenazaban con tirarla abajo de un momento a otro, se dirigió con paso firme y sereno a desechar el candado. Rehuyó definitivamente darse a una fuga infructuosa.

Nada más hacerlo desanduvo sus pasos, echándose hacia atrás, como si con aquel gesto pudiera protegerse de su apremiador.

—¡Entrad, la puerta está abierta! —dijo con aplomo, rehaciéndose y colocándose los lentes, y estirando el cuello como si pretendiera aparentar indiferencia.

De un puntapié, uno de los lanzas, a la orden de su superior, abrió la puerta. En un abrir y cerrar de ojos Mateo se vio rodeado de un buen puñado de soldados. Unos le apuntaban con puntiagudas picas y otros esgrimían afiladas espadas. Esperaban ansiosos a lanzarse sobre el galeno como una jauría de perros rabiosos. Bastaba tan solo que su superior diera la orden.

—¡Daos preso! —Este le escupió con saña a la cara las palabras.

Mateo no se amilanó, aparentando una fortaleza muy distante del flaquear de piernas que estaba sintiendo en esos momentos.

—¿De qué se me acusa? —quiso saber, ante la impavidez de los rostros que lo ajusticiaban con solo mirarlo.

—¡Daos por preso, maese Mateo! —reiteró Guillén de Moncada, modulando ahora su tono de voz al considerar que el galeno no tenía otra escapatoria posible.

—¡Soy galeno real! —manifestó enorgullecido Mateo, como si con aquella designación bastase para limpiar su nombre de cualquier sospecha o acusación que pesare sobre él—. Su Majestad, doña Mariana, no permitirá esta tropelía, mis conocimientos le son vitales para el mantenimiento en el trono de...

—¡Basta de parlamentos, debéis acompañarnos! —atajó malcarado el principal de la Guardia.

—¡No saldré de aquí! —le devolvió desafiante, clavando su profunda mirada en la de Guillén, que parecía haber quedado sorprendido ante aquella inesperada negativa.

Tras unos instantes de un silencio perturbador, dio la orden que tanto estaban deseando los lanzas que lo acompañaban.

—¡Apresadlo!

Mateo, al oírlo, enrabietado y fuera de sí, cogió su estilete, afilado como una navaja de fragua, y asestó un certero tajo al primero de los confiados soldados que se le acercó, cogiéndole desprevenido. Luego, a punto estuvo de ser atravesado por una de las picas que lo amenazaban de no haber sido por la rápida intervención de su superior.

—¡No lo lastiméis! —les gritó, furibundo—. ¡Lo necesitamos vivo! ¡Apresadlo de una maldita vez!

Estas fueron las últimas palabras que Mateo Puelles y Escobar escuchó antes de que un puñado de encorajinados soldados se lanzasen sobre él. A pesar de su enconada resistencia, lograron reducirlo. Un golpe certero en la mandíbula terminó con la refriega, dejándolo sin conocimiento.

Ni siquiera pudo sentir el dolor de los golpes recibidos. La oscuridad le sobrevino al momento. Cayó preso en las fauces de la noche más voraz.

25

Toledo
Unas semanas más tarde

Pascual de Aragón se mostraba satisfecho. Desde un altozano, donde había ordenado detener la caravana para descansar, aprovechando la sombra de una higuera, y aliviar la vejiga, contemplaba orgulloso la ciudad que se columpiaba despreocupada y ociosa sobre el Tajo.

La vasta Toledo le proporcionaba la mitra arzobispal y, con ello, un inmenso poder superado por muy pocos. Incluso el nuncio papal se lo pensaría dos veces antes de enfrentarse al purpurado primado de las Españas.

Se encontraba ansioso por retornar a su palacio, tras aquellas largas semanas de estancia obligada en la corte.

Finalmente, y a pesar de los muchos temores que albergaba el valido de la regente, Juan Nithard, no hubo levantamientos en la villa ni atentado contra el heredero, el infante Carlos. Tampoco se había desestabilizado la gobernanza de los reinos, los mercaderes, banqueros y embajadores permanecían en torno al Real Alcázar y doña Mariana seguía siendo la regente que velaba por asegurarle el trono al legítimo heredero, su hijo, el causante de sus desdichas.

Además, el asesino confeso de los crímenes de las doñas se encontraba retenido en los sótanos del monasterio dominico de Nuestra Señora de Atocha, a las afueras de Madrid. Allí aguardaba el arribo de su ejecución.

En aquel siniestro edificio se emplazaba el Tribunal del Santo Oficio y en su lúgubre vientre acogía sus apestosas cárceles.

Para los inquisidores, y también para él, la sentencia definitiva se hacía esperar más de lo necesario, y temían que tal vez a la reina regente le temblase el pulso a la hora de firmarla.

«Sea como fuere, el condenado tiene los días contados», se dijo para sí el prelado. Mateo Puelles y Escobar había sido encontrado culpable de los atroces crímenes cometidos en el alcázar. Los censores no necesitaron escarbar mucho en las pruebas en su contra para sentenciarlo.

En un principio, cuando se le echó el alto para prenderlo, dijo desconocer los motivos por los cuales se le privaba de su libertad. Parecía sincero en su desconcierto, aunque, casi de inmediato, se revolvió desafiante, como una fiera enjaulada, contra la autoridad del propio principal de la Guardia. Porfió e hirió a uno de los lanzas que intentaban apresarlo.

Más tarde, cuando hallaron en su cámara una fíbula con los emblemas reales del difunto rey Felipe, que varios testigos reconocieron y que él mismo manifestó con orgullo que era gracia de Su Majestad hacia su persona, así como el jugo de adormidera extraído de la savia de la amapola real que guardaba en varios frascos, escondidos en un arcón, que también reconoció como propio, su determinación se tambaleó. Supo enseguida que aquellas pruebas bastarían para condenarlo a una muerte segura.

Con todo, se resistió a reconocer la autoría de los crímenes. Guardó silencio cuando lo condenaron a sufrir tormento para obtener su confesión. Ahí no volvió a negarlos. Ni siquiera habló, no pronunció palabra alguna. Parecía ido, atormentado.

Tal vez, pensaba el prelado, viéndolo todo perdido prefirió no sufrir aquel suplicio, pues las evidencias ya lo habían condenado mucho antes.

Su silencio marcó su condena definitiva: los censores del Santo Oficio lo consideraron una última prueba en su contra, como si de una confesión en primera persona se tratase. No necesitaron escuchar nada más para condenarlo.

Además, desde su detención, no se había producido ninguna otra muerte, ningún otro crimen, síntoma inequívoco de su culpa.

En esos pensamientos se encontraba cuando el tañido de las campanas de la catedral de Santa María le trajeron de su abstracción.

Se adentraban por los primeros recovecos de Toledo y la chiquillería se empezó a agolpar en torno a la comitiva, para fastidio del prelado, que no soportaba la visión de aquellos andrajosos.

Por un momento estuvo tentado de ordenarle al cochero que guiase los pasos de los trotones por la Bajada del Barco. Su propósito no habría sido otro que el de contemplar de primera mano los últimos detalles de la edificación del convento de las hermanas benedictinas de la Purísima Concepción. Desistió al pronto de la idea, pues aquello le obligaría a dar un gran rodeo, que lo retrasaría, y, para entonces, ya solo pensaba en llegar cuanto antes al palacio arzobispal y descansar sin que nada ni nadie lo perturbase.

A través de uno de los obispos auxiliares, a quien había indicado adelantarse unos días antes, había ordenado el pronto adecentamiento tanto de su cámara como de sus salones privados.

Ya habría tiempo, se dijo, de audiencias con los notables de la ciudad, que aguardaban su llegada con expectación, por los muchos parabienes que suponían trajese consigo.

No se equivocarían, pues el prelado repartiría escribanías, procuraciones y curadurías, mercedes todas ellas obtenidas tras sus tejemanejes con los prohombres de la corte. Las generosas bolsas de reales y ducados entregados torcieron su voluntad, esquiva en un primer momento.

«Ese es el precio a pagar», se decía a modo de consuelo, aunque las daría por bien empleadas. Con el reparto de aquellas gracias se granjeaba, todavía más, la fidelidad y sumisión de los nobles ilustres toledanos de cuyas principales familias obtendría su favor, además de pingües rentas para engrosar las cuentas de su enriquecida diócesis.

A quien primero concedería audiencia sería a María de Sandoval, la juiciosa esposa del conde de Orgaz. Para ella traía tesorerías y alferazgos a repartir entre sus familiares, principalmente entre los segundones de su casa, quienes por su condición no disfrutarían de las regalías y prerrogativas reservadas al primogénito. Dichas dignidades les procurarían una posición de privilegio y altura para todos ellos.

Ya se encargaría la generosidad del condado de Orgaz de encontrar la manera de agradecerle sus desvelos, atisbó, posándose sobre sus gruesos labios una procaz sonrisa.

Se encontraban muy cerca ya del Agujero del Ángel. El embudo de sus calles le permitió escuchar el suave repicar de las campanas de la iglesia de San Ildefonso, desde donde la Compañía de Jesús llamaba a la oración de los fieles a diario.

Aquello le hizo recordar al padre Beltrán, fiel cumplidor. Una vez más, le había servido bien y leal.

No tendría más remedio que seguir siendo benefactor de aquel nido de sanguijuelas en el que había convertido el orfanato del convento y que, con tanto esmero y tesón, el abad se empeñaba en sacar adelante.

También pensó en favorecer al marqués de Leganés, Diego Dávila y Mesía, leal asociado del marido de Leonarda, Alonso, quien en un principio había declinado amablemente hacer negocios con el mitrado. Así y todo, mostrándose maniqueo, poco después le cursó aviso donde le rogaba que revistieran las muchas ermitas y capillas de las parroquias de su diócesis con retablos y cuadros traídos a los reinos peninsulares desde las escuelas flamencas y germanas, a lo que finalmente parecían haberse avenido. Aquello aventuraba un negocio futuro y rentable.

En su siniestro rostro se posó una sonrisa desasosegadora que hubiera causado inquietud en cualquiera de sus feligreses.

Satisfecho, y muy próximos ya a atravesar el Arco de la Sangre para adentrarse por la plaza de Zocodover, volvió a pensar en el padre Beltrán. Esperaba no volver a necesitar de sus pesquisas y poderse librar, pasado un tiempo, de la benefactoría de su hospicio.

Se lo imaginaba feliz de regreso en el convento de la Compañía de Jesús, envuelto entre los laudes y maitines de sus rezos y el frufrú de los hábitos de sus hermanos al caminar.

No pudo por menos que sonreír, pareciendo sincero. Se equivocaría, sin embargo, aunque ninguno de los dos aún lo supiera.

26

Colegio imperial, calle Mayor, Madrid
Afloran nuevas sospechas

La calle Mayor de la villa era un hervidero de arrieros y carretas en un ir y venir de la plaza del mismo nombre hasta el Real Alcázar.

Leonarda, que días antes había regresado a su hacienda de Morata, en el fértil valle del río Tajuña, había reiniciado sus visitas semanales al colegio imperial bajo la advocación de san Ignacio de Loyola. El padre Beltrán seguía acogiendo a cuantos huérfanos llamaban a sus puertas, sin que le importase su pelaje y sin olvidar por ello sus otros quehaceres de adoctrinamiento y oración con sus hermanos en la fe.

Sin saber muy bien por qué, y a pesar de lo confortable de su acomodo, se revolvía inquieta sobre el asiento mullido de plumas de oca que ocupaba. Intentaba alejar de la mente los malos pensamientos que la asaltaban, una y otra vez, mirando a través de la ventanilla.

Los trotones, poco briosos, parecían distraerse con el barullo de los parroquianos que se agolpaban en las calles a esas horas tempranas del día. Los pobres ya cargaban con pesados haces de leñas a sus espaldas mientras sus amos remoloneaban aún en sus camas bajo tupidas frazadas de lana merina a la espera de ser adecentados para luego holgar en sus haciendas.

El cochero retuvo a los percherones, sin necesidad de hacer uso de la fusta, frente al convento de la Compañía de Jesús. De un salto, espantó a unos niños ataviados con sogas y aros que aguardaban impacientes el arribo de cualquier ilustre a quien pedir limosna.

Bajó el portón y, presto, ofreció reverencioso un recio brazo a Leonarda, quien lo recibió entre divertida y molesta, afeándole su actitud para con los zagales. El cochero desvió la mirada sin mediar palabra alguna y regresó al pescante cabizbajo.

Leonarda conocía a aquellos mocosos desde hacía mucho tiempo. Unos pícaros que preferían la aventura y la libertad de las calles, llenas de peligros y miserias, antes que el ordenado recogimiento del cenobio. Allí al menos se les procuraba alimentos y enseñanzas gracias a los muchos benefactores que contribuían a su mantenimiento y cuidado.

Esbozando una tenue sonrisa, y esperando volver a verlos a su salida, se dispuso a atravesar el portalón del convento.

Por unos instantes, la inquietud que la perseguía desde hacía varios días parecía haberse disipado.

El hermano portero la recibió con regocijo, casi con veneración. Desde que se aplicara los remedios que ella le dispensó se encontraba mucho mejor. Ya no tenía necesidad de encamarse ni encomendarse a todos los santos cuando creía que se le saldría el corazón del pecho y que pronto correría a reunirse con el Altísimo, viéndose incapaz de resistir ni una sola noche más.

Aquellos remedios le aliviaron y mejoraron, y estaba de muy buen humor. Las mentoladas cucharadas de miel y romero y las vaharadas de eucalipto en la soledad de su celda le habían calmado los bronquios y rebajado la inflamación, y alejado de su cuerpo tanto la tos que lo mortificaba cada noche como aquellas fiebres que lo atormentaban y debilitaban.

A punto estuvo de besarle las manos si no hubiese sido porque Leonarda, incomodada por aquella humillación del religioso, las retiró a tiempo. Le regaló una amplia sonrisa que él agradeció y se encaminó hacia el patio arqueado de naranjos. La quietud parecía haber nacido en aquel lugar.

Le gustaba recibir en la cara el frescor de las acequias, tan vívida le resultaba aquella sensación.

Unos pasos más adelante se encontraba la biblioteca donde los jóvenes novicios se preparaban en los misterios de la fe. Supuso que el hermano archivero, ofuscado como de costumbre, proseguía allí con su labor, ordenando y recopilando los manuscritos solicitados por su superior, el abad, con los que labraba todas aquellas vocaciones.

Con paso firme, se dirigió hacia el dispensario. Un par de veces por semana acudía allí para interesarse por los enfermos: dolientes de todo tipo, achacosos e infecciosos que tenían en aquella casa de misericordia su única salvación, aunque para los desahuciados se erigía en un lugar donde descansar en paz sus últimos días de vida.

Leonarda pasaría allí toda la jornada, compartiendo rezos y remedios con los más necesitados.

Tampoco olvidaría visitar la sala de curas del hospicio, donde dormían las primeras noches los últimos desharrapados en llegar, cubiertos en ocasiones de costras y pústulas, asustados y ateridos como perros apaleados, famélicos. Se los amparaba sin hacerles preguntas, apiadándose de ellos.

Sabía que Beltrán se hallaba en el interior del convento y a buen seguro que ya le habrían avisado de su presencia entre aquellos muros. No obstante, pareciendo distraída, no quiso preguntar por él. Estaba segura de que la haría llamar en cualquier momento.

—El abad desea veros, señora.

Leonarda, que con las bocamangas remangadas de su ampuloso vestido de seda se afanaba en ordenar vendas y apósitos, se volvió de inmediato. Aquella dulce voz, aterciopelada, no le era desconocida.

—Esteban... —pronunció con un sentido tono de afectación que el otro supo percibir de inmediato, ruborizándose al punto.

Sin dejar de mirarlo, dispuso las vendas que terminaba de enrollar sobre un velador, junto a la cabecera de uno de los enfermos al que había lavado y desinfectado las heridas.

El interpelado, con la misma timidez que mostrase desde que era un niño, bajó la cabeza, cohibido, dejando entrever la reciente tonsura, de un color rosáceo, que le clareaba la cabeza.

—¿Te tratan bien aquí? —fue lo primero que se le ocurrió, aun conociendo de antemano la respuesta.

—Sí, mi señora. Las enseñanzas del abad alimentan mi espíritu... —fue todo cuanto obtuvo por respuesta.

Leonarda había conocido a Esteban cuando apenas era un niño y correteaba por la vieja casona abandonada que ella adquirió de un hidalgo en apuros por mediación de su amigo Diego, quien se erigió en avalista.

El propietario anterior se había deshecho ya de todos sus sirvientes cuando Alonso y ella adquirieron la hacienda. Aquel hidalgo, que desde un principio le pareció carente de nobleza, por mucho escudo blasonado que luciera cincelado en piedra en el dintel sobre la puerta de su hacienda, pretendía marchar a las Indias en busca de mejor fortuna. No llevaría consigo a ninguno de sus fieles sirvientes, dejándolos abandonados a su suerte.

Apenas unos cuantos se quedaron, los más viejos y desvalidos, que no conocían otro hogar que aquella edificación ruinosa, y unos pocos púberes, a quienes sus padres habían desamparado, en la creencia de que serían una carga al no poder alimentarlos.

Leonarda los acogió a todos sin vacilar ni por un solo momento y los alojó sin reservas en su hacienda.

Fue solo un tiempo después, al ver a un muchacho arrodillado ante una pequeña imagen de la Virgen de Guadalupe, que permanecía en una hornacina del patio, cuando supo de su verdadera devoción.

Esteban le confesó su amor por Cristo, con una mirada límpida y sincera que la conmovió. Aquellos ojos verdes como la aceituna retenían la bondad en sus pupilas.

Guiada de su mano y con la aquiescencia del abad, el padre Beltrán, el chico entró en el convento de la Compañía de Jesús, donde, si Dios así lo quería, profesaría más pronto que tarde.

—La esperan, mi señora... —se atrevió Esteban a apremiarla, visiblemente azorado.

Leonarda tuvo el impulso de acariciarle la cara, como lo hiciera aquel día en el patio de su hacienda, cuando le limpió las lágrimas que, furtivas y sinceras, habían enlodado su bello rostro, pero se retuvo a tiempo.

—Vayamos —le contestó—, no hagamos esperar a su paternidad, no abusemos de su venerable paciencia.

—Gracias, Esteban, puedes regresar a tus quehaceres —le dijo Beltrán con afecto, nada más verlos aparecer.

El muchacho se humilló torpemente ante ellos y se marchó sin mediar ninguna otra palabra.

Una mueca de felicidad asomaba por las comisuras de sus labios carnosos, aunque ellos no pudieran alcanzar a verla.

—Leonarda, cuánto me alegro de volver a recibirte entre los muros de este convento —le dijo el abad, sincero.

—Yo también me alegro. El buen tiempo ha mejorado a los enfermos y no he encontrado en ellos gravedad mayor que no pueda solucionarse con la aplicación de unos cuantos remedios de los ya prescritos —afirmó, contenta de encontrarse allí de nuevo.

—Así es, Leonarda, el hermano boticario ya me ha dado buena cuenta de los progresos que se están haciendo —contestó, satisfecho.

Hubo un silencio en el que le mostró un asiento junto a una amplia ventana por donde se colaban los rayos del sol.

—Sentémonos.

Por su actitud Leonarda supo enseguida que algo le preocupaba, aunque no quiso preguntarle, pues era de esperar que lo compartiera con ella de un momento a otro.

—¿Progresa el hermano boticario en su proceder? —le inquirió de pronto, sorprendiéndola.

—¿A qué te refieres?

—¿Acepta de buen grado tus consejos?

—Sí, los acepta de buen grado, mostrando siempre agradecimiento hacia todo cuanto le transmito.

—Es muy importante que, a pesar de su juventud, aprenda pronto el manejo de los remedios y las fórmulas para sanar a los enfermos. Aquí no nos podemos permitir la presencia de ningún galeno, salvo para situaciones muy graves —le confió, resignado.

Leonarda asintió. Bien conocía ella que a pesar de los benefactores con los que contaban el hospicio y la casa de misericordia muchas eran las necesidades que les asaltaban, por no hablar de las del cenobio de las que Beltrán prefería no hablar. Asumía, sumiso, las privaciones a las que se veían abocados.

—Estoy pensando que cuando el hermano boticario haya completado su formación y asiente los conocimientos adquiridos, sería muy oportuno que escogiese a un par de estos rapaces a los que ir instruyendo en los pormenores de la sanación de los cuerpos.

—Es una gran idea. —Leonarda sonó convencida.

—De este modo no solo podría conseguir más ayuda para

atender a tantas necesidades como nos pone a prueba la Providencia, sino que también nos aseguraríamos de que hubiera más cabezas y más manos con la capacidad de sanar a nuestros semejantes.

—¿Has pensado en alguno de tus doctrinos?

—Me temo, Leonarda, que mis pupilos, que provienen de familias hidalgas que contribuyen al mantenimiento del convento, piensan más en alcanzar los puestos de gobernación en cualquiera de los reinos, estados o señoríos del Imperio que en servir a los más necesitados, sobre todo si estos son pobres de solemnidad —le confió.

A su interlocutora no le pasó desapercibida la amarga sonrisa que afloró en su boca al decirlo.

—Ellos apenas salen de esta biblioteca —continuaba Beltrán— en la que ahora estamos y procuran no mezclarse con los novicios ni con ninguno de los hermanos, y menos aún visitan el hospicio o la casa de misericordia del convento.

»Más bien pienso en alguno de los huérfanos, a quienes preparamos para hacerlos buenos cristianos, aunque me temo que en la gran mayoría de las veces solo les quede la salida de las armas, que se enrolen en los ejércitos del rey, o, en el mejor de los casos, que abracen la fe, más por necesidad que por auténtica devoción —se lamentó.

Leonarda se acordó del joven Esteban. Se alegró por su determinación de profesar en la fe de Cristo Redentor.

—Por eso he ideado —prosiguió el abad— una escuela de aprendizaje del oficio de boticario para aquellos desharrapados que sean abiertos de entendederas y no quieran acogerse a las armas o a los postulados de la fe.

Leonarda abrió los ojos mucho y por su expresión el jesuita supo enseguida que la idea ya había calado en su corazón. Estaba seguro de que no solo contaría con su apoyo, leal y desinteresado, sino que se encargaría de que los notables de la villa procuraran fondos para tal menester.

Iba a contestarle cuando Beltrán terció.

—¿Hay algo que te preocupa? Lo he notado de buena mañana, nada más que atravesaste el portalón de acceso a nuestro patio arqueado. Ni siquiera el frescor de las acequias ni nuestras azaleas floridas han conseguido demudar tu semblante, como ya lo hicieran en otras ocasiones.

Leonarda le miró extrañada, pues no había visto al jesuita en ningún momento desde que posara sus pies en el cenobio.

—Estaba en esta misma ventana donde nos hallamos ahora —le confesó, adivinando su pregunta—, junto al hermano archivero. Te vi pasar en dirección al dispensario y una sombra de inquietud te nublaba el rostro.

Se conocían bien, pensó Leonarda, y enseguida dedujo que él también compartiría esa misma preocupación.

—No sabría explicarte muy bien a qué se debe, el porqué, pero hay algo que me inquieta.

Un espontáneo soplo de viento arremolinó hojas y ramas secas en el patio, como si pretendiese limpiar de cualquier dificultad que le saliese al paso el camino que iban a tomar.

Ahora era el abad quien miraba expectante a Leonarda. Le indicó con un leve gesto de cabeza, casi inapreciable, que continuase.

—Con la detención de Mateo Puelles y Escobar han cesado los crímenes.

—Sí —atinó a decir Beltrán, lacónico.

—Pero albergo dudas.

—El Santo Tribunal lo encontró culpable.

—Pero él negó desde un principio que aquellas desgraciadas fueran asesinadas por su mano. —Leonarda se revolvía, inquieta.

—Todas las pruebas apuntaron en su contra. Se enfrentó a los guardias que fueron a apresarlo e hirió gravemente a uno de ellos con un afilado estilete, similar al que pudo haber sido utilizado para degollar a esas pobres desgraciadas. Se lo halló culpable. Su silencio final, cuando supo que todas las pruebas lo incriminaban, fue decisivo. No volvió a negarlo.

—Tal vez no quiso sufrir el suplicio que le esperaba. Al fin y al cabo, como dices, todo apuntaba en su contra. ¿Qué sentido tendría soportar la pena del tormento en aquellas inmundas cárceles?

—Tal vez, Leonarda, tal vez. Pero el hecho es que desde entonces no se han vuelto a repetir los crímenes y los testigos reconocieron la fíbula con el escudo de armas del rey Felipe que el asesino lucía en su pañera.

—Pero nunca dijeron haberle visto el rostro.

—Nunca. El embozo con el que se cubría no se lo permitió —atajó, con decisión.

—Es extraño... —masculló Leonarda, apenas en un murmullo, que sin embargo no pasó desapercibido para el jesuita—, me resulta muy extraño.

—¿Qué te resulta extraño? —quiso saber Beltrán, conocedor de las dotes de deducción de su acompañante.

—Nadie se fijó en el mechón blanco que le cubre la frente

a maese Mateo. Nadie mencionó nunca sus desgastados lentes...

—No los usaba fuera de su cámara, con la salvedad de los días que a escondidas impartía enseñanzas a unos pocos discípulos para que aprendieran de sus remedios secretos.

—Puede ser —convino Leonarda—. Pero el mechón que le cubre la frente es difícil de olvidar y ninguno de los testigos lo mencionó.

El jesuita parecía dubitativo ante las conjeturas de su amiga.

—Fueron capaces de describir con precisión la indumentaria del asesino, incluso el escudo de armas que lucía en la pañera... ¿Y ninguno de ellos reparó en su cabello?

»Es de color azabache, ensortijado, sobre el que destaca ese mechón que le clarea la frente. Es como si no fuesen capaces de ver a un cordero negro entre la nívea nieve. Es tan perceptible...

—Lo olvidarían o quizá no repararon en ese detalle —intentó argumentar Beltrán, quien empezaba a albergar serias dudas sobre lo que acababa de escuchar.

—En verdad que rezo a Dios cada noche porque no hayamos sido nosotros quienes hemos empujado a un inocente al cadalso... —manifestó Leonarda, angustiada.

Beltrán reflexionaba mientras Leonarda ideaba un argumento, más para aliviar su culpa que por estar realmente convencida.

—Tal vez, viéndose perdido por el peso de las pruebas que lo acusaban, decidió no luchar, dejar de negar aquello que no había cometido, y prefirió guardar silencio en vez de seguir elevando inútilmente su voz.

»Indagando en palacio, una de las damas de la duquesa de Feria me contó que, desde hacía años, el médico de cámara añoraba reunirse con su mujer y su único hijo. Al parecer, ambos murieron recubiertos de hediondas bubas sin que él, a pesar de toda su pericia, pudiera hacer nada por salvarlos.

El abad la miró con cierta aprensión, desconocía el desenlace fatal que le acaeció a la familia del galeno.

—Ese, y no otro, pudo ser el auténtico motivo de su silencio. Ansiar una muerte que lo acercase a los suyos —rezongó Leonarda.

—La sentencia aún no se ha cumplido —terció el jesuita—, para desesperación de los juzgadores del Santo Tribunal, que siguen esperando, impacientes, que la regente firme de una vez por todas la pena de cadalso.

»Parece ser que la reina duda entre firmar su ejecución de forma definitiva o mantenerlo entre rejas, pues teme que, con su muerte, el infante real Carlos empeore si no recibe los remedios que solo maese Mateo le prodiga y con los que afronta sus muchos males que tanto la afligen.

—Si fuera inocente el asesino seguiría campando a sus anchas por todo el palacio y quizá haya elegido ya a su próxima víctima —vaticinó Leonarda, conmovida.

—Si así fuere..., no creo, sinceramente, que ese fuera su proceder —dijo el jesuita pensativo—. Hasta ahora, el asesino siempre ha mostrado frialdad e inteligencia. Lo más probable es que, de no ser maese Mateo, permanezca oculto, sabiéndose a salvo, tras la condena al cirujano real.

—Su propia naturaleza lo delatará, Beltrán. La sangre llama a la sangre y llegará un momento en el que volverá a matar y nosotros no podremos hacer nada por impedirlo.

—Tal vez para entonces no se encuentre aquí. Quizá haya abandonado ya la villa, envuelto entre las alargadas sombras de la noche.

—Si así fuera no llegaríamos a saberlo jamás —concluyó Leonarda, pesarosa.

—Roguemos al Hacedor porque doña Mariana no capitule ante los inquisidores y no firme la pena de cadalso.

—Sí, roguemos por que así sea... —contestó Leonarda, lacónica, si bien no parecía estar muy convencida con lo dicho, a juzgar por el mohín de vacilación con el que acompañó sus palabras.

—Al menos —continuó el jesuita—, abrigaremos la duda de su inocencia o de su culpa, y habremos de vivir con ello a la espera de nuevos acontecimientos, que, así lo quiera el Padre, no se den nunca.

—Vivir con esa duda sobre nuestras conciencias no es vivir, Beltrán —le conminó Leonarda.

—Mejor vivir con esa incertidumbre que con la certeza de una muerte a nuestras espaladas —respondió, contrito—. Y no olvidemos que, con todo, desde su detención no se ha perpetrado ninguna otra muerte y que las pruebas que pesaban sobre él ya lo consideraron culpable de los crímenes —sentenció.

27

En la cámara de la reina del Real Alcázar, Madrid
Una carta inesperada. Se avivan viejos miedos...

—Jaque, majestad.

Águeda de Poveda había jugado bien sus piezas: volvía a ganar a la regente sobre aquel desgastado tablero de ajedrez, testigo mudo de sus muchas confidencias.

Mariana de Austria apenas se permitía esgrimir una leve mueca de fastidio. En realidad, agradecía que la cortesana fuera la única de palacio que, desde un principio, se había atrevido a disputarle la victoria, con movimientos ágiles e inteligentes de los que aprendía cada día.

Aquellas partidas interminables, entre escaques y confidencias, suponían un alivio para ella, no solo por espantar el tedio de las largas tardes, sino también por erigirse en una válvula de escape de sus muchas obligaciones.

Jornadas atrás, cuando supo toda la verdad acerca de las muertes de las dueñas de palacio, quedó impactada. Se sumió en una profunda tristeza, sobre todo al saber que su principal dama, Matilda de Arlon, no había sufrido un accidente como desde un principio se le aseguró, sino que fue vilmente asesinada. Ya no volvería a acompañarla más en aquella corte española hacia donde habían dirigido sus pasos, y sus destinos, cuando fue desposada con su tío, el rey Felipe, muchos años atrás.

En aquellos momentos, la de la casa de Limburgo constituyó su único asidero, pese a que, joven e inexperta, y sin conocer el idioma de la corte castellana, creyó que quizá no lo soportaría.

Más tarde, ya coronada, en uno de los muchos besamanos para que la corte les rindiera pleitesía y a los que su esposo era tan aficionado, quiso la coincidencia que se encontrase en el recibimiento con Águeda de Poveda. Ella y su esposo, Germán de Poveda y Sandoval, uno de los más leales y respetados consejeros del monarca, acababan de regresar de una de sus muchas embajadas en Flandes.

Solo fueron unas cuantas frases, sencillas y cortas, pero bastaron para que la reina dibujara una furtiva sonrisa. La de Poveda se había dirigido a ella en su propio idioma, aprendido durante sus estancias en las regiones valonas.

Desde entonces, muchas serían las tardes y muchas las confidencias que las unirían. La suya era una relación de intimidad que se apoyaba en la lealtad y discreción de la que la noble dama había hecho gala desde el primer instante.

—Me habéis vencido una vez más, os felicito por ello.

—Majestad, habéis jugado muy bien vuestras opciones, en nada os consagraréis como una gran maestra.

—Me temo que nunca llegaré a trazar las jugadas con las que, inteligentemente, os desenvolvéis.

—Es solo cuestión de tiempo, majestad, y de práctica, y vuestras muchas cuitas y responsabilidades os privan de ello. —La de Poveda quiso alejarse de cualquier halago, parecía franca y sincera.

—Decidme, Águeda. ¿Cómo podría laurearos?

La cortesana la miró directamente a los ojos, pues, después de todos estos años de confidencias, tenía permitida dicha licencia entre las paredes de aquella cámara.

—Compartiendo partidas con Su Majestad me siento regalada, en verdad que no necesito de nada más.

A Mariana de Austria, acostumbrada a ofrecerle un presente cada vez que su dama ganaba la partida, no le sorprendió la respuesta. Era la costumbre que la de Poveda respondiese siempre con la misma fórmula, con salvedad de alguna petición esporádica que la reina satisfacía gustosa.

—Os veo preocupada. ¿Hay algo que os aflija? ¿Tal vez prefiráis permaneced en el alcázar y posponer vuestro viaje a esas tierras tan alejadas y agrestes de la Baja Extremadura? —le preguntó la regente, con intención.

Águeda de Poveda hacía semanas que dormía más tranquila y se sentía a salvo entre aquellos viejos muros del alcázar. Desde que prendieran a maese Mateo como culpable de los execrables crímenes cometidos, no solo no se había producido ninguna otra muerte dentro de palacio, sino que también había dejado de recibir las notas que tanto la inquietaban. Si bien quizá había corrido peligro durante aquellas semanas, ahora no tenía nada que temer, sabiéndose a salvo de aquel malhechor.

Con todo, pensó que tal vez sería prudente retirarse unas semanas al mayorazgo de su sobrina, tan distante y apartado de la corte. Ningún mal podría alcanzarla allí. La estancia en la heredad le serviría para serenarse y perder cuidado.

Cuando se lo insinuó a la duquesa viuda de Feria, esta se había mostrado más que complaciente. Agradecía tenerla de vuelta en el ducado, aunque solo fuera por algún tiempo, para matar el tedio de las largas tardes en las dehesas, que se tornaban de un color ambarino bajo un manto azul cuajado de estrellas, sin mayor cuita que la del paso del tiempo.

Mariana de Córdoba ya había iniciado los preparativos para su marcha a su alcázar de Zafra, lo que Águeda de Poveda podría aprovechar para incorporarse a su comitiva y contar así con su protección.

Además, debería hablar con su sobrina para ponerla al corriente del secreto familiar oculto durante lustros. Tal vez, solo tal vez, pensó, podría prevenirla así de un peligro venidero.

—Quizá la gracia de Su Majestad pueda hacer algo por mí —le dijo, con un fingido tono neutro en la voz.

—Decidme.

—No es preocupación lo que de mí se desprende, majestad. Quizá sea melancolía, añoranza de los míos, pues ya son varios los años que han pasado desde que visité por última vez la hacienda de mi familia, donde tan feliz fui durante mi niñez.

La regente la observaba impasible, sin mostrar ningún afecto ante lo que le decía.

—No he regresado al mayorazgo de La Torre desde que os pedí auxilio para sofocar aquellas revueltas de braceros y aparceros, envalentonados por las filípicas incendiarias que un clérigo lanzaba contra Isabel, mi sobrina.

—Lo recuerdo. Yo misma cursé orden al fiscal de la Real Audiencia para que dotase al mayorazgo de partidas de escopeteros que sofocasen los ánimos, amén del ruego que le hice al entonces duque de Feria para que garantizase el orden en todos los territorios del reino, que quedaban bajo su protección.

Bien que lo sabía la de Poveda. Fue el propio secretario de los duques, Nuño del Moral, quien se encargó de transmitir aquellas órdenes y quien, andando el tiempo, matrimonió con su sobrina. Emparentaron así con el arzobispo de Toledo, de quien era sobrino, lo que les proporcionó poder y mayores rentas.

—¿Han vuelto a tonarse los ánimos en levantiscos? —preguntó la regente con un cierto resquemor en su tono.

—Oh no, majestad, perded cuidado. No se trata de eso, es solo que anhelo el reencuentro con los de mi sangre. Gozar de la compañía de mi única sobrina y de sus hijos, pasear por la dehesa entre quejigos y encinas, escuchar los arroyos, oír el alborotar de los ánades en los juncales al verse sorprendidos... —Sin atisbo alguno de rubor mintió, ya que su propósito era bien distinto.

La regente permanecía callada. Tal vez a ella misma le viniesen bien unos días de asueto en aquellos territorios tan alejados de las cuitas de la gobernanza de sus reinos. Sobre todo ahora que el conflicto con el principado de Cataluña parecía sofocado al convocar las Cortes en la ciudad de Barcelona. Allí el heredero de la Corona, el infante real Carlos, procedería al juro de los fueros catalanes, con lo que se ganaría la fidelidad de los belicosos condes y de las, poco amigables, instituciones del principado.

Además, por fin su valido y confesor, Juan Nithard, había conseguido el asentimiento de la Junta de Regencia para proponer una terna de princesas casaderas con las que concertar esponsales y fidelidades que ayudasen al heredero a soportar el peso del Imperio.

Tanto el principal de la Guardia Chamberga, Guillén de Moncada, como Pascual de Aragón, primado de las Españas, habían optado por una princesa de la casa de Orleans.

No era otra su pretensión que la de buscar una alianza con el belicoso vecino norteño y lograr de este modo la tan ansiada unión con la corte francesa. Impedirían de esta forma los envites con los que sus huestes hostigaban a los tercios españoles en Flandes y que amenazaban las posesiones de la Baja Cerdaña, una vez perdido el Rosellón.

La propuesta también había sido bien acogida por el par principal del Consejo de Castilla, García de Haro Sotomayor. Los demás miembros del consejo no tuvieron más que aceptarla, con lo que consiguieron la unanimidad de todos sus votos.

Mariana de Austria pudo al fin dormir tranquila, sabedora de que, al menos durante un tiempo, la fijación de las fronteras de sus reinos en Centroeuropa se mantendría inalterable.

—Majestad..., a buen seguro que recobraré las fuerzas y podré serviros como vuestra dignidad merece —concluyó Águeda de Poveda, apartando a la regente de sus pensamientos.

—Ya me servís como nadie lo hace —le concedió.

En el rostro de la cortesana apareció un sutil azoramiento, al no esperar aquella consideración de la regente.

—Si la magnanimidad de Su Majestad lo tuviere a bien podría concederme licencia para alargar la estancia en el mayorazgo de La Torre. La gracia de dos semanas concedidas, dadas las encomiendas que debo atender, bien pudieran resultar insuficientes... —solicitó, ladina.

—Cuatro semanas, ni un solo día más —concedió la regente—. Estaréis de vuelta para el concierto que el compositor de cámara, maese Hidalgo, está preparando en honor a las buenas nuevas de palacio.

»Dicen, quienes han tenido la oportunidad de escuchar los ensayos, que la polifonía suena tal que si un coro de ángeles se hubiera posado sobre la capilla —dijo, emocionada—. Me acompañaréis.

La de Poveda asintió halagada. En verdad que disfrutaba con aquellas composiciones del maestro de cámara, uno de los músicos más notables de todo el reino. Entre los cortesanos se rumoreaba que estaba preparando un viaje a Nápoles, donde pretendía estudiar nuevos acordes con los que mejorar, más si cabe, sus ya sublimes partituras.

—Serán suficientes, majestad —contestó sumisa.

La regente hizo amago de levantarse cuando, sin esperarlo, se vio sorprendida por su favorita.

—¿Y vos, majestad, habéis podido asistir a los ensayos? Tengo entendido que el maestro compositor es muy estricto y nunca permite que nadie, salvo en contadas ocasiones, esté presente en la capilla real durante los ensayos del coro.

Mariana de Austria no contestó. Observaba a su dama con aparente desconcierto.

—Tal vez deberíais obrar con vuestro compositor como yo estoy a punto de hacer con vuestra majestad... Jaque. —Desenvuelta, tumbó la figura del rey que aún permanecía recia sobre el tablero. Jaque mate.

La regente no pudo por menos que proferir unas sinceras y hondas carcajadas ante aquella atrevida ocurrencia que ninguna otra de sus damas se hubiera permitido.

Ambas rieron con ganas, despreocupadas e ignorantes, despojándose de las tensiones vividas en las últimas semanas y ajenas a cuanto aún habría de venir.

Águeda se sentía feliz. Días después de la última partida de ajedrez con la regente había recibido cédula por la que se le autorizaba a ausentarse de la corte y acompañar a la duquesa viuda de Feria hasta sus posesiones. Una vez allí, sería la propia duquesa quien debería garantizar su seguridad hasta el mayorazgo de La Torre.

Precisamente había concertado un encuentro en los jardines de la Huerta de la Priora, por donde la de Feria gustaba pasear acompañada de otras ilustres que formaban su propia corte.

Advertida de la cédula real, la duquesa manifestó su contento por poder contar con la favorita en su comitiva. A buen seguro sería una gran conversadora, pensó de inmediato, como ya lo había demostrado en las escasas ocasiones en las que habían coincidido.

A tal fin, la había invitado a tomar un ágape junto a otras dueñas en la intimidad de su cámara en la víspera de su partida, que la de Poveda aceptó gustosamente.

Durante el breve trayecto desde los jardines hasta la galería de la regente, donde se alojaba, se encontró con un buen puñado de fámulas y libreas a los que ignoró deliberadamente.

Altiva, mostrando desdén, avanzaba con paso firme. El servicio se humillaba a su paso para retornar, de inmediato, a sus quehaceres.

Apenas un puñado de lanzas se apostaban, perezosos, a lo largo de la galería, tras el cambio de la guardia.

El grueso de los custodios de palacio se repartían entre el acompañamiento a la regente, empeñada en visitar las obras en el convento franciscano de Jesús y María, en la carrera de San Francisco, que unía la Puerta de Moros con la plaza de San Francisco, y escoltar a su hijo, el futuro rey Carlos. En compañía del valido, Juan Nithard, había ido a visitar la pinacoteca que su padre, el difunto Felipe, se había encargado de crear en el palacio del Buen Retiro.

El valido pretendía eliminar la extensa colección de óleos y lienzos que no estuvieran dedicados a la temática religiosa, como el martirio de los santos o la ascensión de la Virgen. Para ello había dispuesto que fuesen trasladados a los sótanos, con la intención de que la humedad y el moho estropearan las pinturas hasta hacerlas desaparecer del todo.

Águeda caminaba despacio. Aquel mismo día, nada más

acabar la partida y regresar a su cámara, envió heraldo para avisar a su sobrina de su pronta visita.

Deseaba que a su llegada los aposentos destinados a su disfrute se encontrasen limpios y sin humedades, con el colchón mullido y las chimeneas humeantes.

Sin darse cuenta se encontró en la antecámara que daba paso a su alcoba.

No sabría decir por qué, pero sintió que un escalofrío le recorrió la espalda. Miró a ambos lados de la arqueada galería, y no vio a nadie.

Un impulso la llevó a abrir la puerta con rapidez y acceder a sus aposentos con creciente nerviosismo.

Una vez dentro, pudo contemplar cómo un rayo de luz atravesaba los cristales de la ventana hasta una cómoda donde un ramillete de lavanda perfumaba la estancia. Los leños, reducidos a brasas, aún rezumaban un calor muy acogedor.

Se serenó. No tenía nada que temer, pensó.

Acto seguido, sin mayor demora, dirigió sus pasos hacia el centro de la alcoba. Se dejó caer pesadamente sobre una dormilona, intentaba sosegarse.

Al rato, casi sin ganas, se sirvió una copa de aquel licor de gloria con el que las descalzas de clausura solían agasajar a sus benefactoras en señal de agradecimiento y que, recordaba, era tan del gusto de la regente.

El oloroso descorchar del frasco despejó sus sentidos.

Aquel sutil aroma, delicioso, dulzón, solía abrirle el apetito, aunque en esos momentos no tenía nada que llevarse a la boca.

Fue entonces cuando lo vio.

Impulsivamente se llevó las manos a la boca, ahogando un desgarrador grito que se resistió a salir.

Sobre las ajadas teselas de barro cocido, a un lado de la puerta, descubrió un pequeño sobre de color mortecino.

«¿Cómo no lo vi al entrar?», se preguntó, mohína.

Probablemente el vuelo de las sayas al pasar lo hubiera ladeado, sin percatarse de su amenazante presencia.

Atónita, se quedó paralizada, como si temiese que con solo incorporarse pudiera ocurrirle alguna desgracia.

Durante un rato no fue capaz de razonar. Su respiración se agitó y el corazón parecía cabalgar sobre el pecho.

Los leños hacía tiempo que no chisporroteaban y las brasas apagadas, perdido su fulgor inicial, ya no calentaban, aunque para entonces no sintiera frío, pues su cuerpo era un hervidero.

No supo cuánto tiempo transcurrió, conmocionada ante aquella terrible visión. Tal vez fuera demasiado, aunque a ella le pareció un suspiro.

Cuando por fin volvió en sí, hacía rato que el sol ya no se adentraba por la ventana. Proyectaba ahora una claridad endeble, tan lánguida como su rostro congestionado.

Armándose de todo el valor que pudo, consiguió levantarse e ir hacia aquella misiva que parecía esperarla, amenazadora y desafiante.

Se agachó con lentitud y la recogió con sumo cuidado, como si en verdad temiese que pudiera lacerar sus falanges con solo rozarla. Después, retrocediendo sobre sus pasos, volvió al asiento y tras unos momentos de incertidumbre, se decidió a abrirla.

> No os hagáis impuros con ninguna de estas acciones, pues con ellas se han hecho impuras las naciones que yo voy a arrojar ante vosotros. Se ha hecho impuro el país: por eso he castigado su iniquidad, y el país ha vomitado a sus habitantes. Porque todas estas abominaciones han cometido los hombres que habitaron el país antes que vosotros, y por eso el país se ha llenado de impurezas. Sino que todos los que cometan una de estas abominaciones, esos serán exterminados de en medio de su pueblo. Guardad, pues, mis observancias; no practicaréis ninguna de las costumbres abominables que se practicaban antes de nosotros, ni os hagáis impuros con ellas. Yo, Yahveh, vuestro Dios.

Reconoció aquellos versículos del libro de los levitas sobre los gentiles y paganos, y supo que la inquietud volvía a agitar todo su ser.

Esta vez la cita no sería en el Salón de Máscaras del alcázar, que tras la finalización de las obras se había convertido en un lugar concurrido y muy frecuentado. A buen seguro que el remitente de la nota no quería que los viesen juntos y evitaba correr riesgos. Respiró con cierto alivio: quienquiera que fuese temía ser descubierto.

Tal vez solo se tratase de una rata inmunda como aquellas que habitaban en los sótanos del alcázar.

Ahora la citaba en la Torre Dorada, que apenas era visitada desde la muerte del rey Felipe, pues se encontraba en el ala del palacio dedicada a los salones privativos del monarca.

Aquello le dio que pensar.

Sin embargo, fue otra la cuita que la asaltó. Cayó en la cuenta de que aquella citación coincidía con la velada que debía mantener con la duquesa de Feria, la víspera antes de su partida, a la que le interesaba no faltar.

Pensó en no asistir y marcharse lejos, pero, juiciosa, supo que debía solventar aquella situación de una vez por todas.

A buen seguro que se trataba de alguien que conociese a su familia. Incluso no le extrañaría que, antaño, hubiera gozado de su protección.

¿Tal vez fuera uno de los corchetes de los muchos que antaño estuvieron destinados en el ducado de Feria o en la encomienda de Magacela? Reflexionaba con el miedo apegado a su piel.

¿O se trataría de un inquisidor que había tenido conocimiento de su pasado? ¿O un hidalgo empobrecido, de los muchos a los que su familia arrebató sus posesiones en los contornos del mayorazgo de La Torre?

Sea como fuese, nada habría que temer, quiso pensar con arrojo, osada, insuflándose unos ánimos de los que carecía.

No era un asesino, como temió cada vez que recibía una nota nueva, pues el facineroso ya había sido apresado. Desde hacía semanas permanecía a resguardo del Santo Oficio en los sótanos de su sede de Atocha, a las afueras de la villa, esperando a ser ejecutado.

Aquello la tranquilizaba. Mostraba ahora un temple que no había tenido en un principio.

Ducados. A buen seguro que aquello le costaría unas buenas sacas de ducados. En realidad, solo habría de mantener la boca cerrada a aquel ingrato, pensó con determinación.

Haría bien en ir y saber quién la amenazaba de una vez por todas. No regatearía el precio de su silencio. Le pagaría lo que le pidiese.

«Ya habrá tiempo de ajustar cuentas y hacerlo desaparecer, una vez que sepa su verdadera identidad», se dijo, ufana.

28

Salón de la alta nobleza del Real Alcázar, Madrid
Tras la pista encontrada

Leonarda se mantenía a una distancia prudente de Mariana de Córdoba y de su pequeña cohorte de cortesanas que le bailaban el agua. Seguía siendo grande de España, por ser viuda de don Luis y madre de don Mauricio, sexto y séptimo duque de Feria, respectivamente.

Sabía que su presencia allí, entre las ilustres, no era del todo del agrado de algunas de ellas, tenidas por nobles dueñas, si bien callaban y otorgaban al conocer que el marqués de Leganés, Diego Dávila y Mesía, hacía tiempo que se había erigido en su valedor. Suponían que la gracia le venía dada por los negocios que mantenía con su marido, además de la buena predisposición que la duquesa parecía tener hacia ella.

Qué ignorantes se le antojaban a Leonarda aquel puñado de paniaguadas, aunque nunca lo manifestase abiertamente. Solo Diego, a quien le unía una férrea amistad trabada años atrás, sabía lo mucho que detestaba encontrarse entre ellas.

La duquesa le había pedido que volviese a palacio, pues deseaba entablar con ella una última conversación antes de marchar a los dominios de su ducado.

Conocedora de los talleres de hilos y orfebrería que, por mediación de su tío Miguel, regentaba en Flandes, deseaba hacerle unos encargos con los que engalanar, aún más, el nuevo retablo del monasterio de clausura de las clarisas de Santa María del Valle de Zafra.

La duquesa sabía que Leonarda no se podría negar porque Juana, su madre, también era benefactora de las clarisas. Incluso su propio esposo, el padre de Leonarda, Antonio Guzmán, hombre poderoso que presidía los Cinco Gremios Mayores, amén de ser par principal del Cabildo de Zafra, se había comprometido a terminar las obras; hasta se había encargado de contratar al afamado alarife Bartolomé Hurtado.

A Leonarda poco le importó, pues, aunque bien sabía que tardarían una eternidad en cobrar el género con el que graciosamente la duquesa regaba los altares, le haría gozar a cambio del favor de la ilustre.

En esos pensamientos estaba cuando uno de los camareros reales anunció la presencia de la favorita de la regente, Águeda de Poveda.

Casi al instante, nada más acceder al salón, aquella se dirigió solícita a la duquesa inclinándose en exceso, tal vez para exonerar su falta al haber llegado más tarde que la dama más principal de las que se encontraban en aquel salón.

La duquesa, que se jactaba de no expresar sus emociones, se mostró magnánima. Ocultó su enojo, pues bien conocía de su cercanía con la reina, con quien no deseaba enemistarse. En cambio, haciendo gala de una sonrisa falsa, que le iluminaba el rostro blanquecino, la invitó a tomar asiento junto a las demás dueñas.

Con indisimulado desdén, ninguna se ladeó para que pudiera aproximarse a la duquesa, lo que la ilustre agradeció fingidamente para sus adentros. La de Poveda, desairada, optó por sentarse en un recodo del salón, junto a una chimenea, cuyos leños acababan de ser removidos con inusitado estrépito por uno de los libreas de palacio.

La reunión seguía su rumbo entre rumores y chanzas, para divertimento de las doñas, que se espantaban o se reían sin recato alguno según les viniere en gana.

Leonarda encontró a Águeda distraída, con un mal disimulado rictus de preocupación en su semblante. Apenas participaba de las chanzas y solo se reía de forma comprometida para que su presencia no resultase del todo incómoda.

Aquel desafecto, en una dama de su posición, le resultó a Leonarda de lo más extraño. Momentos antes la duquesa le había confiado que la favorita había obtenido cédula de la reina para retirarse durante unas semanas al mayorazgo de su familia. Se serviría para tal propósito de la caravana que la propia duquesa ya había dispuesto para partir al día siguiente, lo que tendría que llenarla de gozo, pues se le había concedido a petición propia.

Sin embargo, no parecía estar disfrutando de dicha merced.

Había algo en su actitud que delataba su preocupación, aunque pretendiese disimularlo.

—No comulgo con los nuevos autores, ni tampoco con otros de los de antaño que no sea el gran Calderón de la Barca —decía desenvuelta la de Feria, ante el asentimiento general de las congregadas, que no osaban en llevarle la contraria bajo ningún pretexto.

»Al igual que a la regente, solo me alivian el ánimo los autos sacramentales, tan llenos de la Pasión de Nuestro Señor —decía por decir, y las demás volvían a asentir al tiempo que Leonarda se esmeraba en borrar de los labios una sonrisa pícara.

Desde hacía años la duquesa se había convertido en una firme defensora de los autos de Calderón en detrimento de otros autores como Lope de Vega o Tirso de Molina, a quienes afeaba que no fuesen lo suficientemente litúrgicos. Así lo manifestaba, grandilocuente, como si realmente supiese de lo que hablaba, ante unas dueñas que poco o nada sabían en realidad de todo aquello y por tanto no podían refutar sus desatinados argumentos.

De pronto, un sutil movimiento de Águeda de Poveda, creyéndose a salvo de sus miradas, llamó la atención de Leonarda, a quien ni siquiera había visto cuando llegó.

Se dio cuenta de que la lumbre de la chimenea chisporroteaba como si, disimuladamente, hubiera arrojado algo, desapareciendo al instante entre hambrientas llamaradas.

Águeda se removía nerviosa en el asiento. Se diría, incluso, que pareciera como si fuera a echar a correr de un momento a otro, aunque se contenía.

En un instante, en el que se ladeó para intentar prestar atención a las enseñanzas de la duquesa, Leonarda se percató de que algo había quedado aprisionado entre los bajos del vestido, aunque no sabía muy bien qué podría ser.

Fue entonces cuando las puertas del salón se abrieron de par en par y una hilera de fámulas, presidida por uno de los camareros reales, se personaron en la cámara con tintineantes bandejas de plata que atrajeron la atención de las dueñas. Estas, jubilosas, aplaudieron aquellos manjares que desfilaban delante de sus narices empolvadas.

La de Poveda se percató de que entre todo cuanto se les ofrecía destacaba una cesta de empanadillas fritas rellenas de queso y espolvoreadas de azúcar. En la encomienda de Magacela, de donde secretamente procedía parte de su familia materna, las llamaban almojábanas, aunque, prudente, no dijo nada. No deseaba revelar el origen de aquellas dulzainas por temor a que pudiesen llegar a sospechar acerca de su ascendencia.

Con la aquiescencia de la duquesa, todas se aproximaron hacia la mesa de mármol donde antes había un crucifijo y convertida, ahora, en improvisado refectorio: los pastelillos de cremas, membrillos, obleas y almendrados relucían como bañados por una fina pátina.

Águeda de Poveda también se acercó junto a las demás dueñas. Aparentaba un semblante distendido que le sorprendió a Leonarda. Desconocía que el motivo no era otro que la oportunidad perfecta para ausentarse sin levantar sospechas, estando segura de que ni siquiera la echarían en falta.

Con el movimiento, los bajos de su vestido dejaron caer lo que a Leonarda le pareció un papel doblado. Quedó bajo la butaca que ocupaba. Leonarda tuvo el presentimiento de que estaba relacionado con la manifiesta agitación que mostrara momentos antes.

Estuvo tentada de permanecer en un aparte, pero pensó que, si se trataba de algún asunto que pudiera perjudicar o comprometer de algún modo a la dama, sería más juicioso que no cayese en las manos de aquellas hienas, que, como una jauría hambrienta, se lanzarían sobre su presa al menor descuido.

Con esmerado disimulo se acercó hacia la chimenea para coger uno de los candelabros que aguardaban apoyados sobre el vasar y con el que pretendía alumbrar, innecesariamente, la mesa de aquel jubiloso ágape.

Cuando lo hubo asido volcó intencionadamente una pequeña vela, cuya cera derretida daba signos de haber alumbrado hacía ya mucho tiempo atrás. Se agachó con el propósito de recogerla y, al mismo tiempo, capturar aquel trozo de papel doblado, cuyo destino no debería haber sido otro que el de ser consumido entre aquellas llamas.

Cuando volvió a mirar hacia las dueñas echó en falta a Águeda, quien debió zafarse de la cohorte de la duquesa a la menor posibilidad que tuvo.

Iba a lanzarlo al fuego cuando se percató de que se trataba de una hoja, rasgada en uno de sus laterales, que era probable que hubiera pertenecido a un libro. Le llamó poderosamente su atención.

Dejó el candelabro sobre la mesa mientras aceptaba unos pastelitos de gloria que le ofrecía Micaela, una de las cocineras que días antes hubo sorprendido hablando en las cocinas con Martina.

Aceptó la vianda y se desvió hacia una ventana. Fingió entretenerse suspendiendo la mirada sobre la hondonada del Manzanares.

Desdobló con cuidado aquel pedazo de papel.

No dio crédito a lo que tenía entre los dedos. Quedó petrificada al verlo.

29

Biblioteca del Real Alcázar de Madrid
Un encuentro providencial

Esteban, emocionado, atravesaba, por primera vez en su vida, el patio de armas del Real Alcázar. Sus balconadas blasonadas parecían querer darle la bienvenida con el permanente bamboleo de los penachos sobre sus cabezas.

El efecto de embudo que ocasionaba el fuerte viento le empujaba hacia delante, como si lo despojara de su timidez. Las insignias reales ondeaban, majestuosamente, sobre las torres.

Cuando el padre Beltrán le propuso ahondar en sus conocimientos, viendo las aptitudes del joven novicio para preparar remedios y curas, no quiso desairarlo y aceptó de buena gana tomar en razón el saber que pretendía que adquiriese.

En un primer momento se sintió confuso, pues en su ánimo tan solo contemplaba servir a Dios. Nunca se le había pasado por la cabeza que podría servir también a los hombres, y no solo orando o apiadándose de sus semejantes, sino curándolos de sus muchas afecciones.

Durante sus primeros años de vida, cuando trasteaba por las cuadras de su anterior señor, no fueron pocas las veces que acompañó a una curandera a recoger mieses y hierbas que después convertían en cataplasmas y bebedizos con los que la vieja se afanaba en curar los muchos males que tanto los aquejaban.

Fue precisamente el jesuita quien un día, de buena mañana, le sorprendió en el dispensario de la casa de misericordia del convento. Estaba auxiliando a un pobre anciano cubierto de pústulas y de llagas que se esmeraba en limpiar y vendar ante la mirada de gratitud del aquejado.

Desde entonces, Beltrán supo que aquel joven, que deseaba fervientemente consagrarse a Dios, sería también un magnífico boticario. Con la precisa instrucción, tal vez fuese capaz de sanar a aquellos desgraciados que a diario llamaban a las puertas del cenobio sin tener otro lugar al que acudir ni a quien encomendarse, míseros de solemnidad.

—Vamos, Esteban, aligera el paso —le convino Beltrán al observar el pasmo del muchacho a medida que ascendían los peldaños que los llevaban hacia la biblioteca. Este, embelesado por todo cuanto ante sus grandes ojos verdes, profundos como un bosque, se desplegaba, miraba boquiabierto.

El novicio, sorprendido en su ensimismamiento, apretó el paso sin mediar ni una sola palabra. Azorado, se cubrió la tonsura con la capucha grisácea de su hábito y se sujetó con fuerza al pasamanos abalaustrado que estaba adornado con vistosas columnas que sustentaban grandes copas de hierro, fundidas en las reales fábricas.

Con todo, parecía ensimismado por el magnífico artesonado de cedro que cobijaba el tiro de la escalera donde se representaban escenas atormentadoras del juicio final.

Por mediación de Juan Nithard, el valido de la regente, el padre Beltrán había obtenido licencia para acceder a los numerosos volúmenes de medicina y botica que se albergaban en la biblioteca de palacio. Allí era donde el joven Esteban tomaría sus primeras lecciones, bajo la atenta mirada del archivero real.

El propósito del abad no era otro que, con el tiempo, fuese su pupilo tomado como doctrino por alguno de los galenos del alcázar. Sabía, no obstante, que aquello se le fiaba de largo, puesto que no estaba muy seguro de si los engreídos médicos de cámara consentirían en tener como pupilo a un novicio de mísera cuna. Beltrán sopesaba lo mucho y lo bien que aquel muchacho serviría a la comunidad. Daba gracias a la Providencia por haberlo puesto en su camino y haberse dado cuenta a tiempo.

Ajenos a esos devenires, ambos subían la escalinata en ferviente silencio, prudentes, como si pretendiesen pasar desapercibidos.

Cuando tan solo le quedaban un puñado de peldaños para acceder a la biblioteca real, el joven novicio se percató de que por la galería de la reina, justo enfrente de donde se encontraban, correteaba una dama. Por el rico atuendo que vestía y las joyas enjaezadas con las que se adornaba debería ser muy principal, pensó.

La dueña enfilaba sus pasos en dirección contraria a la que el abad y él mismo llevaban.

Le extrañó lo sobresaltada que se mostraba, sofocada y

con la respiración entrecortada, como si le faltase el aire, pero guardó silencio y se esforzó en subir los últimos escalones.

Para entonces el abad ya había accedido a la biblioteca sin tan siquiera pararse a mirar atrás, tan enfrascado en sus propias cuitas como se hallaba.

En el vano de la pesada puerta de castaño de las Indias que daba acceso a la biblioteca, Esteban se conmovió admirando la belleza de la columnata que rodeaba aquel patio.

Nunca se había imaginado tanta belleza. Los cuerpos de columnas estriadas se separaban mediante un arquitrabe cincelado sobre el que corría un friso de rica decoración de roleos, niños, frutas y extraños seres mitológicos de tierras desconocidas, que parecían quererlos atrapar con unas fauces y garras amenazadoras.

La quietud de aquel momento lo sobrecogió.

Ya se disponía a entrar en la biblioteca real cuando, para su desconcierto, vio aparecer a Leonarda al otro lado de la balaustrada marmórea.

En un primer instante ella no se percató de su presencia. Parecía exasperada, mirando hacia un sitio y hacia otro, como si no hallara lo que estuviera buscando.

En un acto reflejo, le habló.

—Hacia allá, mi señora...

Leonarda se le quedó mirando, algo aturdida.

Él se había bajado la capucha de su hábito para que lo reconociese sin dificultad. Ella, tras el desconcierto inicial, comprendió al punto y se encaminó, sin más demora, hacia donde el novicio le había señalado, no albergando dudas en la dirección que habrían de guiar sus pasos.

Esteban, petrificado, continuaba delante de la puerta de la biblioteca. De repente, impulsado por una fuerza desconocida, salió tras ella sin ni siquiera dudarlo. La había perdido de vista, pero resuelto se adentró por las intricadas galerías del alcázar.

No sabía qué ocurría, ni por qué Leonarda quería dar alcance a aquella desconocida dama a la que, con semblante demudado, había visto corretear por esa misma galería hasta verla desaparecer. Intuyó que su valedora podría estar en peligro y acaso necesitara de su ayuda.

Desesperado, atrapado en una maraña de pasadizos y estrechos pasillos que no conocía, se sintió perdido, desolado. La ansiedad lo paralizó, no conseguía entrever una salida certera. Tal vez, se lamentaba, no llegara a tiempo.

30

Torre Dorada del Real Alcázar, Madrid
Cara a cara con el asesino

Águeda de Poveda alcanzó al fin el último tramo de la torre donde había sido citada. Exhausta tras el esfuerzo realizado, pero llevada por la ansiedad que galopaba desbocada sobre su pecho, ascendió todo lo rápido que pudo asegurándose de que nadie la siguiese.

La reconfortó recibir en la cara una inesperada bocanada de aire fresco que le devolvió momentáneamente el sosiego perdido. No se percató de que a tan solo un par de varas, justo a su espalda y oculto tras uno de los gruesos contrafuertes que aseguraban la torre, aguardaba pacientemente quien desde hacía semanas había sido su escribidor.

—Al fin estás aquí, querida mía, hace rato que te espero… —le espetó de pronto, ufano.

La cortesana dio un respingo al oír aquella voz tan penetrante tras de sí. Reconoció al instante al dueño de la misma, para su desconsuelo.

Se volvió hacia él. Le temblaba todo su ser, como si deseara haberse equivocado y no fuera quien pensaba que era, aquel con quien desde hacía meses venía compartiendo lecho y confidencias hasta el amanecer, aquel que le prometió lealtad y placeres infinitos.

—Tú…

Su interlocutor esbozó una sonrisa metálica que le causó mayores escalofríos. No pudo por menos que pensar que había cometido un gran error al no haberse hecho acompañar por alguno de los corchetes de la guarnición del alcázar. Había considerado que se trataría de cualquier mequetrefe con el ánimo de sobornarla al que ella podría manejar. En ningún momento pensó en aquel personaje tan principal de la corte y que tan bien la conocía.

Por todo ello, tras el sobresalto inicial, y algo menos aturdida, dedujo de inmediato que sus intenciones debían de ser otras muy distintas y no sus abultadas sacas de ducados.

Lo que desconocía por completo era lo que habría de venir. Un miedo tan incontenible que cubriría todos los poros de su piel.

—¿Qué pretendes de mí? ¿Por qué me has soliviantado durante todo este tiempo con esos horrendos escritos? —inquirió, con un tono de voz conmovido, como el condenado que en el cadalso ruega piedad a su verdugo.

Él la miró con desprecio, desdeñoso. Ella ya no reconocía en él a su amante, a su confidente, con quien tanto había disfrutado durante aquellas largas noches de invierno, cubriéndose el uno con el otro, en un sinfín de sensaciones que la hacían enloquecer de placer.

Qué extrañas le parecían ahora aquellas apasionadas veladas llenas de lujuria e impudicias, en las que se mostraban desatados, arrobados.

—Eso ahora poco importa, mi noble dama —le confió socarrón, con una fingida mueca de complacencia.

»Vas a morir, como el resto de aquellas desgraciadas, aunque contigo seré considerado, en honor a los buenos lances amatorios de los que siempre hemos disfrutado al resguardo de tu alcoba. Pero no temas, no te abriré en canal ni laceraré tu hermoso pecho como hice con las demás. No sufrirás... —dijo, mordaz.

Águeda quedó petrificada tras aquellas palabras. Sentía como si un vahído intentase colapsar sus fuerzas. No esperaba aquella revelación y sintió un pánico tan profundo que se le cerró la garganta. Ni siquiera podía gritar.

Tras unos momentos de desconcierto, se atrevió a hablarle.

—¡¿Fuiste tú?! —atinó a decir. El terror se reflejaba en su rostro, temerosa de cuanto le aguardaba.

El otro no se inmutó. Parecía disfrutar con la angustia que provocaba en la mujer que tiempo atrás había sido su vigorosa amante.

—¿Por qué? —volvió a preguntarle Águeda, intentando sobreponerse al miedo que la atenazaba y buscar una respuesta ante la irracionalidad de los crímenes cometidos.

—No eres quién para preguntarme, ni siquiera mereces pisar el mismo suelo que está bajo nuestros pies. Tú, que eres una descendiente de marranos... —le arrojó desabrido. La sonrisa irónica desapareció de su rostro y dio paso a un gesto perturbador que la alarmó sobremanera.

En un acto desesperado, Águeda intentó zafarse de su amenazador, pero a este, mucho más corpulento y fuerte, le bastó con abrir los poderosos brazos y abalanzarse hacia ella para cerrarle el paso de inmediato.

Zarandeada por el peso del cuerpo del otro, la cortesana fue llevada hacia una de las esquinas de la torre. Se desgañitaba gritando y pataleando ante las estentóreas risas de su captor, fuera de sí.

—¡Grita cuanto quieras, sucia marrana, nadie te podrá oír desde aquí y nadie vendrá a salvarte! ¡Morirás despeñada! —le gritó, enfebrecido.

»Tal vez piensen que fue un accidente o que tú misma te lanzaste al vacío antes de sufrir la vergüenza al descubrirse el odioso secreto que tu familia guardó con tanto celo.

»Yo lo pregonaré por toda la corte, diré que te lo había confiado y que, no pudiendo soportar el peso de la verdad, te arrojaste desde esta torre.

Y diciendo esto, agarró a Águeda con sus portentosas manos con la intención de hacerse con ella y arrojarla desde la torre.

La dama se resistía con denuedo, acorralada contra el macizo al que pegaba su espalda, como si aquello pudiera salvarla.

Ni siquiera se daba cuenta del reguero de lágrimas que le enlodaban el rostro demudado. Sabía que iba a morir.

Entretanto, el viento parecía querer aliarse con el criminal. Soplaba tozudo y encorajinado, ruidoso, llevándose los gritos de la cortesana para evitar ser oídos por un salvador.

—¡Alto, deteneos!

Aquel grito seco, autoritario, exigente, sorprendió al malnacido. Se revolvió rápido a su espalda para encontrarse con la mirada iracunda de Leonarda, que había conseguido alcanzar los últimos escalones de ascenso a la torre y parecía exhausta tras el esfuerzo.

Contrariado por aquella intromisión, en la que no había pensado, esbozó una pérfida sonrisa y extrajo de su faltriquera una daga amarfilada con aviesas intenciones.

Águeda no podía moverse, paralizada por el terror que embargaba cada rincón de su cuerpo y dolorida como se encontraba por los golpes recibidos. Ovillada sobre sí misma, conmocionada, le faltaba la respiración. Se ahogaba, horrorizada.

Leonarda se sabía en desventaja ante aquel hombre, corpulento y armado. El lance no le auguraba nada bueno, por lo que solo podría encomendarse al Misericordioso en aquella disputa tan desigual.

El filo de la daga brillaba con los destellos del sol, como si le anunciase la fatalidad que presentía.

Armándose de un valor que no le era esquivo, agarró uno de los hachones con los que se alumbraban las galerías del alcázar a la caída de la tarde. Estaba dispuesta a defenderse de aquel malhechor.

«No pienso morir aquí», se dijo para sí.

De pronto, por el tiro de las escaleras, si bien camufladas con el bramar del viento, llegaban voces que retumbaban alejadas, estruendosas. Ellos parecían no percibirlas.

31

Colegio imperial, calle Mayor, Madrid
El celo del converso

—*Odium theologicum...*

Leonarda miraba a Beltrán desconcertada, sin saber muy bien qué era lo que le quería decir. A esas horas, en el interior del convento de la Compañía de Jesús, todo era silencio. Apenas las primeras luces del alba empezaban a clarear sobre los arriates y las galerías del cenobio aún no habían sido transitadas por el frufrú de los hábitos al andar.

Leonarda había ido a despedirse de Beltrán. Tras los últimos sucesos acaecidos en el alcázar, había decidido ausentarse de la villa durante la primavera, ya cercana, a punto de brotar y, rebosante y desmesurada, engalanando los campos, generosa.

Las primeras azaleas, a resguardo de la sombra de los naranjos, apuntaban ya a la cercanía de tan luminosa estación.

—Es lo que se viene en llamar el odio teológico, Leonarda —se esmeraba el jesuita en explicarle—. El celo del converso...

A ella le costaba entender aquellas pocas palabras con las que su interlocutor parecía dar por concluida la resolución de los crímenes.

—El asesino sentía en sus propias carnes la presión de saberse un converso, de no ser considerado un cristiano viejo, ya que supo que sus antepasados se habían cristianizado decenas de años atrás, y siempre tendría el estigma de ser descendiente de gentiles, de judíos, de ahí el odio que les profesaba, teniéndolos por los causantes de todos sus males, tal era su desvarío.

»Si había llegado tan lejos en los puestos de palacio se debía a que los dominicos, antiguos confesores de los reyes hasta que el advenimiento del nuevo valido de Su Majestad, Juan Nithard, los desplazase de dicho privilegio, se encargaron de que así fuera, pues pretendían mantener a un espía entre los cortesanos que no levantase sospechas y les pudiera informar de todos los tejemanejes fraguados en la corte.

Leonarda seguía con verdadera atención, sin apenas parpadear, cuanto le explicaba el jesuita.

—El asesino no tuvo más remedio que tragar con esa encomienda, ya que los censores conocían de su ascendencia, y su carrera e, incluso, su propia vida, pendían de un endeble hilo que podía ser cortado de tajo en cualquier momento.

»Ese fue el motivo por el que aceptó el nombramiento de familiar del Santo Oficio, un tratamiento que el Tribunal concede a algunos de sus nuevos miembros, no profesos en la fe de Cristo, cuya función no es otra que la de servir de informantes —argumentó Beltrán—. Solo que su macabra mente, envuelta en un odio enfermizo, le desproveyó de todo raciocinio y no se limitó a informar de aquellos que atentasen contra los postulados de la Palabra, sino que se erigió en ángel exterminador, dando muerte a quienes consideraba apóstatas.

—¿Qué pretendía conseguir con ello? —preguntó Leonarda, que comenzaba a entender el razonamiento de Beltrán.

—No hay locura que pueda ser explicada con palabras, solo los hechos hablan por sí solos, como hemos podido comprobar —se lamentó, sinceramente compungido.

En ese preciso instante, el tañido de las campanas alertó al abad de la llamada a laudes de los miembros de la comunidad. A Leonarda tampoco le pasó inadvertido, aunque ninguno de los dos hizo amago de abandonar el confesionario.

—Pero todas esas infelices, asesinadas de un modo tan despiadado, tan envilecido...

—La explicación la encontramos en las grafías del libro del Levítico que el macabro asesino escribió a sangre sobre la piel de cada una de ellas, recuerda que en su día ya lo desciframos —concluyó Beltrán.

—Lo recuerdo —repuso Leonarda—. Pero ¿por qué quería terminar con la vida de Águeda de Poveda?

—El celo del converso... —volvió a referenciar, impasible—. He podido averiguar, tras confiarme esta sus cuitas, que guarda un secreto que no desea que aflore, ya que es algo que la perturba y atenaza desde hace muchos años.

»Al parecer, la madre de su madre pertenecía a una rica familia de mercaderes y contrajo esponsales con un hidalgo sin más fuste que el de su propia hidalguía, estando necesitado de la dote que su esposa le proporcionaría.

Leonarda le miraba con atención a través de la celosía.

—Poco después, esa misma familia de ricos mercaderes, al igual que muchos otros, tuvieron que abandonar sus tierras y propiedades y malvender sus bienes antes de ser expulsados por el decreto real de...

—Moriscos... —atajó Leonarda al pronto, en lo que pretendía ser más una afirmación que una pregunta.

—Así es, así es —repitió Beltrán, como quien revela una verdad que resulta irrefutable.

»Todos tuvieron que abandonar los reinos peninsulares con lo poco que les dejaron portar y marchar a tierras de la Berbería... ¡Solo Dios sabe qué pudo ser de todos ellos! —exclamó en un sentido lamento.

»Sin embargo —prosiguió, tras una breve pausa—, la madre de su madre pudo permanecer aquí, al haberse cristianizado y haberse desposado con un cristiano viejo, un hidalgo que aprovechó la caída en desgracia de la familia de su esposa para hacerse con todas sus heredades y haciendas. Ahí comenzó a labrarse su fortuna y las tierras que desde entonces les fueron propias, haciéndose más tarde con el mayorazgo de La Torre, a no muchas leguas de distancia de la encomienda de Magacela de la que procedían.

»Después, pasado el tiempo, la familia intentó lavar su pasado por medio de muchas sacas de reales, primero, y ducados más tarde, hasta que consiguieron el denominado estatuto de limpieza de sangre.

»De ahí que la favorita, a pesar de las amenazas recibidas, nunca informase de las mismas ni a la guardia del alcázar ni, mucho menos, a la propia regente, con quien compartía confidencias sobre el tablero de ajedrez, al que ambas son tan aficionadas, puesto que temía que si se descubría su secreto sería señalada por las demás dueñas y no volvería a gozar de los privilegios de los que ahora disfruta.

—Pero el asesino lo descubrió...

—Eso parece. Al ser nombrado familiar del Santo Oficio debió tener acceso a los libros que, celosamente, guarda el Tribunal y donde constan los estatutos de limpieza de sangre.

»Debió averiguar algo que llamó su atención, tal vez alguna anotación marginal de un censor al que ni siquiera las sacas de dinero lo hubieran apartado de su celo inquisitorial, o, al menos, no del todo.

—Comprendo... —concedió Leonarda con tibieza.

Beltrán la contemplaba parapetado tras la celosía en forma de panal de abejas que los separaba. Sabía que aquellos grandes ojos, profundos como la misma noche, que lo miraban sin pestañear, seguían albergando dudas. Estas no tardarían en llegar.

—Con todo, no alcanzo a entender por qué el asesino, a quien siempre hemos tenido por inteligente y escurridizo, no permaneció oculto tras la detención del médico de cámara, Mateo Puelles y Escobar, cuando todas las pruebas apuntaban contra este.

—Un engaño, Leonarda, un engaño del que ya sospechamos —se lamentó, apenado—, aunque el peso de las pruebas lo incriminaban de tal modo que pasaba por ser el verdadero asesino de las doñas, por mucho que nuestros corazones se resistieran a creerlo.

—Pruebas falsas que dejaron en nuestro camino. Yo...

—Lo sé, Leonarda. Tú fuiste la primera en percibirlo —le

concedió—. Siempre pensaste que a maese Mateo le podían haber tendido una trampa, y así fue como se obró en su contra.

»Juan Hidalgo, el compositor de cámara de Su Majestad, se ha revelado como un asesino despiadado, hábil y perseverante. Durante mucho tiempo se fue granjeando la amistad de maese Mateo, tanto que, incluso, se personaba en su cámara cuando él no estaba presente.

»Lo observó, lo espió. Supo de la droga con la que, durante meses, el galeno trató a su igual, su maestro y mentor, el malogrado *ad honorem* Antonio Doré, con el único afán de aliviar los profundos dolores que padecía y aligerarle el terrible sufrimiento de sus últimos días.

»Conoció así el poder de los efectos de la adormidera, la sustancia extraída de la amapola real, aunque no la emplearía con efectos curativos, sino para servirse de ella con depravadas intenciones.

»Según él mismo ha confesado, se hizo merecedor de una copia de la llave de la cámara del galeno para usar su pañera y su fíbula con el único propósito de hacerse pasar por él y confundir a quien lo viese vestido de tal guisa.

»El sombrero y el embozo lo libraban de ser reconocido. ¡Quiso el Misericordioso que la regente no firmase la pena de cadalso! —exclamó aliviado, sincero.

—Aunque en su ánimo pesare más el temor porque la enfermedad del heredero al trono empeorase si no era tratada que creer verdaderamente en la inocencia de maese Mateo —rezongó burlesca.

El jesuita, de propósito, guardó silencio, haciendo oídos sordos a lo dicho entre dientes por Leonarda.

—Pero sigo sin comprender por qué el asesino no se ocultó tras la condena del galeno —se preguntó de nuevo Leonarda, perseverante— cuando todo apuntaba, inefable, contra él. De haber actuado con mayor astucia, nunca nadie hubiera sospechado del maestro de cámara de la capilla real.

»Además, tengo entendido que preparaba su pronta partida hacia el Reino de Nápoles, pues era su pretensión, una vez que se hallase en aquellos territorios, trasladarse a la Senta Sede para ser nombrado compositor de cámara del propio papa. Un asesino oculto bajo el palio de San Pedro —razonó, entre el desconcierto y la certeza.

—Bien pudo haberlo hecho —concedió Beltrán—. Y de haber sido así nunca hubiéramos dado con el verdadero culpable de aquellas muertes, habiendo sido condenado un inocente en su lugar por ser nuestras pesquisas objeto de engañifa.

»El orgullo, la ira, la envidia... los pecados capitales lo condenaron. Los vicios propios de la naturaleza humana pudieron más que el hallarse a salvo.

»Herido por no poder intimar con la reina como lo hacía su favorita, a quien consideraba desmerecedora del favor real por ser descendiente de marranos, esto lo enervaba, y si durante un tiempo aprovechó la detención del falso culpable para no ser descubierto, no pudo evitar pretender dar matarile a la de Poveda antes de partir. La citó en la Torre Dorada sin otro propósito que el de arrojarla al vacío y desaparecer, después, rumbo a tierras napolitanas.

»Quiso la Providencia que te percatases de su agitación y fueras tras ella al verla desaparecer por las galerías del alcázar —le dijo, juntando las manos.

—Y que el joven Esteban, al reconocerme, estuviera tan despierto como para salir en mi ayuda y dar la voz de aviso a los custodios de palacio. Gracias al Hacedor pudieron llegar a tiempo y evitar que el asesino cometiera un último crimen antes de desaparecer de nuestras vidas para siempre —apostilló Leonarda, satisfecha.

Al oír aquello Beltrán asintió al tiempo que entrelazó los dedos. No pudo por menos que esbozar una sonrisa sincera llena de gratitud.

Epílogo

Leonarda cabalgaba a lomos de Telmo con la mirada puesta en el horizonte. Los sembradíos de cereales, de color ambarino, quedaban tras ellos, relucientes con los primeros rayos de la mañana.

Hacía semanas que había vuelto a la hacienda donde pasó su niñez, junto a Alonso y la pequeña Teresa. Se había reencontrado con sus padres, que los recibieron jubilosos y con parabienes.

Los cielos seguían siendo tan azules como recordaba y el viento le golpeaba testarudo sobre la cara, revolviendo sus ensortijados cabellos del color de la avena tostada.

Las dehesas, llenas de quejigos y encinas, parecían no tener fin. Su mirada se perdía en lontananza, donde tierra y cielo se tocaban como dos amantes en un abrazo sin fin.

Y se sintió feliz, dichosa, libre.

Agradecimientos

Quisiera expresar mi más sincero agradecimiento a todas aquellas personas que siempre me han apoyado y han confiado en mí a lo largo de todos estos años leyendo mis artículos y novelas, acudiendo a las firmas de ejemplares, charlas, conferencias y presentaciones de mis libros.

A los lectores, a las bibliotecas, a los clubes de lectura y a los seguidores en las diferentes redes sociales. A los medios de comunicación, que dan a conocer mi trabajo y lo muestran al mundo. A los libreros, tan importantes y tan necesarios. A todos ellos que consiguen emocionarme y me motivan para mejorar cada día les muestro mi gratitud.

A todos los integrantes del excelente equipo que forman Editabundo Agencia Literaria y, muy especialmente, a Pablo Álvarez y David de Alba, por su apoyo permanente y por su fe en mí como escritor.

Por supuesto a mi editora, Clara Rasero, por su amabilidad y profesionalidad. Por elegirme, por apostar por esta historia que os acabo de contar y por creer en mí y en mi trabajo y en cuyas manos me pongo sin albergar ninguna duda, feliz de poder contar con ella.

También a mi editora técnica, Elena Recasens, por sus buenos consejos, siempre oportunos y enriquecedores, y por su brillante perspectiva del desarrollo de la trama, y a mis correctoras, Pepa Cornejo e Inés Blanca, por su excelente trabajo.

Con todo, no puedo por menos que mostrar también mi sincero agradecimiento al sello editorial que, de nuevo, ha dado luz a otra novela, escrita de mi puño y letra, Ediciones B, y a todos los profesionales que lo integran y que lo han vuelto a hacer posible y, ni que decir tiene, a la gran familia internacional de Penguin Random House Grupo Editorial.

A todos los anteriores, mil gracias.

También quisiera expresar un afectuoso agradecimiento a los familiares y amigos que me vienen acompañando en esta aventura, mostrándome su confianza sincera e inquebrantable. Aquí me permito hacer una mención especial a mis padres, Felipe (*in pace*) y Manuela, que siempre me apoyaron y animaron a seguir mejorando. Y a mi esposa Olga, fiel acompañante en viajes e investigaciones, con recomendaciones inteligentes, certeras y sugerentes, y mi mejor crítica.

Por último, permitid igualmente que muestre mi agradecimiento a las personas que aparecen en la dedicatoria de esta novela: Mercedes Seco, por todos los años juntos que llevamos acumulados, compartiendo vivencias desde la niñez, la adolescencia, la universidad… Y también, muy especialmente, a Tomasa Caballero, un ejemplo de superación que nos emociona y nos enorgullece al mismo tiempo. Y a los familiares de ambas.

Vaya para todos ellos mi recuerdo y mi abrazo más sincero y afectuoso.

Nota del autor

Al concluir esta novela deseo escribir una última reflexión trayendo a la consideración del lector que si se acerca a la misma con el ánimo de encontrarse con un libro de historia se equivocará, ya que no lo he concebido así en ningún momento. Se trata de una obra de ficción y, como tal, me he permitido ciertas licencias.

Rastro de sangre es una novela, solo eso.

La idea de escribir esta historia surgió de forma espontánea tras releer mi anterior novela, *La Biblia escarlata* (Penguin Random House Grupo Editorial, Ediciones B, 2023). Recomiendo al lector que todavía no lo haya hecho que la lea sin demora para que se pueda sumergir de lleno en los sugerentes personajes de Leonarda y de Beltrán. Ambos son inteligentes, despiertos, sagaces…

Hace años descubrí al personaje de Leonarda escuchando un romance popular, de cadencia deliciosa y envolvente, del que más tarde tendría mayor conocimiento por medio de la tradición oral y de los textos que fui consultando, no olvidándome de su exquisita sonoridad hasta escribir la obra que el lector termina de leer.

Menos musicalizado fue el descubrimiento del personaje del padre Beltrán, más dado a la investigación bibliográfica, pero no por ello exento del mismo interés que tiene Leonarda.

Ambos conforman una extraordinaria pareja barroca de investigadores —pesquisidores, en términos de la época que les tocó vivir—, complementándose mutuamente y que no se comprenden el uno sin el otro.

Por más, deseo que el lector haya disfrutado de la historia que aquí narro. Ruego que se tenga en cuenta que la novela debe leerse con los ojos de aquella época, cuyas formas de actuar, ideas y pensamientos nada tienen que ver con las nuestras, cuatro siglos después.

De igual modo, es mi pretensión que al leerla se haya podido viajar con la imaginación a través del Barroco (en cuya centuria, a finales de esta, se sitúa la trama), que abarca el siglo XVII y principios del XVIII. La época se caracterizó por fuertes disputas religiosas entre países católicos y protestantes, militares y económicas, cuando una burguesía incipiente y organizada por gremios empezaba a cimentar el futuro del librecambismo.

En cuanto al arte, este se volvió más refinado y ornamental, buscando formas sorprendentes en una época de penuria económica. En la novela Alonso y Leonarda pasan por ser lo que hoy denominaríamos marchantes de arte. La idea no resulta descabellada, ya que fueron muchos los artistas que atravesaron las fronteras de los distintos reinos en pos del mejor pagador y muchas fueron también sus obras, escultóricas y pictóricas, las que viajaron de una corte a otra e incluso abastecieron los palacetes y los cenobios allende los mares, en el Nuevo Mundo.

Como sucedió históricamente, la trama se hace coincidir también con la parte final del Siglo de Oro español o, más bien, cuando este ya había expirado o estaba a punto de hacerlo. Recuerde el lector que el denominado Siglo de Oro español aproximadamente abarca desde 1492, año del fin de la Reconquista, el descubrimiento de América y la publicación de la *Gramática castellana* de Antonio de Nebrija, hasta 1659, cuando España y Francia firmaron el Tratado de los Pirineos. Durante este periodo florecieron el arte y las letras españolas, de ahí que a lo largo de la novela aparezcan pintores como Carreño, Zurbarán o Velázquez, escritores como Calderón, o actores y actrices como la Calderona y Bartolomé Hurtado.

Este florecimiento artístico coincidió con el auge político y militar del Imperio de las Españas y de la dinastía de los Austrias, el mayor imperio de Occidente durante siglos, y, muy especialmente, como en la novela que se acaba de leer, tras la muerte de Felipe IV, el Rey Planeta. Esto suscitó las envidias de otros países como Francia, Inglaterra, Holanda o Portugal que confabularon —a veces con la displicencia de territorios propios como Cataluña, Nápoles o Flandes, cuya emancipación de la Corona pretendían— en contra de España. Tras su fallecimiento, con la subida al trono de su hijo el rey Carlos II, a quien mal apodaron «el Hechizado», comenzó el declive de aquella época de esplendor que representó el Imperio español de los Austrias, que coincidió, además, con el final de su dinastía, al morir sin descendencia, y el inicio de la de los Borbones, y con ellos la total decadencia del Imperio español.

La figura del rey Carlos II no ha sido bien tratada por algunos autores, por lo que, en cierto modo, quiero recuperar su memoria y decirle al lector que, a pesar de todo, durante su reinado alivió la presión sobre sus súbditos al conseguir una de las mayores deflaciones de la historia y acabar con las sucesivas bancarrotas en las que incurrieron los Austrias, además de mantener los territorios del Imperio bajo la Corona. Juzgue el lector por sí mismo lo injusto de su tratamiento.

Así y todo, a buen seguro que su apariencia física —mucho más si pensamos en las supercherías de entonces— hacía que pesaran sobre él manifestaciones e informes demoledores, avivados sobre todo por los enemigos de los Austrias, que he pretendido poner de manifiesto a lo largo de la novela, dentro y fuera de sus dominios.

En este sentido traigo a colación la descripción que el nuncio papal del momento realizó cuando el joven monarca apenas contaba veinte años:

> El rey es más bien bajo que alto, no mal formado, feo de rostro; tiene el cuello largo, la cara larga y como encorvada hacia arriba; el labio inferior típico de los Austrias: ojos no muy grandes, de color azul turquesa, y cutis fino y delicado. El cabello es rubio y largo, y lo lleva peinado para atrás, de modo que las orejas quedan al descubierto. No puede enderezar su cuerpo sino cuando camina, a menos de arrimarse a una pared, una mesa u otra cosa. Su cuerpo es tan débil como su mente. De vez en cuando da señales de inteligencia, de

memoria y de cierta vivacidad, pero no ahora; por lo común tiene un aspecto lento e indiferente, torpe e indolente, pareciendo estupefacto. Se puede hacer con él lo que se desee, pues carece de voluntad propia.

Con todo, como he expuesto, «contrahecho» o «malhecho», utilizando palabras propias de la época, logró mantener unidos todos los reinos, estados y señoríos del Imperio español, a pesar de los continuos ataques de las potencias europeas y las sublevaciones de territorios bajo la Corona anteriormente referenciados.

Y por si eso fuera poco, consiguió un presupuesto cero que permitió condonar las deudas a los cabildos —municipios— para que pudieran recuperarse, redujo los impuestos, terminó con los gastos suntuosos, colocó en los puestos clave a conocedores en la materia y no a políticos o nobles, procuró la mayor bajada de precios de la historia... No parece, a pesar de las luces y sombras de su reinado, que fuera tan mal rey como algunos autores nos cuentan. Es más, permítame el lector traer a su consideración que en mi opinión lo que se debería tener en cuenta en un gobernante no es su apariencia física, sino su buena gobernanza, la capacidad de adoptar las decisiones oportunas en los momentos apropiados siempre en pro de la ciudadanía.

Como ya habrá supuesto el lector, estas medidas fueron tomadas cuando accedió al trono, tras la regencia de su minoría de edad y, por tanto, en una etapa posterior a cuanto se narra en la novela, ya que, en la trama que se acaba de leer, el rey Carlos es apenas un niño, sin mayor discernimiento que el de cualquier otro infante de su edad.

Punto y aparte merece la mención a su hermanastro, el príncipe Juan José de Austria. En este sentido, cuando muere, Felipe IV deja dispuesto en su testamento lo siguiente (cláusula 37):

> Por cuanto tengo declarado por mi hijo a don Juan José de Austria, que le hube siendo casado, y le reconozco por tal, ruego y encargo a mi sucesor y a la Reina, mi muy cara y amada mujer, le amparen y favorezcan y se sirvan de él como de cosa mía, procurando acomodarle de hacienda, de manera que pueda vivir conforme a su calidad, si no se la hubiera dado yo antes de mi muerte.

A pesar de todo, Juan José de Austria quedó del todo excluido de cualquier puesto político de relevancia, ya fuese en la Junta de Regencia o en el Consejo de Estado, como destaco en la novela, lo que provocó en él un gran abatimiento, como así indicaba por escrito a la reina regente, Mariana de Austria:

> ... que no se dirá contra lo más sagrado de mi intención si viesen que Su Majestad me cerraba la puerta que Su Majestad que Dios haya [Felipe IV] me abrió para concurrir en los bancos de un Consejo, que es la puerta del toque de la confianza, y el aprecio de los más relevantes vasallos, ¿acaso lo he desmerecido después acá con mi proceder, o se ha visto sombra o asomo que pueda oscurecerlo? No, señora, ni esto ha sido, ni puede vuestra majestad permitir que me haga un disfavor de este tamaño.

En otro orden de cosas, deseo también compartir con el lector que la trama se desarrolla igualmente durante la época conocida como Edad Moderna, que discurre entre los siglos XV y XVIII, en este caso en concreto ya bien avanzada la segunda mitad del XVII, como he explicado con anterioridad. En este periodo se suceden los valores de modernidad, razón y progreso junto al liberalismo y el humanismo, y, pese a todo ello, la esclavitud era una institución consolidada y legalizada, además de aceptada por la sociedad. No es hasta el siglo XVIII cuando comienza a apreciarse una decadencia, previa a la abolición definitiva del mercado de la trata, en que la Ilustración cuestiona los métodos y planteamientos de la esclavitud, que finalmente desembocará en los movimientos abolicionistas del siglo XIX.

Antes de concluir quisiera hacer una consideración acerca de la importancia que tenía para un artista (pintor, escultor, vidriero, literato, músico...) o para determinadas profesiones, como la de médico, el ser nombrado pintor, músico o médico de cámara de Su Majestad el rey, como lo fueron nuestros personajes Juan Hidalgo y Mateo Puelles y Escobar. Ello suponía no ya un prestigio social inalcanzable para el resto del gremio al que pertenecieran, sino porque ese nombramiento conllevaba no pocas prebendas reales y sueldos oficiales con cargo a la hacienda real.

Así, por ejemplo, el compositor Juan Hidalgo obtuvo unas rentas anuales muy altas de varias centenas de ducados de la Casa de Castilla (200) y sobre el arzobispado de Sevilla (otros 200 más). Galenos de cámara de la época como el también personaje de la novela Juan de Hoyos cobraban un salario de sesenta mil maravedís al año y veinte mil más de ayuda de costa, lo mismo que su homólogo Andrés Ordóñez, o el propio Mateo. Y todo ello se acompañaba, además, del favor real y del favor de los nobles de la corte, consiguiendo en ocasiones acomodar a familiares y amigos en puestos relevantes de la administración de los diferentes reinos, estados o señoríos del Imperio.

Por último, traer a la consideración del lector que en esta época la mujer solo tenía un papel que cumplir: poco menos que ser moneda de cambio en un matrimonio convenido por diferentes intereses, políticos o económicos generalmente, otorgándose incluso una dote al hombre que se desposara con ella. Su función no era otra que la de ser esposa y madre, permaneciendo encinta durante buena parte de su vida desde que contrajera esponsales.

Tan solo a las mujeres de familia noble se les permitía el acceso a la cultura, además de poder tener alguna actividad relacionada con obras de caridad y de mecenazgo. Las otras solo podían trabajar en sus hogares, además de hacerlo en los campos o, pongo por caso, ayudando en ocasiones en los pequeños negocios familiares o en los oficios propios de su género: hilanderas, lavanderas, planchadoras...

Como única excepción, aparte de las nobles y, avanzando en el tiempo, también las pertenecientes a familias burguesas, enriquecidas y con poder para intervenir en las políticas del momento, para poder acceder a cierto grado de educación y cultura era optar por la vida consagrada dentro de los muros de un convento.

En el romance popular que inspiró el personaje de Leonarda, ella es una joven luchadora y aguerrida a la par que cultivada, enamorada de Alonso —quien le corresponde—, que no acepta su destino y se rebela contra él, aunque con un final cenobita propio de la época en la que transcurre su azarosa vida, no así en la novela que el lector acaba de leer.

Cuando conocí su historia, por el contrario, a mí me transmitió la rebeldía de una mujer bravía contra su encorsetado entorno y que, a pesar de su juventud, era una mujer inteligente, con recursos, destrezas y habilidades, capaz de prever una situación de dificultad o de peligro y de adoptar la decisión más oportuna para combatirlo, afrontándolo cara a cara. El miedo no la paraliza ni le impide seguir hacia delante.

Por todo ello, sentí que Leonarda me pedía que reescribiera su historia, tarea que ya emprendí con mi anterior novela, *La Biblia escarlata*, dándome en pensar que tal vez el trovador de aquella época —cobardemente, sin lugar a duda— no fue capaz de concederle el final que tanto ansiaba y por el que tanto había porfiado, que no era otro que el de una mujer valiente que caminaba hacia la modernidad. Un final donde Leonarda y Alonso viven libres su amor para siempre.

Glosario de personajes*

Leonarda. Personaje a medio camino entre la realidad y la leyenda, cuya existencia aparece recogida en diferentes textos, cancioneros, romances y poemarios bajo el nombre de «Leonarda y el mercader de Zafra» o, también, «El romance de Leonarda», siendo objeto de estudio y tratamiento por diferentes ámbitos culturales, musicales y autores, como es el caso del autor y compositor Bonifacio Gil García (Santo Domingo de la Calzada-Madrid) en su libro *El cancionero de Extremadura.*

Padre Juan Beltrán. Juan Carlos de Andosilla, jesuita que enseñó en el colegio imperial de Madrid materias como matemáticas y gramática y autor, junto a los también jesuitas José Zaragoza y Bartolomé Alcázar, del libro de instrumentos matemáticos que el duque de Medinaceli regalaría después a Carlos II, de quien fue su maestro y cosmógrafo real, defendiendo los intereses de la Corona ante el papado.

Diego Dávila y Mesía. Diego Dávila Mesía y Guzmán,

* Según el orden de aparición en la novela.

III marqués de Leganés. El marquesado de Leganés es un título nobiliario español creado por el rey Felipe IV.

Príncipe Carlos. Futuro rey Carlos II, el Hechizado; hijo de Felipe IV y Mariana de Austria; hermanastro del príncipe Juan José de Austria. Se le atribuye el inicio de la decadencia española frente al poderío francés de Luis XIV, si bien durante su reinado se recuperaron las arcas públicas, finalizó el hambre y se vivió una época de paz que mantuvo todos los territorios del Imperio bajo su reinado.

Pascual de Aragón. Representante de la Junta de Regencia del futuro rey Carlos II, primero como inquisidor general y, posteriormente, como arzobispo de Toledo.

Guillén de Moncada. Guillén Ramón de Moncada, marqués de Aytona; miembro de la Junta de Regencia del futuro rey Carlos II.

Mariana de Austria. Hija de Fernando III, emperador del Sacro Imperio Romano Germánico, y de la infanta María Ana de España. Reina consorte de España por el matrimonio con su tío, Felipe IV de Austria, y madre y regente del rey Carlos II, apodado el Hechizado.

Juan Everardo Nithard. Jesuita austriaco, confesor de la reina regente Mariana de Austria, quien lo nombró en el cargo de inquisidor general y miembro de la Junta de Regencia del futuro rey Carlos II.

Domingo de Rioja. Escultor y pintor barroco español. Entre sus obras más conocidas están el *Cristo de la Victoria* (en el convento de las Agustinas en Serradilla, Cáceres) y el *Cristo de Tacoronte* (en la iglesia del Cristo en Tacoronte, Tenerife).

Carreño. Juan Carreño de Miranda, pintor de cámara en la corte de Carlos II, a quien retrató en el Salón de los Espejos del Real Alcázar de Madrid.

Carlos I. Emperador Carlos I de España y V de Alemania. Con él se inicia la dinastía y el Imperio de los Austrias. Hijo de la reina legítima de Castilla, Juana I, y nieto de los Reyes Católicos, Isabel y Fernando.

Príncipe Juan José de Austria. Bastardo del rey Felipe IV y la actriz apodada la Calderona. Fue reconocido como hijo por el propio rey cuando contaba trece años y se le otorgó el tratamiento de Su Serenidad y el título de alteza. Destacó por ser un gran estratega, militar y embajador.

Juan Hidalgo. Juan Hidalgo de Polanco, compositor y arpista barroco español, destacado por ser un prolífico autor de música teatral. Se le considera el padre de la ópera en español y de la zarzuela.

Felipe IV. Rey de las Españas, apodado el Rey Planeta. Su reinado duró más de cuarenta y cuatro años, siendo el más largo de la casa de Austria. Durante él tuvo que hacer frente a numerosas crisis sociales, revueltas y guerras que irían mermando su ánimo y su salud. Amante del arte, consiguió reunir una de las mejores pinacotecas de toda Europa.

Mateo Puelles y Escobar. Matheo de Puelles y Escobar fue nombrado médico de cámara por Felipe IV en 1650, al servicio de su hijo reconocido, Su Serenidad, el príncipe don Juan de Austria.

Juan de Hoyos. Juan de Hoyos de Montoya, médico de cámara de la reina en 1650 y más tarde también lo sería de la Casa Real.

Andrés Ordóñez. Médico del virrey de Nápoles, fue nombrado médico de cámara de la reina en 1649 y en 1656 pasó al servicio del rey.

Felipe III. Padre de Felipe IV y abuelo de Carlos II.

Francisco de Zurbarán. Pintor extremeño del Siglo de Oro español que destacó por la pintura de temática religiosa, de gran carga visual y misticismo. Figura de la Contrarreforma, innumerables fueron los encargos y contratos para los mercedarios y cartujos sevillanos y para los jerónimos del monasterio de Guadalupe. Sobresalen entre sus obras maestras: *Agnus Dei*, *El martirio de san Serapio*, *La Inmaculada Concepción* o *San Hugo en el refectorio de los cartujos*.

Duques de Limburgo. Señores de un ducado situado entre Países Bajos y Bélgica, cuyas ciudades principales son Limburgo y Eupen.

Fernando III. Emperador del Sacro Imperio Romano Germánico. Padre de Mariana de Austria, esposa de Felipe IV y madre de Carlos II.

María Ana de Austria. Esposa de Fernando III, hermana de Felipe IV y madre de Mariana de Austria.

Calderón de la Barca. Pedro Calderón de la Barca, madrileño, insigne literato y dramaturgo barroco del Siglo de Oro.

Lope de Vega. Lope de Vega Carpio, poeta y dramaturgo del Siglo de Oro español. Junto con Calderón y Tirso, es el máximo exponente del teatro barroco español.

Tirso de Molina. Seudónimo de fray Gabriel Téllez, religioso mercedario nacido en Madrid que destacó como dramaturgo, poeta y narrador del Barroco.

Luis Mauricio Fernández de Córdoba y Figueroa. Grande de España, VII duque de Feria.

Mariana Fernández de Córdoba Cardona y Aragón. Duquesa consorte de Feria, prima y esposa de Luis Ignacio Fernández de Córdoba Figueroa y Enríquez de Ribera. Madre de Luis Mauricio Fernández de Córdoba y Figueroa.

Duques de Benavente. Nobles españoles coleccionistas de arte, en especial de obras de autores flamencos e italianos, si bien constituyeron el núcleo de su pinacoteca las pinturas de Murillo.

Duques de Villahermosa. Junto al de Hijar, el ducado de Villahermosa era el único existente en Aragón. Coleccionistas de arte.

Federico Borromeo. Nuncio papal de la Santa Sede en Madrid, más tarde el santo padre Alejandro VII.

Pacheco de Narváez. Maestro de esgrima del rey Felipe IV.

Antonio Doré. Nombrado médico de cámara de Felipe IV en 1665.

Andrés de la Vega. Empresario y autor teatral, también comediante y actor.

Bartolomé Romero. Actor español.

Juan Rana. Seudónimo de Cosme Pérez, comediante y actor español.

Gaspar Bracamonte. Gaspar de Bracamonte y Guzmán, conde de Peñaranda, representante del Consejo de Estado en la Junta de Regencia del futuro rey Carlos II.

García de Haro Sotomayor. García de Haro Sotomayor y Guzmán, conde de Castrillo, presidente del Consejo de

Castilla. Miembro de la Junta de Regencia del futuro rey Carlos II.

Cristóbal de Valldaura. Cristóbal Crespí de Valldaura, vicecanciller del Consejo de Aragón y miembro de la Junta de Regencia del futuro rey Carlos II.

Luis de Valldaura. Luis Crespí de Valldaura, hermano del anterior, obispo de Plasencia.

Diego Velázquez. Diego Rodríguez de Silva y Velázquez, pintor sevillano, maestro de la pintura universal cuyo estilo destaca por su asombroso dominio de la luz, de pinceladas rápidas y sueltas. Fue nombrado pintor de cámara por el rey Felipe IV. Algunas de sus obras más destacables son *Las meninas* y *Las hilanderas.*

Isabel Ramírez de La Torre. Isabel Ramírez de Torres, heredera del mayorazgo de La Torre, cuyo parentesco la une con el duque de Abrantes, a quien concedió dicho título el rey Felipe IV. El mayorazgo significó el mantenimiento del poder familiar ligado a la propiedad de la tierra a través de sucesivos enlaces matrimoniales dentro de la familia para mantener la estirpe y el linaje y, sobre todo, la conservación y el aumento del patrimonio.

La Calderona. María Calderón, actriz y amante de Felipe IV, madre del que luego fuera príncipe Juan José de Austria.

María de Sandoval. Noble española afincada en Toledo, esposa del conde de Orgaz.

Conde de Orgaz. Noble español afincado en Toledo.

Bartolomé Hurtado. Alarife real.

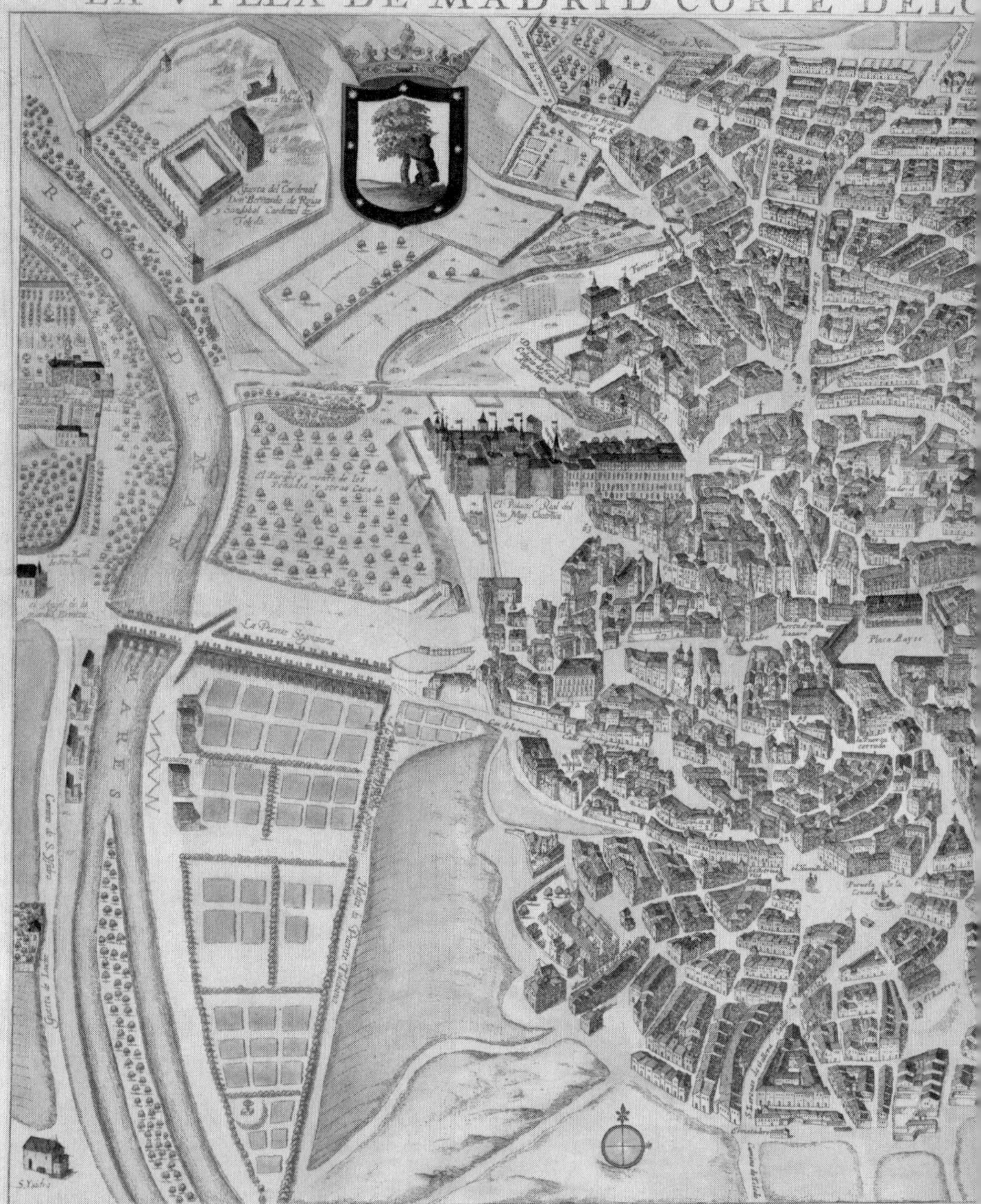

Reproducido en los Talleres del Instituto Geográfico y Catastral

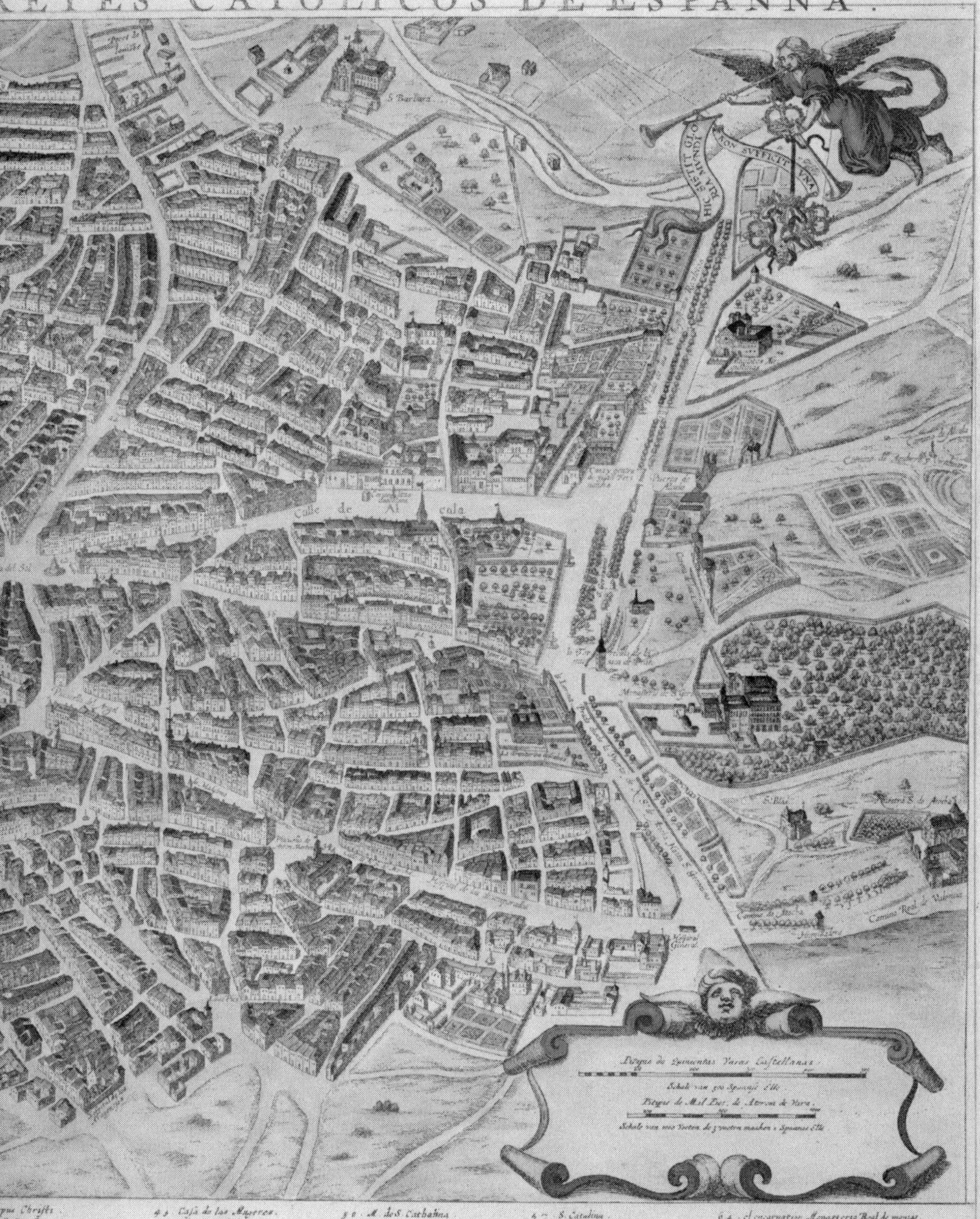
REYES CATOLICOS DE ESPANNA.
NON SVFFICIT VNA
HIC SISTIT GLORIA MUNDI
S. Barbara
Calle de Alcala
Camino Real de Valencia
Hospital General
Pitipie de Quinientas Varas Castellanas
Pitipie de Mil Pies de Atrecas de Vara
47 el Colegio de los Yngleses
48 M. de Monjas de pinto
50 M. de S. Catalina
52 S. Antonio
54 Plaça de S. Domingo
56 M. de los Angeles
57 S. Catalina
58 Plaça de Herrado
59 Sant yago P.
61 S. Clara
62 S. Juan
63 S. Gil Frailes descalços Franciscanos
64 la encarnation Monasterio Real de monjas
65 Lavaderos
66 Caños del Peral
67 S. Nicolas